Totsicher

Sylvia Schwarz

Totsicher

Bibliografische Information der Deutschen Nationalbibliothek: Die
Deutsche Nationalbibliothek verzeichnet diese Publikation in der
Deutschen Nationalbibliografie, detaillierte bibliografische Daten sind
im Internet über http://dnb.dnb.de abrufbar.

© 2017 Sylvia Schwarz

Herstellung und Verlag:

BoD – Books on Demand, Norderstedt

ISBN: 978-3-7448-5494-8

Kapitel 1

„Harriet Kullmann, World News. Ich stehe hier vor der grauenhaften Szenerie des Schreckens. Nachdem in der Nacht zum Sonntag ein infernalischer Brand ausgebrochen ist, scheint die Lage endlich unter Kontrolle zu sein. Bei mir ist Kriminalkommissar Klötz. Herr Klötz, können Sie uns sagen, was hier Fürchterliches geschehen ist?"
Der Polizist, dem sie das Mikrofon unter die Nase hielt, rümpfte diese kurz und kratzte sich am kahlen Hinterkopf. Er öffnete den Mund. „Also…" Er machte den Mund wieder zu und biss sich von innen auf die Lippen, während er seine 70er-Jahre-Koteletten abwechselnd rechts und links mit dem Zeigefinger striegelte.
Harriet Kullmann ließ das Mikrofon sinken. „Geht das nicht ein bisschen flotter? Wenn ich meine Frage in diesem Stakkato-Ton stelle, sollst du nicht klingen wie eingeschlafene Füße."
Klötz legte den Kopf leicht schief und blinzelte. Ihn blendete einer der aufgestellten Flutlichtscheinwerfer, der schräg in die Höhe leuchtete anstatt auf das Geschehen. „Ich kann nicht so tun, als würden wir einander nicht kennen. Wir sind gemeinsam zur Schule gegangen und ich verstehe nicht, wie du für den Boulevard-Proleten *World News* arbeiten kannst. Das ist nicht beeindruckend, sondern lächerlich. *World News*. Ein ziemlich klangvoller Name für mickrige Inhalte." Er breitete die Arme auseinander. „*World News* berichtet live von der Szenerie des Schreckens, live vom Hochhausbrand in Oberzollering, bei dem vergangene Nacht wohl sage und schreibe zwanzig Leute ums Leben gekommen sind. Plus minus eine Handvoll." Er ließ die Arme wieder sinken. „Das ist der Welt egal."
Harriet wedelte mit ihrem Puschelmikrofon über das zusammengestürzte Hochhaus im Hintergrund. Ihre Armreifen aus Modeschmuck klimperten dabei. „Wenn das ein Terroranschlag war…"
„Quatsch!" Klötz strich sein schütteres schwarzes Deckhaar zurück über die blanke Stelle am Hinterkopf und rückte die gestreifte Krawatte zurecht. „Welchen Grund sollte es für einen Terroranschlag geben in einer Gegend, die am Entstehen ist? Das ist Schwachsinn."
„Denk an den Schwarzen Mittwoch", sagte Harriet ernst. „Da ist ein ganzer Wohnblock in Schutt und Asche gelegt worden von einem Tanklaster, der ins Foyer eines Hochhauses gerast und explodiert ist. Ein wahnsinniger Durchgeknallter hat tausend Tote verursacht!"

„Neunhundertzwanzig Tote", verbesserte Klötz. „So viele Leute leben hier nicht. In dem einzigen fertigen Haus waren von achtzig Wohnungen gerade mal dreizehn bezogen. Zwanzig Leute ungefähr, wobei wir prüfen, ob ein paar davon nicht auswärts waren in der Nacht von Samstag auf Sonntag. Wir stehen mit den Ermittlungen erst am Anfang." Er setzte sich seine Polizeimütze auf und sie rutschte ihm bis knapp über die Augen, ehe sie an seinen leichten Segelohren hängenblieb. Was seinem Aussehen dank der Mütze an Autorität fehlte, legte er in eine tiefe Stimme: „In einem Jahr hätte sich ein Anschlag gelohnt. Das alte Haus gegenüber mit dem dichtgemachten Jeansladen im Erdgeschoss wird demnächst abgerissen und ein neuer Luxusblock hingeknallt. Dazu Tiefgaragen und eine Shoppingmall mit Juwelieren, Pelzhändlern und teuren Designerketten. Die Blade Corporation hat das gesamte Areal aufgekauft und einen ganz neuen Plan für das ganze Gebiet präsentiert. Rund um die Mall werden fünf weitere Luxusblöcke hingeknallt, Golfclub und Segelclub inklusive. Dort, wo sie den Kies abgebaut haben, wird es den passenden See dazu geben. Naherholung auf höchstem Niveau. Die Bauarbeiten zu den Häusern beginnen nächsten Monat und bereits im Sommer ziehen die Leute ein. Diese Michelle Timsarian, die das alles managt, tritt ordentlich aufs Gas und sie hat dem Stadtrat ganz schön eingeheizt, damit die Genehmigungen alle so schnell wie möglich durchgedrückt werden." Er schmunzelte. „Erst dachte dieser Altherrenclub, mit dem Frauchen wäre es einfach. Sieht granatenmäßig scharf aus. Super Figur, bildschönes Gesicht. Feuerrotes Haar." Er breitete die Arme aus und beschrieb einen Kreis um seinen Kopf herum. „Feuerrote Locken hat sie, die wie eine Mähne abstehen. Sieht toll aus." Er ließ die Arme wieder sinken. „Schöne Frauen sind gewöhnlich leicht zu manipulieren und marschieren brav in die Richtung, in der man sie haben will. Timsarian allerdings hat die Männer laufen lassen und die meisten haben die Hosen jetzt gestrichen voll."

Harriet stellte sich andersrum, damit der Wind ihr ins Gesicht blies und ihr nicht das blondierte Haar in die Augen trieb. „Sind die Wohnungen alle verkauft?"

„Vom Reißbrett weg." Klötz kratzte mit gestrecktem Zeigefinger Dreck von seinem rechten Daumennagel. „Für zwanzig Riesen den Quadratmeter." Er ließ seinen Blick über die schwelenden Trümmer und die von Qualm überwaberten Felder schweifen. Die Straßen waren blitzblank sauber, der Park für die Wohnanlagen fertig, einen Spielplatz gab es und natürlich die alten Baracken gegenüber, von deren Fassaden der Putz bröselte. Im Hintergrund war das Seeufer angelegt und mit Vegetation begrünt. Im Frühjahr würde alles anfangen zu wachsen und in ein paar Jahren konnte man unter Bäumen am Seeufer liegen oder im teuren Café Espresso genießen. Angeblich hatte der berühmte italienische Barista Luigi Trentino das Grundstück für seine Kaffeebar bereits gekauft.

„Hier leisten sich richtig reiche Leute eine Wohnung", sagte Klötz. „Es gibt sogar einen Hausmeister in jedem Haus, der sich um alles kümmert, was reichen Leuten auf den Sack geht." Er lachte. „Also, beim Blick vom Penthouse in die Berge oder auf den See würde mir nichts mehr auf den Sack gehen. Auf der Dachterrasse gibt es sogar einen Pool mit Glasdach, das man je nach Wetter vor und zurück fahren lassen kann." Er stutzte. „Den Pool hat es gegeben. Ist ja eingestürzt, das Haus. Jetzt wird ein anderes gebaut, das sich besser ins Gesamtkonzept einfügt. Mehr Wohnungen, mehr Geld, mehr Gewinn, das will die Blade Corporation. Daheim auf dem Dorf hätten die Leute gesagt, da sei jemand aufgebrannt. Aufgebrannt, nicht abgebrannt, weil der Wert nach dem Brand höher ist als vorher. Man zieht Vorteile aus dem Unglück."

Diese Feinheiten traditionellen Sprachgebrauchs interessierten Harriet nicht. „Könnte ein schlampiger Hausmeister unter Drogeneinfluss etwas mit dem Brand oder dem Einsturz zu tun haben? War er wegen einer Sexgeschichte abgelenkt oder wurde er vom Nutznießer der Katastrophe womöglich angeheuert, um dem Feuer nachzuhelfen?"

Seinem Gesichtsausdruck nach wollte Klötz sich nicht ihren Spekulationen anschließen. „Wir wissen von dem Brand. Vielleicht wegen einer umgefallenen oder abgebrannten Kerze, wahrscheinlicher war es ein Kurzschluss in einer der vielen elektrischen Einrichtungen. Das würde erklären, warum keiner der Bewohner Hilfe rufen konnte. Weißt du, dieses Haus war technisch auf dem neuesten Stand und alles lief digital und automatisch. Türen, Fenster, Lüftung – alles wurde mit dem Computer gesteuert und bedient. Jedes Gerät war online, vom Abluftfilter in der Esse bis zum Zahnrädchen im Wäscheabwurf. Da lief nichts analog." Er seufzte laut. „Ohne Strom war das Haus eine Falle. Keine Tür ging auf, kein Rauchmelder pfiff, kein Telefon funktionierte."

„Handy?", fragte Harriet.

„Nix Handy." Klötz schob die Hände in die Hosentaschen, was bei der ohnehin zu engen Hose zwei hässliche Beulen machte. „Wegen der

Terrorverordnung nach dem Schwarzen Mittwoch sind die Häuser massiv mit Bunkerstahl vollgepumpt. Mobilfunk hat da keine Chance. Verstärker leiten die Signale weiter, damit die Smartphones funktionieren, aber ohne Strom gehen die Verstärker nicht." Er ballte die Fäuste, ignorierte das Knirschen des Hosenstoffs und schaute über das Aufgebot an Feuerwehren und Polizeifahrzeugen. „Kurz nach halb sechs in der Früh haben wir einen Notruf empfangen. Der Anrufer war unglaublich schwer zu verstehen. Wir konnten eine Streife hinschicken. Da brannte das Haus bereits lichterloh und es stürzte ein, ehe die Feuerwehr da war."

„War es ein Bewohner des Hauses? Vielleicht der Verursacher des Brandes?" Harriet stand neben Klötz und hielt sich das Haar fest. Es hatte zu nieseln begonnen und nun fröstelte sie in ihrem kurzen Rock und der Feinstrumpfhose. Der schwarze Blazer war schick, nicht warm. Es war November, eiskalter Ostwind blies und es war Blitzeis angesagt. Das Nieselwetter presste den Qualm auf den Erdboden und rollte die Schwaden wie einen Teppich zwischen die Häuser des nächstgelegenen Stadtviertels. Höchstens einen halben Kilometer war es bis dorthin. Das Gebiet dazwischen gehörte seit einigen Wochen der Blade Corporation und würde so bald wie möglich mit stylischen Wohnblöcken zubetoniert. Je näher am neuen See, desto teurer. Ein paar Enten auf dem Wasser scherten sich nicht um Grundstückspreise und beanspruchten die Regionen direkt am Ufer mit lautem Gequake, das bis zu ihnen zu hören war.

Klötz trat einen Schritt zurück und warf Windschatten für sie. „Wahrscheinlich jemand, der es durch den Brand ins Erdgeschoss schaffte und mit dem Smartphone nahe genug an der Außenwand war, um ein schwaches Signal aufzufangen. Ehrlich, der Anruf war kaum zu verstehen. Die Verbindung brach immer wieder ab, es krachte und schepperte. Ich habe mir die Aufzeichnung angehört und erst beim dritten Anlauf eine Männerstimme ausmachen können."

Eine Weile standen sie nebeneinander und schauten auf die rauchenden Überreste des Hauses. Es war nicht senkrecht in sich zusammengefallen, sondern hatte sich geneigt und war schräg über die Straße gestürzt. Das vordere Nachbarhaus, das leer war und auf den Abriss wartete, hatte es erwischt. Das hintere Haus war zum Glück nicht betroffen. Dort standen an zwei Fenstern Leute und schauten mit Kaffeebechern in der Hand den Feuerwehrleuten bei der Arbeit zu.

Auf dieses Haus zeigte Harriet. „Hat von denen niemand den Brand bemerkt?"

Klötz winkte ab. „Letzte Woche wurden vier Parteien zwangsgeräumt und nach Hundsbuckel umgesiedelt. Die übrigen vier Parteien sind nächsten Freitag dran. Glaub mir, das sind keine Leute, die nachts aus dem Fenster sehen und checken, ob die Nachbarschaft ruhig ist. Die checken eher, ob es Krawall gibt, dem man sich anschließen kann." Er rührte mit den Fäusten in den Hosentaschen. Wieder hörte man, wie ein Faden riss. „Der neue Investor hat mit den Räumungsklagen richtig Druck gemacht, deshalb läuft die Zwangsumsiedlung jetzt so flott."

„Hätte den Leuten im brennenden Haus vielleicht das Leben gerettet, wenn mal jemand aus dem Fenster geschaut hätte", meinte Harriet.

„Jemand hat." Klötz zückte sein Smartphone und wischte kurz mit dem Daumen übers Display. „Um halb sechs ist dieses Video online gestellt worden. Man sieht das Haus lichterloh brennen. In den oberen Geschossen hat es durch den Druck der Hitze die Mauer nach außen gebogen. Wenn der Trottel gleich den Notruf gewählt hätte..." Er tippte auf den Balken mit der Laufzeitanzeige. Das Video dauerte fünf Minuten und dreißig Sekunden. „Heutzutage hält man eher drauf als zu helfen."

„Ermittelt ihr nach dem Filmer, wegen unterlassener Hilfeleistung?", wollte Harriet wissen. „Kommt der Gaffer in den Knast?"

Klötz machte eine wegwerfende Geste. „Ist über ein soziales Netzwerk gelinkt worden. Wenn man da etwas ermitteln will, kostet es viel Geld und Zeit, weil man gegen den Betreiber vorgehen muss. Das ist bisher immer schief gegangen, weil die Server im Ausland stehen. Der Arsch kommt davon."

„Ähm", räusperte sich jemand hinter ihnen. „Dein Beitrag ist Kacke; den musst du neu sprechen."

Es war der Kameramann, der mit der Kamera auf der Schulter alles filmte. Harriet blies die Backen auf und fummelte an ihrem vom Wind verdrehten Ohrring. „Hast du die Ruine?"

„Mehr als einmal." Er schwenkte die Kamera weiter. „Ich habe die Rettungsfahrzeuge, die Feuerwehren, Krankenwägen, die Polizei, die Presse. Du fehlst mir."

Harriet horchte auf. „Welche Presse?"

„Sonntagsblatt." Ihr Kameramann zeigte nach vorn, wo etwa hundert Meter vor ihnen der Transporter des Sonntagsblatts parkte. Ein alter

Mann im Cordanzug stand daneben und sprach mit einem Feuerwehrmann.

„Canaille", zischte Harriet. „Anstatt unseren Beitrag zu kaufen, drehen sie selber einen." Sie wuschelte sich durch das Haar. „Probieren wir es, ehe ich hier festfriere. Wenn wir schneller sind, kriegen wir die Klicks." Sie stupste Klötz in die Seite. „Kannst du ein bisschen mehr Eifer an den Tag legen? Wir können hinterher zum Italiener gehen, wenn du willst. So wie in alten Zeiten."

Da waren sie ein paarmal Essen gegangen und danach im Bett gelandet. Er war zwar nicht der Brüller, aber ganz ordentlich und weil sie lange keinen Kerl mehr gehabt hatte, kam er ihr durchaus gelegen. Bei ihr daheim war einigermaßen aufgeräumt und Kondome hatte sie neulich gekauft. Ihre Pussy war nicht frisch rasiert, was einem Mann wie ihm, der seit fünfzehn Jahren mit derselben Frau verheiratet war, gleichgültig war.

Klötz rollte die Lippen und zog die Jacke glatt. „Ich glaube nicht. Ich bin nicht so der leidenschaftliche Typ, wenn es um tragische Geschichten geht." Er zeigte kurz hinter sich, denn der Kameramann hatte ihn mit den Ruinen im Rücken postiert. „Da sind Menschen gestorben, weil der Strom nicht funktioniert hat. Kann es einen banaleren Grund geben? Ich meine, jedes Auto funkt sofort, wenn es einen Unfall hat. Jeder Wanderer hat ein GPS bei sich, mit dem er sofort gefunden werden kann, wenn es brenzlig wird. Man wird rund um die Uhr überwacht und kontrolliert und trotzdem müssen Menschen wegen eines Stromausfalls sterben."

Harriet trat von einem Bein aufs andere, ohne damit gegen die Kälte anzukommen. „Hat einer der Elektriker Mist gebaut? Vielleicht ist der Brand wegen Pfusch am Bau ausgebrochen? Es wird ja mit den Subunternehmern aus Fernost immer schlimmer mit der Qualität. Wie hoch ist der Sachschaden, weißt du das?"

„Schon", machte Klötz ein langes Gesicht. „Allein der Fuhrpark in der Tiefgarage war knapp vier Millionen wert. Sportwagen, Luxuskarossen, neue E-Autos. Ein flaschengrüner Oldtimer-Mini war dabei. Um den ist es echt schade."

„Langweilig." Harriet dehnte sich den Nacken und setzte ihr breites Lächeln von vorhin auf. „Harriet Kullmann, *World News*. Ich stehe hier direkt vor der Szenerie des Schreckens, wo in der Nacht ein dreißigstöckiges Luxus-Hochhaus brannte und einstürzte. Wie Kriminalkommissar Klötz mir versichert, gibt es keine Überlebenden.

Kommissar Klötz, können Sie uns berichten, was heute Nacht hier vorgefallen ist? Wer ist für diesen fürchterlichen Brand verantwortlich?"

Klötz wusste nicht, wohin er schauen sollte. Seine Augen huschten hin und her zwischen Harriet und der Kamera. Er machte den Mund auf. „Also..." Er klappte die Kiefer wieder zu.

Harriet ließ erneut das Mikrofon sinken. „Das darf nicht wahr sein! Jetzt stotterst du wieder in die Kamera. Kriegst du nicht wenigstens einen vernünftigen Satz heraus?"

Klötz checkte nebenher etwas auf seinem Smartphone, das einen kurzen Piepton von sich gegeben hatte. „Wir haben im Erdgeschoss eine verkohlte Kinderleiche gefunden, die mit den Resten eines Sofas verschmolzen ist. Offenbar ist das Kleinkind auf dem Sofa gestorben, hoffentlich am Rauch, damit es vom Feuer nichts mehr mitbekommen hat. In der Lobby liegen weitere Leichen, alle bis zur Unkenntlichkeit verbrannt. Da wird selbst die Gerichtsmedizin die genaue Todesursache nicht mehr rausfinden können, falls wir sie mit den Robotern überhaupt bergen können. Ansonsten bleiben die Bilder der Mini-Drohnen und vielleicht eine DNS-Spur aus den Knochenresten. Weißt du, Harriet, wir haben beide beruflich mit Tragödien zu tun. Ich interessiere mich für die Opfer und was sie durchgemacht haben, wohingegen du immer nach einem Täter suchst, dessen Geschichte du ausschlachten kannst."

Harriet verdrehte die Augen. „Wir sind alle Opfer, mein Süßer. Manche mehr, manche weniger. Für mich wird es interessant, wenn die Menschen die Seite wechseln und vom Opfer zum Täter werden." Sie lächelte breit. „Wird es hier einen Täter geben? Wer ist verantwortlich für die Toten und den Sachschaden?"

„Wird sich zeigen." Klötz drehte sich leicht und blickte auf die Trümmer des Hauses. „Das wird sich zeigen, falls wir eine Ahnung davon bekommen, was heute Nacht dort passiert ist. Jedes Detail werden wir nicht rausfinden können, dazu hat das Feuer zu sehr gewütet. Schlimm. Wirklich schlimm. Ich muss jetzt wieder zurück zu den Kollegen."

Kapitel 2

Wenn sie träumte, handelte der Traum stets von dieser riesengroßen Welle, die sie wegspülte. Es schien sich immer um dieselbe Welle zu handeln, wenngleich die Szenerie des Albtraumes sich änderte. Mal kniete sie am Pool und staunte durch glasklares Wasser hinunter zu einem atemberaubend schönen Riff, wo sich Fische zwischen roten, weißen, gelben Korallenästen tummelten, mal saß sie an einem Strand, die Füße im weißen Puderzuckersand, das Gesicht der Sonne zugewandt. Immer war das Wasser klar und sauber, immer sah sie Fische schwimmen und ausnahmslos fand sie den Traum wunderbar, bis diese Welle kam. Aus dem Nichts türmte sie sich auf, höher als ein Wolkenkratzer. Die anderen Menschen, die im Traum bei ihr waren, schrien und rannten davon. Thyra hatte oft versucht ihren Traum zu beeinflussen. Sie war auf die Welle zugelaufen, wollte in dem sich bildenden Tunnel surfen, wollte mit der Welle schwimmen oder über sie hinweg, wollte endlich einen Albtraum erleben, der nicht mit einem Schweißausbruch endete und ihr Herzrasen verursachte.

Diesmal war ihr Plan gut. Sie hatte in ihrem Traum ein Jetpack in einer Streichholzschachtel gefunden und als die Welle anrückte, schnallte sie es sich um und wollte davonfliegen. Leider war sie keine gute Pilotin. Sie verwechselte die Knöpfe und stürzte ab, direkt auf ein kleines Kind. Das Mädchen schrie aus Leibeskräften und davon wachte Thyra auf.

Sie schmiegte ihr Gesicht in das warme Kissen und zog sich die Decke über die Ohren. „Diese Träume", hörte sie in Gedanken ihren Therapeuten sagen, „werden immer wieder kommen, wenn es Ihnen nicht gelingt sie zu beherrschen."

Wie sollte sie einen Traum beherrschen, wenn sie wach war?

„Greifen Sie zu bizarren Lösungen." Der Psychiater machte sich Notizen in seinem schwarzen Büchlein. „Reiten Sie auf einem Hai, werden Sie zur Nixe. Egal was und wie, beherrschen Sie den Traum."

Schlafen war dazu auf jeden Fall nötig. Thyra kniff die Augen zusammen, als konnte sie dadurch zurück ins Reich der Träume finden. Wenn sie lange genug still lag und den Bewegungsdrang ihrer Arme und Beine ignorierte und nicht gähnte, gelang es ihr vielleicht.

Das kleine Mädchen schrie viel zu laut.

Einen Moment später sortierte ihr schlaftrunkener Geist die Schreie in die Wirklichkeit. Thyra tastete nach ihrem Smartphone und blinzelte mit einem Auge auf die Uhrzeit. Der Home-App nach war es fünf Uhr dreißig.

Halb sechs. Der Zwergenaufstand, den Elaine am Vorabend geliefert hatte, schien sich fortzusetzen. Was hatte sie? Blähungen wegen der Zwiebeln, nasse Windel, Durst?

Thyra rieb sich das Gesicht und kratzte an einem Pickel herum. Dieses Geschrei klang eine Oktave höher als das übliche Gezeter, mit dem die Mama genervt oder überzeugt werden sollte. Sie brüllte mit einem Unterton von Panik. Vielleicht war es ein böser Traum, der sie erschreckte.

Thyra schubste ihre Decke zur Seite, drehte sich aus dem Bett und landete auf den Füßen. Sie tappte ohne Schuhe aus dem Schlafzimmer, über den vom Mondlicht erhellten Flur, vorbei am Badezimmer, in Elaines Zimmer.

Weil Elaine Angst im Dunkeln hatte, schloss Thyra niemals die Rollläden. Sie sah draußen den Vollmond am sternenklaren Himmel stehen. Er warf sein weißes Licht auf das zweijährige Mädchen, das vor dem Bett stand und schrie. Ihr fehlten der Schlafanzug und die Windel. Thyra rieb sich die Augen, um den verschwommenen Blick zu klären. Elaine stand nackt neben dem Bett. Die Arme hingen seitlich herab und von ihren Fingerspitzen tropfte Blut.

Thyras Herzschlag setzte aus. Sie hielt den Atem an und fiel vor ihrer Tochter auf Knie. Sie wagte nicht das Kind anzufassen. Unzählige Schnitte waren dem kleinen Körper beigebracht worden und jeder blutete. Dicke Tropfen liefen über die Arme, die Beine, den Bauch. Schnitte am Hals, an den Schultern, an der Brust, den Beinen. Überall! Sogar an den Wangen und der Stirn.

„Engel!", keuchte sie, „was ist passiert?"

Die Kleine brüllte lauter. Sie kippte nach vorn gegen Thyras Schulter und Thyra, die mit fliegenden Augen im Zimmer suchte, schloss ihr Kind in die Arme. „Was ist passiert, mein Mäuschen? Hast du dir wehgetan?" Elaine war gerade zwei und nicht halb so eloquent wie der Tausendsassa aus der Krippe, der zu jedem Dreck seinen Senf in Form einer ausführlichen Vorgangsbeschreibung ablieferte. Elaine heulte. Aus ihr war nichts herauszubringen.

Thyra ließ sich mit ihrem Kind in den Armen aufs Bett sinken und suchte nach einem Grund für diese Verletzungen. Die Gardinen bewegten sich sacht vor dem Fenster, das völlig intakt war. Auf dem Boden lagen keinerlei Splitter von Glas oder einer zerbrochenen Schüssel. Manchmal schmuggelte Elaine eine Glasschüssel mit Gummibärchen in ihr Zimmer, aber wenn sie sich daran verletzt hätte, müssten irgendwo Scherben liegen.

Sie spürte, wie ihr T-Shirt nass wurde. Es war eine Mischung aus dem, was Elaines Nase hergab, Tränen und zähem Blut, das im fahlen Licht schwarz wirkte. Der Stoff saugte alles auf.

„Computer", sprach Thyra mit zitternder Stimme, „Notruf wählen."

Das vertraute Blubb-Geräusch, das der Computer von sich gab, wenn er eine Spracheingabe verstanden hatte, blieb aus. Thyra wiederholte den Befehl: „Computer, Notruf wählen." Sie sprach langsam und deutlich.

Die Technik reagierte nicht. „Schätzchen", flüsterte Thyra, „ich muss ein Telefon suchen und den Doktor rufen."

Sie wollte Elaine nicht allein im Zimmer lassen, also nahm sie das Kind mit. Sie setzte es sich auf die Hüfte und trat auf den Flur zurück. Es war hell genug im Mondlicht, um auf den Kommoden leere Flächen zu sehen, kein Telefon. Deshalb ging sie ins Wohnzimmer. „Computer, Licht!"

Als wäre das Ding ausgefallen! Alles blieb dunkel. Thyra berührte den Sensor neben der Tür, um Licht zu machen, aber wie heftig sie auch drückte, es blieb dunkel. Das Telefon entdeckte sie trotzdem neben ihrem Laptop.

„Endlich!" Thyra strich mit dem Daumen übers Display und tippte die Notfallnummer ein. Sie erinnerte sich daran, was bei einem solchen Anruf wichtig war. Wer, wann, was, wo. Als sie es klacken hörte, plapperte sie los: „Guten Morgen, hier ist Thyra Banks. Ich wohne in der Rosenstraße Nummer vier und ich brauche dringend einen Arzt für meine zweijährige Tochter. Sie ist mit Schnittwunden übersät und blutet fürchterlich."

An dieser Stelle erwartete sie beruhigende Worte der Gegenstelle. „Machen Sie sich keine Sorgen", zum Beispiel, „ich schicke Ihnen sofort mehrere Ärzte und Hubschrauber. Man wird an Ihrer Tür klingeln, ehe dieses Gespräch beendet ist."

Stattdessen war die Leitung tot. Das Knacken war von Elaine gekommen, die ihre Fingernägel außen ans Telefongehäuse klappern ließ.

„Verdammtes Ding!", fluchte Thyra und wiederholte das Wählen. Sie tippte auf die Zahlen im Display und schaute auf den Balken, als die Verbindung aufgebaut wurde. Kurz bevor er den rechten Rand des Displays erreichte, erschien ein rotes Kreuz. Verbindung nicht möglich.

„Verbindung nicht möglich", zischte Thyra. „Was soll das heißen?"
Sie versuchte es erneut und drehte sich dabei in ihre Küche. Sie spürte das Zittern ihrer Muskeln im Oberarm. Elaine war nicht leicht und wegen der Wunden wollte sie sich nicht anfassen lassen. Es war, als versuchte sie einen Sack Kartoffeln auf der Fingerspitze balancieren.

„Mäuschen", bückte sich Thyra, „ich setze dich auf die Couch und hole dir ein Pflaster, ja?"

Elaine schluchzte, als Thyra mit einer Hand die Decke vorzerrte, um das blutende Kind nicht direkt auf das weiße Ledersofa zu setzen. „Ich bin gleich wieder da", flüsterte Thyra. „Ich hole ein Pflaster aus dem Bad, in Ordnung?"

Natürlich war es nicht in Ordnung. Kaum drehte sich Thyra um, brüllte Elaine lauter. Sie rutschte von der Couch und tappte der Mutter nach, wobei sie eine deutliche Blutspur nach sich zog.

Auf dem Weg ins Bad warf Thyra einen Blick in die Küche. Alle Geräte zeigten ganz normale Funktionen an. Der Herd meldete die Uhrzeit der Home-App, der Kühlschrank mahnte mit einem Ausrufezeichen den Ablauf des Haltbarkeitsdatums beim Quark. Am Eingang zum Bad flackerte das Display, das Temperatur, Uhrzeit und das Wetter von morgen anzeigte. Eine Störung? Der Sensor für Licht und Heizung tat jedenfalls keinen Mucks. Thyra warf ihr Telefon ins Waschbecken und riss das Schränkchen oberhalb auf. „Pflaster", murmelte sie. „Pflaster, wo bist du?" Ihre Finger flatterten im dunklen Schrankfach über verschiedene Tablettenblister, Tapes und das Etui mit dem Nagelset.

In diesem Moment hängte Elaine sich an ihr rechtes Bein und sank auf den Boden. Sie kuschelte das Gesicht an Thyras nackte Haut und weinte. Nicht mehr ganz so schrill wie vorhin, wahrscheinlich ging ihr die Kraft aus.

„Engelchen", seufzte Thyra, „du sollst im Wohnzimmer bleiben. Mama ist gleich wieder bei dir." Sie lächelte hinunter auf das zerschnittene Gesicht der Kleinen und spürte, wie ihr selbst die Tränen in die Augen stiegen. „Sei ein braves Mädchen und geh wieder hinüber. Ich kann das Pflaster nicht finden, wenn du an mir zerrst."

Sie wollte nicht. Thyra fand das Pflaster, das sie selbst gekauft hatte. Rosa mit glitzernden Funkelsteinchen darauf. Es waren winzige Streifen, die nicht einen der vielen Schnitte abdecken konnten.

„Mist", fluchte sie, „den abgelaufenen Meterstreifen Pflaster habe ich letzte Woche erst weggeworfen." Selbst außerhalb des Datums würde er mehr helfen als dieses Glitzerzeug.

Thyra nahm das Pflaster trotzdem mit. Sie bückte sich und hob Elaine wieder auf die Hüfte. „Zurück auf die Couch mit dir."

Neben Elaine landete alles Pflaster. Prompt fing die Kleine an, mit ihren Fingerchen die Plastikfolie zu lösen. Diesen Moment nutzte Thyra, um aus dem Schlafzimmer ihr Smartphone zu holen. Sie hatte gewählt, als sie wieder bei Elaine war.

Verbindung nicht möglich, sprach das Display. Das Feld, in dem mit vier unterschiedlich großen Balken dargestellt wurde, wie gut der Empfang war, zeigte keinen einzigen Balken. Kein Empfang.

Thyra schüttelte ihr Smartphone leicht. „Willst du mich verarschen?" Sie suchte in den Einstellungen des Geräts, ob sich ein anderes Netz anwählen ließ. Vielleicht war ein Update während der Nacht nicht richtig gelaufen und verursachte Fehler in genau diesem Programmbereich.

Nach dem dritten Versuch gab sie es auf. Sie wollte in der Home-App irgendeine Anwendung starten, das Licht, Musik, die Nachrichten, ohne eine Reaktion zu erhalten. Nicht einmal die letzte Playlist ließ sich abspielen. Über eine Lösung nachdenken konnte sie nicht, denn Elaine hatte sich ein Pflaster mitten in die Wunde geklebt und heulte, weil sie es nicht mehr wegzupfen konnte und ihr das Blut über die Finger perlte.

Thyra sauste in die Küche und holte eine Rolle Küchenpapier. Während sie nach einer Idee fahndete, wie sie an Hilfe kam, tupfte sie das Blut von den Schnitten und die Tränen von Elaines Gesicht. Die Kleine schluchzte immer wieder und zuckte zusammen, wenn Thyra einen der Schnitte berührte.

„Wie ist das passiert?", fragte Thyra. „Hast du gespielt?"

Elaine schüttelte den Kopf mit ihren dichten schwarzen Haaren, die sich hinter den Ohren lockten. „Safen." Sie zeigte in die Richtung, in der ihr Zimmer lag.

„Du hast geschlafen." Thyra zwang sich zu einem Lächeln. „Und du hast dir wehgetan."

„Sau", meinte Elaine. Sie war nicht gut im Aussprechen von bestimmten Lauten.

„Ein Tier?", fragte Thyra nach und sie betonte die Nomen besonders. „Oder eine Frau?"

Elaine zeigte wieder zu ihrem Zimmer. „Da wehst."

Wie sollte in der Wohnung, in Elaines Zimmer, ein Tier sein, eines, das ihr Schnitte zufügte? Eine Einbrecherin konnte Thyra sich auch nicht vorstellen. Sie knüllte das blutgetränkte Küchentuch zusammen und warf es unter den Glastisch. „Elaine, du musst hier sitzen bleiben, ja? Mama muss etwas nachsehen. Du bleibst hier. Verstanden?"

Elaine blieb tatsächlich sitzen, als Thyra das Zimmer verließ und an das Sensorfeld tippte, um in der gesamten Wohnung das Licht anzuschalten. Wie zuvor blieb es dunkel. Mehrmals klopfte sie gegen den Sensor. Ohne Erfolg.

„Ist da wer?", fragte Thyra mit lauter Stimme und so wütend sie konnte. „Hallo! Ist da jemand?" Die Umrisse all der vertrauten Gegenstände wirkten fremd im Dunkeln.

Sie schubste die Badezimmertür mit der Fußspitze auf. Am Boden waren die blutigen Fußabdrücke Elaines zu sehen. Eine kleine Ferse und fünf winzige Zehen. Das Waschbecken war blutverschmiert, nachdem Thyra sich mit ihrem schmutzigen T-Shirt am Rand angelehnt hatte. Die Badewanne in der Ecke war leer, die Duschkabine hinter der Tür ebenfalls. Niemand war hier. Niemand konnte sich in den kleinen Schrankfächern verstecken.

Das nächste Zimmer war Elaines Kinderzimmer. Thyra betrat es und drehte sich um die eigene Achse. Die Schränke waren geschlossen und davor stand das Spielzeug so aufgebaut wie am Abend zuvor. In den Gehegen aus Holzklötzchen standen ordentlich beisammen die Holztiere. Immer eine Mutter mit ihrem Baby, was Elaine sehr genau nahm. Neben dem Marienkäfer lag ein Papierschnippel mit der aufgemalten Larve. Es gab keine Marienkäferbabys aus Holz, also hatte Thyra selbst gemalt.

„Welche Frau?", überlegte Thyra murmelnd und ging zum nächsten Zimmer weiter. „Ein Tier?" Ihr Büro. Diese Schränke waren voller Akten und Papiere, dort konnte sich niemand verstecken, der größer als eine Streichholzschachtel war. Das Fenster war geschlossen, die Heizung still. Thyra knirschte mit den Zähnen. Sie hatte sich beim Hausmeister über diese Nachtabsenkung beschwert. Er hatte gesagt, er würde sich darum kümmern und entgegen aller Umweltschutzgründe und wider alle menschliche Vernunft die Nachtabsenkung ausschalten. Wahrscheinlich hatte er es vergessen.

Sie sah die Unterlagen über Michelle Timsarian auf dem Schreibtisch liegen, die ihr gestern per Eilboten zugestellt worden waren. Ein brauner großer Umschlag war prall gefüllt mit Dokumenten, Fotos und handschriftlichen Notizen. Durch das Sichtfenster im Kuvert war ein Teil von Timsarians Haarpracht zu sehen. Seit eh und je trug sie ihre schulterlangen, roten, gelockten Haare offen und sie standen ihr weit vom Kopf ab. Meistens passten sie nicht komplett auf die Pressefotos. Am liebsten hätte Thyra sich sofort an die Auswertung gemacht, doch dafür war keine Zeit. Elaine musste dringend zum Arzt.

„Hallo?", fragte Thyra erneut.

Der Wirtschaftsraum mit Waschmaschine und Trockner und Platz zum Aufhängen der Wäsche war ebenso leer wie das Gästezimmer mit dem zugehörigen Bad, die Rumpelkammer, die Speisekammer und das andere Schlafzimmer mit Bad. Um sich davon zu überzeugen, musste sie ihr Smartphone holen. Der Mond schien nicht in diese Räume und es fiel nicht genügend Licht vom Flur herein. Das Smartphone hatte eine Taschenlampen-App, mit der sie leuchtete.

Die Küche, die durch eine Theke vom Wohnraum getrennt war, konnte ebenso wenig einen Bösewicht beherbergen. Sie waren allein in der Wohnung.

Einerseits atmete Thyra auf, andererseits wäre es ihr bedeutend lieber gewesen, sie hätte einen Grund für Elaines Schnittverletzungen gefunden.

Als sie zurück ins Wohnzimmer kam, lag Elaine auf der Couch. Sie war kreidebleich um die Nase, hatte verweinte Augen und verklebte Wimpern. Von tiefen Schluchzern geschüttelt pappte sie Pflaster auf die Küchentücher, während sich das Blut auf der Decke ausbreitete. Als sie Thyra bemerkte, hob sie einen Arm. „Aua!"

„Ich weiß." Thyra fand über der Sessellehne die bequeme Jogginghose, die sie am Vorabend dort abgelegt hatte, weil sie das einzige Kleidungsstück aus dem Korb war, das ihr gehörte. Die übrigen Sachen waren längst aufgeräumt. Kleine Socken, Unterwäsche, T-Shirts, alles für Elaine. Sie schlüpfte in die Jogginghose und zog dir Kordel zu. „Mal sehen, ob das Telefon vom Nachbarn funktioniert." Sie nahm eine Sportjacke vom Haken der Garderobe.

Die Eingangstür zur Nachbarwohnung lag direkt gegenüber, aber dort wohnte niemand. Die Familie, die einziehen wollte, war in Singapur und würde erst zum Jahresende herkommen. Also ließ Thyra ihre eigene Tür weit offen und ging über den stockdunklen Flur zu der anderen Wohnung.

In zwanzig-drei wohnte ein Mann, der etwa in ihrem Alter war. Sie hatte ihn ein paarmal getroffen und gegrüßt. Sie berührte den Sensor der Klingel, ohne ein Ergebnis zu erhalten. Gewöhnlich gab es eine kurze visuelle Rückmeldung bei der Berührung.

Aus ihrer eigenen Wohnung hörte sie Elaine schluchzen und schniefen. Sie verdammte den Nachbarn, der offensichtlich die Klingel abgeschaltet hatte. Der dumme Kerl garantierte sich selbst einen ungestörten Sonntagmorgen. Als würde es ständig nachts bei ihm klingeln!

„Mäuschen", sagte Thyra laut und dabei steckte sie den Kopf zur Tür hinein, „ich muss nach unten zum Hausmeister. Bleibst du auf der Couch liegen oder kommst du mit?"

Elaine klopfte mit der kleinen Faust auf die Decke. Sie wollte also bleiben. Ihre Augenlider waren halb geschlossen und sie nuckelte an einem Zipfel der Decke. Vielleicht schlief sie sogar wieder ein. Thyra drückte den Aufzugknopf.

Der Hausmeister hatte seine Wohnung unten neben dem Eingang. Er nahm Post entgegen, die nicht in den Briefkasten passte, und kümmerte sich um Reparaturen, die Reinigung des Treppenhauses und die Pflege der Außenanlagen. Rund um das Haus gab es Blumenbeete, die er ordentlich hielt. Im Sommer musste er die Gehwege fegen, im Winter Schnee räumen und Salz streuen.

Als sie vor fünf Wochen eingezogen war, hatte sie ihn kennengelernt. Sie war beinahe über den alten Mann gestolpert, der die welken Blätter von den Rosen zupfte. Mit dem Karton vor der Brust konnte sie nicht sehen, wo sie hintrat. Erst im letzten Moment rief eine Männerstimme: „Halt! Sie rennen gleich meinen Vater nieder!"

Thyra drehte sich herum, den Karton in den Händen, und erblickte den Hausmeister, der aus dem Fenster seiner Wohnung schaute. Schwarzes kurzes Haar, dunkle Augen. Er trug ein verwaschenes blaues T-Shirt mit irgendeiner chemischen Formel darauf und eine enge Jeans. Er trocknete einen Topf ab. „Sie müssen aufpassen, wo Sie hinlatschen."

Der Umzugskarton schien mit jeder Sekunde schwerer zu werden. Thyra presste ihn gegen ihre Beckenknochen und erwiderte: „Was sollte mich dazu veranlassen ein Hindernis im Weg anzunehmen? Wie Sie sehen, ziehe ich gerade ein und ich bin diese Strecke innerhalb der letzten zehn Minuten mehrfach gegangen, ohne auf ein Hindernis zu stoßen."

Er rieb mit dem Geschirrtuch in aller Seelenruhe den Topfboden trocken. „Tempora mutantur."

Sie stellte den Karton ab. „Was soll das heißen?"

Auch er stellte den Topf ab, direkt auf das Fensterbrett, und beugte sich zu ihr. „Das heißt, wenn der Weg die letzten Minuten frei war, lässt sich von dieser Tatsache nicht auf freie Bahn in der Zukunft schließen. Mit ein bisschen Transferleistung hätten Sie das selbst entschlüsseln können, also rennen Sie bitte meinen Vater nicht nieder."

Dreist und frech war er. „Ach", gab sie zurück, „die Rosenstraße Nummer vier hat einen Hausmeister, der eine umfangreiche humanistische Bildung genießen durfte und des Lateinischen mächtig ist."

Er drehte sich kurz um und als er wieder zu ihr sah, hatte er den passenden Glasdeckel zum Topf in der Hand. „So ist es und bevor Sie fragen: In dieser verdammten Stadt bekommt man mit dem Gehalt eines Lehrers die Hausmeisterwohnung finanziert. Großkotze wie Sie haben die Preise in den Himmel getrieben, deshalb kriegen normale Typen wie ich keine bezahlbare Bleibe mehr. Es sei denn, wir machen vor und hinter den Großkotzen sauber und lassen uns von neureichen Schnöseln über den Haufen rennen."

Innerlich hörte sie die Uhr ticken und im selben Takt ließ der Fahrer des Lastwagens seine Finger an der Plane tanzen, während Freunde und Bekannte sich bemühten, all die Kartons aus dem Laster auf den Gehweg zu stapeln. Sie hatte keine Zeit für eine Grundsatzdebatte.

Ihre beste Freundin Annegret, der die nassgeschwitzten Haarsträhnen in die Augen hingen, trug ihr breitestes Lächeln im Gesicht. Ihr charmantestes. Sie zog ihr T-Shirt glatt. „Lehrer", flötete sie, „das ist ein wunderschöner Beruf. Was unterrichten Sie? Latein und Sozialkunde? Wegen der Milieustudie, meine ich."

„Latein und Mathe." Er ließ seinen Blick über ihre Figur wandern und zwinkerte ihr zu. „Kurvendiskussionen sind mein Spezialgebiet. Konstante Glieder, Extremwerte und Lagen im Raum, interessieren Sie sich dafür?"

Annegret kicherte. „Im Moment finde ich starke Arme am interessantesten. Ich habe Krämpfe in den Muskeln und dieser verdammte Laster will überhaupt nicht leer werden. Thyra hat eine Million Bücherkisten."

„Bücher." Der Hausmeister drehte den Kopf und starrte Thyra an. „Aus welchem Jahrhundert stammen Sie? Heutzutage hat jeder die gesamte Weltliteratur im Smartphone stecken."

„Thyra nicht", lachte Annegret. „Sie hat die analoge Version daheim stehen und wir müssen es ausbaden. Was ist nun? Helfen Sie uns schleppen?"

„Nö", lächelte der Hausmeister. „Ich bin kein Sherpa."

„Wilhelm Gustav!" Das war die Stimme des alten Mannes, über den Thyra vielleicht gestolpert wäre. „Ich habe dich nicht zu einem fiesen Drecksack erzogen, der eine so freundlich Bittende eiskalt abblitzen lässt. Lass das Geschirr stehen und hilf den Damen!"

„Wilhelm Gustav?" Annegret entfuhr ein kurzes Lachen. „Ist der Name von einem Urahn übrig geblieben?"

„Vom Großvater." Wilhelm Gustav legte den Glasdeckel auf den Topf. „Ich finde es schöner, wenn man mich Will nennt. Wilhelm Gustav sagt mein Vater, wenn er es ernst mit mir meint." Er faltete das Geschirrtuch zusammen und legte es neben den Topf. „Also gut. Es ist mir ein Vergnügen, Ihnen zur Hand zu gehen."

Nun stand Thyra vor dem Aufzug und drückte erneut die Taste und wartete auf das vertraute Pling, während sie hinter sich zur Tür ihrer Wohnung blickte. Sie hatte sie geschlossen, damit Elaine sich nicht wider Erwarten auf den Weg zum Hausmeister machte. Der Gedanke an ihr eingeschlossenes Kind ließ sie unruhig werden und sie lenkte sich mit der Vorstellung ab, Elaine mit nach unten zu nehmen, blutüberströmt und quengelnd wie sie war, sich auf ihrem Arm windend, weil sie einerseits getröstet werden wollte, andererseits jede Berührung wegen der Schmerzen zu vermeiden suchte. Es war komfortabler für sie beide, wenn Elaine in der Wohnung blieb. Ganz wohl war ihr nicht.

„Mach hin", zischte sie den Aufzug an und traktierte den Rufknopf mit hämmerndem Drücken. „Wo zur Hölle bleibst du?"

Morgens, wenn sie die Mails checkte und Elaine neben ihr tänzelte, schien er immer in Windeseile da zu sein. Heute kam er nicht. Als ihr die Finger vom Drücken wehtaten und sich kein Lift zeigte, hatte sie die Nase voll und wandte sich dem Treppenhaus zu. „Zwanzig Stockwerke nach unten", maulte sie. „Scheißdreck."

Im Treppenhaus glaubte sie eine Vibration des Handys zu spüren, während sie mithilfe der Taschenlampen-App über die Treppen nach unten stieg. Sie blieb stehen und prüfte, ob das Gerät eine Verbindung zu irgendeinem Netzwerk hatte. Vielleicht zu einem offenen WLAN eines Nachbarn? Nein, sie hatte sich getäuscht. Wahrscheinlich steckte in den Wänden des Hauses mehr Stahlbeton als in einem klassischen Bunker. Unheimlich still war es. Kein Laut war zu vernehmen, der nicht von ihr selbst kam. Schritte und Atem. Bald zog es in den Muskeln auf der Vorderseite ihrer Oberschenkel. Direkt über den Kniescheiben. Trotzdem reduzierte sie das Tempo nicht und so stand sie Minuten später vor der Tür zur Hausmeisterwohnung und betätigte den Klingelsensor. Es gab kein Geräusch und kein Leuchten.

Thyra hob den Blick von ihrem Smartphone. Sie versuchte aus Kräften einen Anruf zu tätigen oder eine Website aufzurufen, aber das Internet war futsch. Genauso wie anscheinend der Strom. Ihr war kein einziges leuchtendes Lämpchen aufgefallen auf dem Weg hierher, kein Geräusch aus den anderen Wohnungen. Dabei glaubte sie sich an diverse Fluchtwegschilder zu erinnern, die an normalen Tagen hell leuchteten.

Sie streckte den Arm, berührte erneut den Klingelsensor und lauschte. Es blieb still hinter der pechschwarz gestrichenen Tür. Weiße Wände, schwarze Türen – das Konzept dieses Neubaus hatte mit Yin und Yang zu tun, was für Thyra gleichbedeutend mit böhmischen Dörfern war. Sie hörte dem Makler nicht zu, als er davon berichtete. Ihr waren die Größe der Wohnung wichtig, die Lage und der Hausmeisterservice. Sie wollte sich nie mehr mit irgendwem streiten, wer nun an der Reihe sei, um die Mülltonnen vors Haus zu ziehen oder wieder hereinzuholen. Nie mehr wollte sie debattieren, ob jemand, der in einem schneefreien Dezember an der Reihe mit Schippen gewesen war, seine arbeitsfreie Zeit auf den schneereichen Januar nachverlegen musste.

Irritiert leuchtete Thyra auf das Schild neben der Haustür. Domeyer. Das war der Name des Hausmeisters und dieses Namensschild war vermutlich das einzige im ganzen Haus. Der Name des Bewohners wurde bei allen anderen Wohnungen digital im Klingelsensorfeld angezeigt. Ebenso gab es eine kurze visuelle Rückmeldung mittels sich bewegendem Glockensymbol, wenn das Läuten erfolgreich war.

Sie hob den Arm und klopfte mit den Fingerknöcheln gegen die Tür. Das Echo hallte durch die leere Lobby. Neben den beiden Fahrstühlen gab es in dieser Halle eine Wand voller Briefkästen, die von zwei Grünpflanzen flankiert wurde, und eine Sitzgruppe aus Sofa und Sesseln, wo Thyra nie jemanden sitzen sah. Neben dem Eingang zur Hausmeisterwohnung standen die großen Paketboxen, in die man sich Pakete liefern lassen konnte, wenn man selbst oder der Hausmeister nicht daheim war. Thyra klopfte erneut, diesmal lauter. „Herr Domeyer?", rief sie mit dem Mund nahe an der Tür. „Könnten Sie bitte öffnen? Es ist ein Notfall." Sie schloss die Hand zur Faust und hämmerte gegen die Tür. „Herr Domeyer! Ich brauche Ihre Hilfe!"

Etwas klapperte hinter der Tür, was Thyra dazu veranlasste, das Hämmern energisch zu wiederholen. „Es ist ein Notfall! Bitte!"

In diesem Moment blitzte ein Licht über ihre Faust. Sie schreckte zusammen, fuhr herum und sah jemanden aus dem Treppenhaus kommen. Heftig atmend und nach vorn gebeugt torkelte die Frau in die Halle und stützte sich neben Thyra an die Wand. „Ist er da?", schnaufte sie. „Ist dieser Hausmeister da?" Sie blendete Thyra in die Augen. „Ich brauche ihn ganz, ganz dringend."

„Ebenso." Thyra drückte das Smartphone nach unten, damit sie das grelle Licht nicht mitten im Gesicht hatte. „Meine Tochter braucht dringend einen Arzt."

„Mein Kind", legte die andere Frau ihre gespreizten Finger gegen ihre Brust, „steckt im Wäscheabwurf fest. Egal wie sehr ich mich strecke, ich komme nicht an es heran. Es klemmt an dieser ersten leichten Kurve, vor der die Putzfrau bei der Planbesprechung den Architekten warnte. Da verhakt sich leicht mal was." Sie hielt sich das Herz und machte tiefe Atemzüge. „Wir haben, seit wir eingezogen sind, viermal den Techniker dagehabt, damit er die Bettwäsche um genau diese Ecke schubst. Da steht so ein Sims vor, der äußerst unpraktisch ist, und obenauf sitzt eine fette Mutter mit scharfen Kanten. Hat uns die Seidenkopfkissen zerfetzt, so eine Scheiße. Da kommt man zum Entgraten nicht hin." Sie donnerte ihre Faust gegen die Tür. „Aufmachen! Verdammt, hören Sie schlecht? Sie müssen die Feuerwehr rufen." Mit dem Smartphone wedelte sie vor Thyras Nase. „Leider ist mein Mann nicht da, um sich darum zu kümmern. Internet und Computer sind haargenau sein Metier, das er momentan in Boston bedient. Er ist geschäftlich dort, arbeitet für Tivella, diese Software-Firma. Was ist mit Ihrem Mann? Kennt er sich damit aus?"

Auf der anderen Seite der Tür wurde ein Brummen hörbar. „Es ist mitten in der Nacht. Was soll das?"

„Mitten in der Nacht ist mir wurscht!" Wie bei einem Maschinengewehr knatterte die flache Hand der Frau gegen das Türblatt. „Es ist ein Notfall und Sie müssen helfen!"

Tatsächlich öffnete der jüngere Wilhelm Gustav Domeyer die Tür. Er trug eine Jogginghose und nestelte gerade ein T-Shirt über seinen Waschbrettbauch. Die Haare standen ihm vom Kopf und er blinzelte ins Handylicht. „Viel hätte nicht gefehlt und Sie hätten mir die Tür eingeschlagen, Frau Kessler. Was ist los? Leckt der Spülkasten?" Er streckte den Kopf aus der Tür und schaute durch die Halle. „Ist der Strom weg? Keine Panik, sowas dauert im Normalfall nicht lange." Er gähnte. „Legen Sie sich wieder schlafen, Frau Kessler."

„Das werde ich nicht." Frau Kessler verschränkte die Arme vor der Brust. „Mein Kind steckt im Wäscheabwurf fest und Sie müssen ihm raushelfen. Rufen Sie die Feuerwehr und kommen Sie mit mir nach oben. Wenn ich Sie an den Füßen festhalte und Sie in den Schacht kriechen, können Sie das Kind vielleicht erwischen. Hopp, hopp, bevor es sich aus der Verkantung dreht und abstürzt. Da wäre mein Mann sehr ungehalten. Er hängt unbeschreiblich an dem Kind."

Will gähnte wieder und wuschelte sich durchs Haar und rieb sich die Augenwinkel. „Ihr Kind?"

„Es wird demnächst ein Jahr alt und kann mehr schlecht als recht laufen. Nachts schleicht es gern ins Bett der Kinderfrau, diesmal ist es wohl im Bad gelandet, hat den Wäscheabwurf aufbekommen und ist reingeklettert." Sie fasste sich wieder ans Herz. „Wie genau das passieren konnte, ist mir eh ein Rätsel. Ich wollte mal schmutzige Tücher in den Schacht werfen und habe ihn überhaupt nicht aufbekommen. Das ist kniffliger als es sich anhört." Sie packte Will am Handgelenk. „Kommen Sie mit."

„Halt!" Thyra packte seinen anderen Arm. „Zuerst wird die Feuerwehr und der Notarzt gerufen. Meine Tochter liegt mit unzähligen Schnittwunden auf dem Sofa. Sie blutet stark, ich bin völlig verängstigt und deshalb müssen Sie sofort den Arzt für meine Tochter rufen."

Während die Frauen an ihm zerrten, eine links am Arm, die andere rechts, schien Will langsam wach zu werden. „Warum rufen Sie beide nicht selbst den Arzt und die Feuerwehr? Sie müssen in der Home-App auf den Notfallbutton tippen, das ist der mit dem Ausrufezeichen, oder das Passwort Karthago sagen. Ein Notruf wird dann automatisch abgesetzt."

„Das Internet ist ausgefallen", sagte Thyra. „Die Fahrstühle sind defekt, Ihre Klingel lässt sich zu keinem Ton hinreißen und das Licht flackert nicht einmal halbherzig auf. Glauben Sie mir, wenn ich telefonieren könnte, würde es hier längst von Rettungskräften wimmeln."

„Okay." Will kratzte sich am Kopf und dachte nach, ehe er auf Thyra zeigte. „Sie gehen vor die Tür und rufen Hilfe mit dem ganz normalen Handynetz. Selbst wenn hier drin die Verbindung ausgefallen ist, wird das Handy auf der Straße funktionieren. Ich gehe mit Frau Kessler nach oben und sehe nach dem Kind." Er war bereits losgegangen, als er auf dem Absatz umkehrte. „Ich brauche Schuhe." Gleich an der Eingangstür war eine Kommode, aus der er dunkeldreckige Sportschuhe holte. Er schlüpfte barfuß hinein. „Die Fahrstühle gehen nicht, sind Sie sicher?"

„Wollen Sie zur Bestätigung die Blasen an meinen Füßen sehen?", konterte Frau Kessler mit dem rechten Bein in der Höhe.

„Warum fragen Sie?", wollte Thyra wissen.

Will machte einen Doppelknoten in seine Schnürsenkel. „Familie Kessler hat das Penthouse in Etage dreißig gekauft. Da wäre es mit dem Fahrstuhl viel bequemer." Er schickte sie mit einer Handbewegung weg. „Los, Sie müssen telefonieren."

Bei der Gestaltung des Hauses hatte eine Architektin namens Poor-Ra van Sinn die Finger im Spiel. Der Makler erwähnte diese Architektin bei jeder Gelegenheit und in jedem zweiten Satz, deshalb hatte Thyra den Namen gegoogelt. Sie war auf eine Frau Ende vierzig gestoßen, die von sämtlichen renommierten Universitäten Auszeichnungen bekommen und sich einen international ausgezeichneten Ruf erarbeitet hatte. Sie kümmerte sich um den ästhetischen Wert eines Hauses, weniger um das Funktionale. Wegen Poor-Ra van Sinn gab es diesen Zwischenbereich, der das Außen vom Innen trennte. Die Glastür zur Straße war mit Facettenschliff ein echter Blickfang. Die Glastür zur Lobby begrenzte den dunkelroten Teppichboden, der die Putzfrau zur Verzweiflung trieb, weil man jedes Staubkörnchen sah. Alternativ konnte man sich im Zwischenraum von einem der drei Sessel aus das Aquarium ansehen, das jedem Zoogeschäft zur Ehre reichte.

Thyra schritt durch die erste Tür und wischte bereits auf ihrem Smartphone herum, damit sie keine Zeit verlor, sobald sie auf dem Gehweg war. Das Aquarium nahm sie als undeutlichen Schatten wahr. Nachts wurden unterschiedliche Mondphasen mit verschiedenen Lampen simuliert und wie es aussah, war gerade Vollmond. Das Wasser schimmerte leicht silbern und manchmal huschte der Schatten eines Doktorfischs vorbei.

Unvermittelt knallte Thyra gegen die äußere Glastür. Sie hatte ein Geräusch gehört, das sich wie die Schiebetür anhörte, aber plötzlich prallte sie mit der Nase ans Glas und ein stechender Schmerz schoss ihr durch die Schläfen ins Denkorgan. Sie zuckte zurück und fluchte.

Ihre Nase brannte und die Stirn kribbelte. Thyra rieb sich die schmerzenden Stellen und prüfte mit den Fingern vorsichtig, ob der Schmerz in der Nase stärker war als zuerst geahnt. „Hoffentlich ist nichts gebrochen", murmelte sie und leuchtete mit ihrem Telefon die Finger an. Kein Blut war zu sehen. Sie leuchtete gegen die Glastür, die in Augenhöhe einen deutlichen Fettfleck bekommen hatte. Oben am Sensor blinkte ein Licht, was Thyra wunderte, überraschte und erleichterte. Der Strom schien da zu sein und das war ein gutes Zeichen.

„Hey!", rief Thyra und begann vor dem Sensor zu winken. „Aufmachen! Siehst du mich nicht?"

Vielleicht war es zu dunkel? Thyra richtete die Taschenlampe auf den Sensor und bewegte den Lichtkegel von einer Seite zur anderen. Die Tür blieb geschlossen. Sie stellte sich selbst ins Rampenlicht und machte Schritte auf die Glastür zu, die sich nicht öffnete. Als sie eine Weile ruhig dastand, hörte das Licht am Sensor auf zu blinken und leuchtete ständig.

„Aha", sagte Thyra zu sich selbst. „Funktionieren tust du offenbar, wenngleich nicht wie gewünscht."

Sie versuchte es weitere Male, indem sie immer wieder auf die Tür zuging, wartete, zurücktrat und es erneut versuchte. Sie benahm sich wie ein verhaltensgestörtes Zootier, das auf engem Raum Runden drehte.

Draußen lag der Gehweg im Dunkeln. Erst etwa zwanzig Meter vom Eingang entfernt gab es eine ausgeschaltete Straßenlaterne. Die Stadt testete dieses neue System, wo man sich online anmeldete und die Straßenlaternen, die man brauchte, selbst anschaltete. Zehn Minuten später gingen die Lichter wieder aus. Das sollte Millionen sparen, meinte der Kämmerer.

Thyra presste das Gesicht ans Glas und schaute zu den anderen Häusern. Gegenüber stand ein leeres Hochhaus, das bald abgerissen werden sollte. Tagsüber waren Baufirmen damit beschäftigt, alles für den Abbruch vorzubereiten. Gerüchten zufolge sollte es eine kontrollierte Sprengung geben, was die Stadt vehement bestritt. Sie behauptete, es würde einen Rückbau geben, um die Lärmbelastung für die Bewohner von Nummer vier gering zu halten. Wohl eher hatten sie Schiss vor der Klagewelle, die eine Sprengung zweifellos auslösen würde. Dynamit und besorgte reiche Familien mit teuren Anwälten, das vertrug sich nicht.

Die Straße entlang stand das Nachbarhaus. Alle Fenster bis auf zwei waren dunkel. Zu rufen hatte über die große Entfernung hinweg keinen Sinn. Das war der Nachteil, wenn man an einer breiten Straße wohnte, die auf beiden Seiten Parkbuchten bot. Verdammt viel Platz.

Obendrein war sich Thyra nicht einmal sicher, ob man ihr geholfen hätte, denn das Verhältnis zu den Bewohnern war schwierig. Als bei einem Umzug ein Sportwagen die Straße vor dem Haus blockiert hatte, um den Umzugslaster rückwärts ordentlich einparken zu lassen, war ein junger Mann im Trägershirt gekommen und hatte mit einem Klappmesser die Reifen aufgeschlitzt. Entrüstet drohte der Fahrer des Sportwagens: „Das werde ich der Polizei melden! Sie müssen mir den Schaden ersetzen!"

Daraufhin rammte ihm der junge Mann das Messer in den Bauch und schrie: „Du stehst vor dem falschen Haus, verdammtes Arschloch. Fahr sofort deine Wohlstandskarre hier weg, sonst setzt es was."

Neben ihr plätscherte das Aquarium. Einer der Falterfische tobte durch das Becken und brachte Unruhe in die Gesellschaft. Die Riffbarsche und der Kugelfisch wurden wach und flitzten von einer Seite zur anderen. Thyra suchte kurz, ob sie die Ursache für den Tumult fand. Während sie vornüber gebeugt nach ihrem Liebling, dem Kugelfisch, guckte, schalt sie mit sich selbst. Elaine lag oben auf der Couch und brauchte Hilfe, was kümmerte sie sich um ein paar verrückte Fische?

Mit einem tiefen Atemzug entschied sie sich einen anderen Weg zu suchen. Wenn diese Tür nicht aufgehen wollte, würde sie eben aus dem Fenster steigen. Hier im Zwischenbereich gab es natürlich kein Fenster, aber Will hatte seine Wohnungstür nicht zugemacht. Von seiner Wohnung aus konnte sie durchs Fenster nach draußen steigen. Hoffentlich erschreckte sie Domeyer Senior nicht zu Tode, wenn sie plötzlich in der Wohnung auftauchte.

Sie wandte sich von der Tür ab, drehte sich herum und stand eine Sekunde später vor der anderen geschlossenen Glastür, die nicht aufging.

„Also..." Thyra stampfe mit dem Fuß auf. „Das darf nicht wahr sein!" Sie machte drei Schritte zurück und ging erneut auf den Sensor zu. Sie sah das Blinken über ihrem Kopf. Genauso blinkte es, wenn der Sensor jemanden erkannte, der durch die Tür wollte. Dann glitten die Scheiben normalerweise zur Seite.

Thyra trat mit der Spitze ihres Plastikschuhs gegen die Tür und spürte prompt ein schmerzhaftes Ziehen im großen Zeh. Sie trat erneut zu. „Geh sofort auf!" Sie wiederholte den Tritt mit Schmackes und bemerkte, als sie mit der Taschenlampe leuchtete, den hellblauen Gummiabrieb am Glas. Die Schuhe waren echt billige Dinger, die sie besser längst hätte wegwerfen sollen. Sie rochen obendrein unangenehm stark nach Plastik.

„Hilfe!" Thyra klopfte gegen das Glas. „Hilfe! Kann mich jemand hören? Ich bin eingeschlossen! Hilfe!"

Sie hämmerte, trat und schlug und schrie. Sie machte so viel Lärm wie möglich, damit, so hoffte sie, vielleicht einer der anderen Bewohner misstrauisch nachsehen würde, wer zu nachtschlafender Zeit einen solchen Radau verursachte.

Prompt kam ein Mann auf den Zwischenraum zu. Er hatte einen Baseballschläger in der Hand und gefletschte Zähne im Gesicht. „Was fällt dir ein?", herrschte er sie an. „Was machst du solchen Krach? Es ist halb sechs früh. Sonntag. Die ganze verdammte Nacht hindurch quälen mich diese beschissenen Albträume und jetzt machst du solchen Radau! Gottverdammte Scheiße! Was soll das!"

Thyra stutzte. „Es war vor einer Ewigkeit halb sechs; Sie haben die Uhr falsch abgelesen." Sie klopfte gegen das Glas. „Können Sie mir bitte raushelfen?"

„Einbrecher, oder?", fragte der Mann und schwang dabei seinen Schläger. „Ich rufe wohl besser die Polizei." Er hatte natürlich sein Telefon dabei und leuchtete damit in Thyras Gesicht. „Ich kenne dich", lachte er plötzlich. „Du wohnst im Haus, oder?"

Thyra ließ die Arme hängen. „Ich wollte einen Arzt für meine kleine Tochter rufen, die blutüberströmt auf der Couch liegt. Das Internet geht nicht, also gibt es kein Telefon. Ich wollte draußen mit dem Handynetz telefonieren, doch die Tür bleibt zu. Dann wollte ich zurück in die Hausmeisterwohnung und durchs Fenster steigen, aber nun geht diese verdammte Innentür nicht mehr auf." Sie war den Tränen näher als ihr lieb war.

„Thyra Banks", schnippte der Mann ihr gegenüber mit den Fingern. „Wir haben in der Tiefgarage die Stellplätze nebeneinander." Er lachte dröhnend. „Ich bin Henno Liebermann. Weißt du nicht mehr? Vor zwei Wochen habe ich dir einen Kratzer ins Auto gemacht. Deinen flachen i8 habe ich im Rückspiegel zu spät gesehen. Obwohl ich gleich gebremst habe, hat dein Radkasten einen Kratzer abbekommen. Ich wollte dich deswegen sprechen, also habe ich einen Zettel an die Tür geklebt." Er wurde ernst. „Ist der abgegangen? Bist du sauer?"

„Nein." Thyra erinnerte sich, wie sie den Zettel in den Müll geworfen hatte. „Der Kratzer war einfach nicht der Rede wert. Den hat der Lehrling in der Werkstatt in zwei Minuten mit einem Lackstift ausgebessert. Ich habe vergessen, Ihnen das zu sagen. Sorry." Sie tippte gegen die Tür. „Können Sie mir jetzt bitte helfen? Es ist dringend. Wie gesagt, meine Tochter braucht einen Arzt."

„Ja", nickte Henno. „Klar. Tritt ein Stück zurück, ich schlage das Glas kaputt."

Er schwang seinen Baseballschläger weit nach hinten, trat auf die Tür zu und in diesem Moment glitt sie wie selbstverständlich auf. Henno stoppte in seiner Bewegung. „Funktioniert!"

„Hat sie nicht." Flugs verließ Tyra den Zwischenbereich. „Ich habe die ganze Zeit gewedelt, da war nichts zu machen."

Sie eilte in Wills Wohnung und bog sofort in den ersten Raum links ab. Das war die Küche. „Computer, Fenster öffnen!" Hastig räumte sie Zeitungen und eine Wetterstation vom Sims. Der Computer reagierte nicht auf ihre Stimme oder die Ansprache, deshalb legte sie den Zeigefinger auf das Sensorfeld an der Wand und wartete. Nichts passierte.

„Die Domeyers haben keine Sprachsteuerung", hörte sie Schritte hinter sich. „Du musst den Sensor drücken. Neben dem Fenster."

Thyra schaute kurz zu Henno. „Irgendwie klappt es bei mir heute nicht. Bei Ihnen vielleicht? Sie hatten eben mit der Tür wesentlich mehr Erfolg als ich."

Henno stellte seinen Baseballschläger in die Ecke und drückte das Sensorfeld. „Nö, das ist hin. Dieses Funktionslicht leuchtet, aber reagieren tut nichts." Er begutachtete das Fenster ringsum. „Da ist kein Notfallgriff, oder? Manchmal sind im Erdgeschoss solche Griffe angebracht."

Thyra leuchtete angestrengt jeden Winkel aus. „Da ist nicht mal eine Griffmulde zu sehen."

„Im Normalfall", Henno tastete das Fenster ringsum ab, „geht es automatisch auf und zu, wenn man den Sensor drückt. Wenn irgendein Messfühler Regen misst, geht das Fenster sowieso selbst zu. Ich programmiere immer eine bestimmte Zeit ein. Wenn ich nach dem Duschen lüfte, soll das Fenster im Winter nach acht Minuten wieder zugehen. Früher habe ich das Fenster immer vergessen und es war oft eiskalt im Bad. Alles passé." Er stieß sich von dem Fensterbrett ab und griff zum Schläger. „Ich fürchte, wir müssen rabiat werden."

Thyra konnte sich das Chaos aus Scherben und Splittern vorstellen, das nach dem Schlag herrschen würde. Sie machte drei Schritte rückwärts. „Viel Erfolg."

Henno wog den Schläger in der Hand und postierte sich breitbeinig, um sicheren Stand zu haben. Er holte aus und drosch den Schläger in die

Mitte des Fensters. Unter der gewaltigen Krafteinwirkung begann die Scheibe zu beben.

Thyra zog instinktiv den Kopf ein und kniff die Augen zusammen. Sie erwartete einen Regenschauer aus Glas, stattdessen ächzte Henno.

„Was ist?" Thyra öffnete die Augen wieder.

Henno stand vor der intakten Fensterscheibe und rieb sich die rechte Schulter. „Das hat krass wehgetan und nicht mal einen Sprung ergeben. Ich glaube, ich habe mir die Schulter geprellt." Er begutachtete seinen Schläger und zupfte einen Splitter weg. „Der hält locker einen zweiten Schlag aus. Soll ich?"

Thyra konnte sich nicht erklären, warum es keinen Scherbenregen gegeben hatte. „Fester zuschlagen."

„Geh lieber zur Seite, damit dir der Schläger nicht an den Kopf knallt, falls er zerbrechen sollte. Ich werde zuschlagen wie nie zuvor in meinem Leben." Henno stellte sich einen Schritt weiter weg und probte das Zerschlagen des Fensters mit einem kurzen Anlauf. „Das ist kein Spaß, wenn der Schlag von einer widerstandsfähigen Scheibe sinnlos gebremst wird, das kannst du mir glauben."

Er holte aus, schwang den Schläger und stürmte los. Voll Karacho prallte der Schläger auf das Glas und Henno landete an der Scheibe. Mit dem Bauch rumpelte er gegen das Fensterbrett, wurde zur Seite geschleudert und fegte taumelnd ein Bild im Glasrahmen zu Boden. Das waren die einzigen Scherben, die es gab.

„Verdammtes Drecksding!", rieb Henno sich die Schulter.

Thyra strich sich das Haar samt Schweißtropfen aus dem Gesicht. „Warum geht dieses Glas nicht kaputt?"

„Darum", sagte eine Frau hinter ihnen.

Thyra und Henno drehten sich herum und leuchteten der Frau ebenso in die Augen wie die Frau ihnen. Es war nicht Frau Kessler, so viel war sicher.

„Wer zur Hölle bist du?", entfuhr es Henno.

„Gabriele Schotter", stellte sie sich vor. „Doktor Gabriele Schotter. Mir wäre es lieb, wenn wir beim Sie bleiben."

Eine Weile begegneten Thyra und Henno dieser Ansprache mit nachdenklichem Schweigen. Schließlich fuhr Doktor Gabriele Schotter fort: „Warum versuchen Sie das Fenster einzuschlagen?"

„Wir sind keine Einbrecher", sagte Thyra sofort. „Wirklich nicht."

„Eher Ausbrecher", sagte Gabriele. „Sonst würden Sie es von außen nach innen versuchen." Sie senkte ihre Taschenlampe. „Haben Sie eine

Ahnung, warum das Licht nicht funktioniert, obwohl Strom da ist? Warum sind manche Dinge defekt, andere nicht?"

„Hä?", fragte Henno.

„Der Lift ist außer Betrieb", sagte Gabriele. „Mein Fernseher zeigt das Testbild, das Licht ist aus und das Telefon schweigt. Die Heizung macht keinen Mucks, der Kühlschrank leuchtet. Es kann nicht am Strom liegen, es muss etwas mit der Steuerung des Hauses nicht in Ordnung sein." Sie senkte die Stimme. „Ich konnte meine Wohnung nicht verlassen. Die Tür reagierte nicht auf den Öffnungsbefehl, deshalb musste ich mich durch die Hundeklappe quetschen." Sie tastete mit der flachen Hand nach ihrer Hochsteckfrisur. Der Dutt saß.

„Wieso haben Sie eine Hundeklappe in der Tür?", fragte Henno.

Gabrieles linke Augenbraue hüpfte ein Stückchen in die Höhe und blieb dort. „Meine Püppi dreht gern mal eine Runde im Haus. Wenn sie damit fertig ist, kann sie jederzeit durch die Klappe zurück in die Wohnung. Sie hat so ein Halsband mit Funk, damit sie reinkommt."

„Raus geht immer?", vermutete Henno.

Thyra seufzte. „Es ist keine Zeit, um die Tücken der Technik zu diskutieren. Ich brauche dringend einen Arzt für meine Tochter. Sie hatte sehr viel Blut verloren, als ich um halb sechs die Wohnung verlassen habe, um Hilfe zu suchen. Das ist eine Ewigkeit her."

Gabriele lachte trocken und hielt Thyra das Smartphone hin. „Laut Home-App ist es genau halb sechs. Ihr Zeitgefühl ist nicht in Hochform."

Henno kratzte sich am Kinn, wo ein üppiger Vollbart wuchs. „Ich selbst bin um halb sechs aufgewacht von dem Lärm, den Thyra verursacht hat. Das ist mindestens eine halbe Stunde her."

„Jedenfalls", zeigte Gabriele aufs Fenster, „werden Sie kein Glück damit haben, diese Scheiben einschlagen zu wollen. Dank der Terrorverordnung müssen alle Außenfenster eines Gebäudes dem RC6 Standard genügen. Sie kriegen diese Fenster nicht kaputt, wenn Sie mit einem Lastwagen volle Kanne dagegen fahren. Keine gewöhnliche Explosion kann diesen Scheiben etwas anhaben, also packen Sie besser Ihren läppischen Schläger weg."

Henno stellte den Schläger in die Ecke. „Wirklich? Ich könnte mit einem Laster in die Front fahren und würde das Fenster nicht kaputt kriegen? Was zur Hölle ist das für Glas?"

„Die Frage ist vielmehr", sagte Gabriele, „was das für Leute sind, die uns zwingen, in Neubauten solches Glas zu verwenden und solche Wände zu konstruieren?" Ihr kam ein Lachen aus. „Das hat man davon, wenn man den rechten Proll wählt. Man sucht Sicherheit vor der Welt und sperrt sich dazu ein."

Thyra legte eine Hand an die Fensterscheibe und schaute auf die Straße. Alles war ruhig, alles war dunkel. „Ich muss raus. Frau Kessler braucht die Feuerwehr und ich dringend einen Arzt."

„Also gut." Gabriele schien sich zu einer schweren Entscheidung durchgerungen zu haben. „Ich pfeife auf meinen freien Sonntag. Warum brauchen Sie einen Arzt für Ihre Tochter? Warum hat sie Blut verloren?"

Thyra spürte, wie ihr eine Gänsehaut über die Arme sauste. „Sie hat Schnitte am gesamten Körper. Manche gehen sehr tief und müssen bestimmt genäht werden."

Gabriele machte eine wegwerfende Handbewegung. „Immer glaubt der Laie, ein Schnitt müsse genäht werden. Wir kleben meistens, das ist die bessere Technik. Verträgt sich mit der Wunde, ist haltbarer und wenn die Wunde zuverlässig geschlossen ist, baut der Körper den Kleber selbst ab. Die Nachbehandlung ist weniger aufwändig." Sie ließ diese Erklärung kurz wirken. „Wenn Sie möchten, sehe ich mir Ihre Tochter an."

Thyra starrte mit großen Augen auf Gabriele. „Sind Sie Ärztin?"

„Ich arbeite seit fast dreißig Jahren in der Kinderklinik." Gabriele blickte zu Henno. „Was sind Sie von Beruf, wenn ich fragen darf? Ein Abrissunternehmen betreiben Sie wohl eher nicht."

Henno wandte sich von dem Fenster ab, das er ausgiebig betrachtet hatte. „Ich mache so Internetzeug."

„Handel?", bohrte Gabriele nach. „Legal oder illegal? Seien Sie mir meinetwegen böse, Sie sehen nicht aus wie jemand, der eine geniale App entwickelt oder als Freiberufler ein Vermögen mit Software macht."

Im Moment sah niemand von ihnen besonders ansprechend aus. Thyra trug selbst eine Jogginghose, das blutbesudelte und tränenverklebte T-Shirt unter der Stoffjacke und dazu die Plastikschuhe. Gabriele war in einem nachtblauen Fleece-Jumpsuit gekommen und trug das braune Haar zu einem Dutt gesteckt. Henno war groß, kräftig und massig. Sein zotteliger, ausufernder Vollbart ließ ihn furchteinflößend wirken. Sein schwarzes Haar hing ihm in leichten Locken über den Rücken und der Totenkopf auf dem schwarzen verwaschenen T-Shirt machte seinen Look zusammen mit dem Baseballschläger perfekt.

„Darknet?", forschte Gabriele nach. „Haben Sie etwas mit diesem Abgrund der menschlichen Gesellschaft zu tun, wo man alles käuflich erwerben kann, egal wie missraten oder verboten es ist? Sind Sie womöglich einer von diesen Waffenhändlern, die unschuldigen Kindern Knarren verkaufen und sie zum Attentat schicken? Sprechen Sie Arabisch und essen Sie Halal?" Sie riss die Augen auf, als hätte sie eine plötzliche Erkenntnis. „Greifen Sie Kreditkartendaten ab oder hacken Sie die Kundenkonten von Onlinehändlern? Womöglich sind Sie in Scheingeschäfte verwickelt, wo Sie gutgläubige Bürger dazu verlocken Sachen zu kaufen, die nie geschickt werden, oder Geld für eine angebliche Erbschaft ins Ausland zu überweisen." Bei jedem Vorwurf war sie einen Schritt näher gekommen. „Ich lasse nicht locker, bis Sie mir sagen, was Sie tun. Glauben Sie mir, ich kann verdammt hartnäckig sein. Das sagen alle, die mich kennen."

Henno beugte sich vor ihr zurück und stand im Hohlkreuz da. „Immer mit der Ruhe, Oma, das einzige, was ich im Netz kaufe und verkaufe, sind Aktien. Ich bin Investmentbanker, das hänge ich nicht gern an die große Glocke. Seit der Krise haben Investmentbanker einen schlechteren Ruf als Kinderschänder."

Gabriele machte einen Schritt zurück. „Bei mir nicht. Da ist es umgekehrt." Sie schien trotzdem zufrieden zu sein. „Wo ist unser Hausmeister? Das ist seine Wohnung, in der wir stehen, oder?"

Thyra zeigte nach oben. „Will ist mit Frau Kessler zum Penthouse hoch, um Frau Kesslers kleines Kind aus dem Wäscheabwurf zu befreien."

Gabriele runzelte die Stirn. „Wenn es bis in den Keller gestürzt ist, braucht es keinen Arzt mehr. Dreißig Stockwerke überlebt es nicht."

„Vielleicht", schränkte Henno ein, „wenn das kleine Würmchen in einem Wäscheberg landet?"

Thyra unterbrach die Diskussion. „Das Kind hängt irgendwo fest, hat Frau Kessler gesagt, knapp außerhalb ihrer Reichweite, deshalb meinte sie, Will könnte ihr helfen." Sie machte eine kurze Pause. „Gabriele, können Sie jetzt bitte mir helfen?"

„Bitte", nickte die Ärztin, „gehen Sie voraus." Zu Henno sagte sie: „Sie können derweil prüfen, wie viele Leute außer uns in diesem Haus feststecken und ob jemand einen Ausweg weiß. Lassen Sie die Fenster und Türen in Ruhe; wenn die Software spinnt, haben Sie mit brachialer Gewalt keine Chance." Sie blieb vor dem Lift stehen, drückte den Knopf und klopfte sich im nächsten Moment gegen die Stirn. „Dummerchen, das Ding geht ja nicht."

Kapitel 3

Zwanzig Stockwerke nach oben zu marschieren, war kein Pappenstiel. Thyra spürte nach den ersten drei Treppen jeden Muskel in ihren Beinen. Ihre Waden zitterten und im Gewölbe ihres rechten Fußes bahnte sich ein Muskelkrampf an. Sie verfolgte neidisch, wie Gabriele in stetem Tempo vornweg die Stufen erklomm. Sie schien sich wie ein Automat nach oben zu bugsieren. Mitte der vierten Treppe warf sie über die Schulter einen Blick zurück zu Thyra. „Wir hatten bisher nicht das Vergnügen, oder?"

Thyra musste heftig atmen. „Bedaure."

„Kann an meinen Schichten liegen." Ihr war nichts von Erschöpfung anzumerken. „Ich arbeite gerne die Nacht- und Wochenendschichten. Feiertage nehme ich gern, weil es meinem Hund egal ist, an welchem Wochentag er mich sieht. Der Stochastik nach hätten wir uns begegnen müssen, entweder am Briefkasten oder in der Tiefgarage. Sie haben ein Auto?"

Thyra brummte zustimmend. „Mir gehört der i8."

„Ein E-Auto." Gabriele sagte es in einem Tonfall, als würde sie eine verschimmelte Bakterienkultur betrachten. „Sind Sie Weltverbesserer aus Überzeugung oder wegen des schlechten Gewissens?"

„Letzteres." Thyra hielt ihre Antworten möglichst knapp. „Als Ausgleich zu den ganzen Flügen."

Gabriele lachte. „Sind Sie Pilotin von Beruf?"

„Büro in New York." Thyra blieb stehen und verschnaufte. „Mittlerweile bin ich mit meiner Flugbegleiterin per du. Wenn sie am Sonntagabend nicht an der Tür steht, frage ich die Kollegin, ob sie krank ist oder Urlaub hat."

Gabriele hatte weitere Stufen zurückgelegt, ehe sie stehenblieb und sich umdrehte. „Sie sollten mehr auf Ihre Gesundheit achten. Wir haben gerade acht Treppen geschafft und ich alte Frau muss mich Ihrem Tempo anpassen. Wie alt sind Sie? Anfang dreißig?"

„Ende." Thyra setzte sich wieder in Bewegung.

Gabriele marschierte weiter. „In Ihrem Alter habe ich Bäume ausgerissen. Ich habe jeden Tag ein Leben gerettet, in der Mittagspause hatte ich heißen Sex mit dem Chefarzt und an den freien Tagen habe ich für Ärzte ohne Grenzen kostenlos im Sudan operiert."

Thyra rollte die Augen. „Und heute?"

Gabriele musste einmal laut und kräftig niesen. „Heute rette ich jeden Tag zehn Leben, operiere in der Mittagspause kostenlos für die hiesige Obdachlosenhilfe und an meinen freien Tagen wühle ich mich durch die Kontaktanfragen bei den Datingportalen. Aus dem heißen Sex sind lauwarme Kurznachrichten geworden. Man braucht keine Angst vor Geschlechtskrankheiten zu haben und schläft abends schneller ein. Ach, es macht viel weniger Spaß."

Zwei Treppen lang schwiegen sie und Thyra versuchte, nicht zu sehr zu keuchen. Einmal glaubte sie eine Nachricht mit ihrem Smartphone empfangen zu haben. Sie blieb stehen und checkte alle Apps. Die meisten suchten rotierend nach einem Internetzugang, den es nicht gab.

„Wie", fragte Gabriele, „konnte das Kind in den Wäscheschacht fallen? Es braucht den richtigen Fingerabdruck, um das Fach zu öffnen."

Thyra drehte ihr Smartphone und leuchtete die Stufen aus. „Davon verstehe ich nichts. Meine Waschmaschine habe ich in der Wohnung stehen."

„Und Ihre Tochter?", fragte Gabriele weiter. „Schnitte?"

„Ja." Thyra lief es eiskalt über den Rücken hinab. „Ihr ganzer Körper ist übersät mit Schnitten. Manche gehen recht tief."

„Zerbrochenes Glas?"

„Es war keines zu sehen." Thyra beeilte sich ihr nachzukommen. „Ich habe natürlich sofort die Fenster kontrolliert. Bei der Kälte hätte man gleich gespürt, wenn ein Fenster kaputtgegangen wäre."

„Ein Spiegel?" Gabriele atmete völlig normal, es war wirklich erstaunlich. „Hat die Kleine eine Schere in die Finger bekommen oder sich ein Messer geschnappt?"

Thyra runzelte die Stirn. „Was sind das für Fragen? Meine Tochter ist zwei. Sämtliche Messer und Scheren sind weggesperrt."

„Ts!" Gabriele schnalzte kurz mit der Zunge. „Was meinen Sie, was mir täglich an Märchen aufgetischt wird? Zwanzigster Stock, oder?" Sie zeigte nach vorn. „Zwei Etagen, bis Sie es geschafft haben. Es ist ein Kreuz, wenn die Fahrstühle nicht funktionieren. Haben Sie die östliche oder die westliche Wohnung?"

Da brauchte Thyra nicht zu überlegen. „Die östliche."

„Ich finde, das ist die schönere Seite." Sie schien Energie für zwei zu haben und war unerträglich kommunikativ. „Ich gehöre zu der Sorte Mensch, die früh auf den Beinen ist. Ich stehe früh auf und gehe spät zu Bett. Schlafen..." Sie machte auf der obersten Stufe Halt und drehte sich um. Mit erhobenem Zeigefinger wedelnd meinte sie: „Schlafen kann ich, wenn ich tot bin."

Thyra spürte jede Muskelfaser ihrer Beine. Ihre Knie zitterten und ihre Zehen waren taub. Sie hängte sich an der obersten Stufe ans Treppengeländer und ließ den Oberkörper nach vorn hängen. „Ist das eine Plackerei."

Gabriele war bereits vor der Eingangstür zur Wohnung und trat von einem Bein aufs andere. „Los, öffnen Sie."

Also stieß Thyra sich vom Geländer ab und wankte zu Gabriele. Aus der Entfernung streckte sie den Zeigefinger und berührte beim letzten Schritt an die Tür das Sensorfeld oben am Knauf. Statt des Summtons und einem grünen Licht blieb alles ruhig. „Drecksding", fluchte Thyra. Sie rieb die Finger an der Hose ab und versuchte die andere Hand.

„Das ist ausgeschaltet." Gabriele verschränkte die Arme. „Ist das überhaupt die richtige Tür oder stehen wir vor einer der leeren Wohnungen?"

„Ich weiß, wo ich wohne." Thyra begann ihre Taschen abzuklopfen. „Da muss irgendwo der Schlüssel von der Tagesmutter sein. Sie hat letzte Woche aufgehört."

Gabriele rümpfte die Nase. „Leeren Sie die Taschen nicht, bevor Sie die Klamotten waschen, oder hatten Sie die Sachen seit letzter Woche nicht in der Wäsche?"

Thyra verzog kurz das Gesicht. „Die Tagesmutter hat mir den Schlüssel gestern zurückgegeben, da hatte ich diese Jacke an. Ich laufe nicht den ganzen Tag im Business-Outfit herum." Sie klopfte und tastete weiter und schob die Hände tief in jede Ausbuchtung des Stoffs.

„Knatsch?", vermutete Gabriele.

„Richtig", bestätigte Thyra. „Sie hat keine Lust mehr, Elaine über Nacht zu betreuen. Ich bot an, diese Stunden doppelt zu bezahlen, sie meinte, ich solle mir das Geld quer oder längs an den Hut stecken. Wir haben gestritten, deshalb hat sie mir den Schlüssel zurückgegeben und heute Abend wird eine Nanny einziehen, die kein Problem mit bezahlter Schlafenszeit hat. Elaine schläft nämlich meistens tief und fest." Sie begann breit zu lächeln. „Na bitte, hier ist die Schlüsselkarte."

Im Schein des Handylichts zog Thyra die Schlüsselkarte durch den Schlitz, um die Tür zu öffnen. Allerdings funktionierte das Lesegerät nicht ohne Strom.

Gabriele riss ihr die Schlüsselkarte aus den Fingern. „Geben Sie her. Es ist nicht auszuhalten, wie Sie sich anstellen." Sie trat nahe an die Tür heran und zwang die Schlüsselkarte in den kaum vorhandenen Spalt zwischen Tür und Türstock. Wie in einem Krimi schob sie die Karte rauf und runter und als sie einen Widerstand wahrnahm, begann sie zu lächeln und die Tür ging auf. „Na, bitte. Mit dem alten Gangstertrick kriegt man eine lausig gesicherte moderne Tür auf. Wenn Strom da wäre, würde die Software jetzt die Polizei informieren."

„Die Polizei könnte ich gut gebrauchen." Thyra nahm die Karte zurück, die Gabriele ihr reichte, und legte sie auf die Garderobe. „Ist es schwierig, mit einer Karte eine Tür zu knacken?"

„Wenn die Tür nicht abgeschlossen wurde, ist es kinderleicht." Gabriele wartete nicht, bis sie in die Wohnung gebeten wurde. Sie trat durch die Tür, durchquerte den Eingangsbereich, wo an den Wandhaken Jacken, Mützen und Schals von Elaine hingen, und stand im Wohnzimmer. Sie tippte an den Sensor rechts an der Wand, um das Licht einzuschalten. Es tat sich nichts. „Haben Sie anderes Licht? Der Akku Ihres Smartphones wird nicht lange halten, wenn Sie ständig leuchten."

„Eine Taschenlampe?", schlug Thyra vor. „Im Schlafzimmer habe ich eine Taschenlampe mit Kurbelakku."

Gabriele hatte Elaine mittlerweile gefunden und war neben dem Sofa in die Hocke gegangen. „Können Sie den Verbandskasten mitbringen? In jedem Badezimmer befindet sich einer hinter der Tür in einem markierten Fach."

Nun musste Thyra sich sputen. Sie eilte ins Badezimmer und holte den Verbandskasten. Die Markierung an dem Fach fehlte und die Versiegelung ließ sich schwer lösen. Anschließend joggte sie ins Schlafzimmer, um die Taschenlampe mit dem Kurbelakku zu holen. Ein Geschenk von ihrem Vater, der jeden Tag mit dem Weltuntergang rechnete und ihr deshalb solches Zeug kaufte. Seit ihrem Geburtstag im Spätsommer lag die Taschenlampe in der Schublade, direkt neben der Lupe (mit der man Feuer machen konnte) und dem Taschenmesser, das mehr Werkzeug beinhaltete als ein durchschnittlicher Handwerker besaß.

Als Thyra neben Gabriele trat und ihr den Verbandskasten hinlegte, begann sie sofort am Akku zu kurbeln. „Meine Tochter spielt gern mit dem Ding, deshalb habe ich es nicht sofort weggeworfen." Sie richtete den schwachen Lichtstrahl auf ihr kleines Mädchen, das mit geschlossenen Augen dalag. „Wie geht es ihr?"

„Also, meine Liebe, das müssen Sie mir erklären. Woher kommen diese Schnitte?" Mit geübten Handgriffen drehte Gabriele das Mädchen auf den Rücken, bevor sie den Körper abtastete. „Manche Schnitte sind zweifellos vorsätzlich beigebracht worden."

Thyra schnappte nach Luft. „Das ist eine Unverschämtheit!"

„Ist es das?" Gabriele nahm die Taschenlampe an sich und leuchtete über den kleinen nackten Körper. „Wenn Sie eine Ahnung hätten, wie oft ich das höre. Wollen Sie ihr eine Windel anziehen, ehe sie auf das Leder strullert?"

Thyra schluckte böse Worte, die ihr spontan einfielen. „Welche Kinderärztin genau sind Sie? Um Husten und Schnupfen kümmern Sie sich eher nicht."

Vorsichtig und trotzdem sehr sicher drehte Gabriele die Kleine auf den Bauch. „Mein Fachgebiet ist die Kindernotfallmedizin. Manchmal bekomme ich auf den Tisch gelegt, was man nicht mehr als Kind erkennt. Diese Schnitte sind keinesfalls die Folgen eines Unfalls. Sie wurden vorsätzlich zugefügt. Wenn ich bedenke, wie stumpf die meisten Messer in einem Haushalt sind, war es wohl eine Rasierklinge."

Thyras Herz blieb fast stehen. Es fühlte sich an, als würden eiskalte Finger danach greifen und den Herzmuskel zum Stillstand zwingen.

„Hat sie geschrien?" Gabrieles Augenbraue zuckte in die Höhe. „Wenn nicht, ist sie eine dermaßen rabiate Behandlung gewohnt? In welche Kinderkrippe geht sie?"

„Wollen Sie die Erzieherinnen befragen, ob meine Tochter häufig mit dubios erklärten blauen Flecken auftaucht?" Thyra ließ sich auf das Sofa sinken und legte die Hände auf den kleinen Fuß ihrer Tochter. „Bis gestern Abend war meine Maus ein fröhliches Mädchen, das sehr gern Bücher anguckt und mit ihren Spielsachen überaus lebendige Fantasiewelten erschafft. Ich kann mir nicht erklären, woher diese Schnitte kommen." Ihr stiegen Tränen in die Augen. „Plötzlich wurde ich wach von ihren Schreien. Ich ging in ihr Zimmer und da stand sie blutend neben ihrem Bett. Mich hat der Schlag getroffen."

Gabriele blickte sie eine Weile forschend an. „Da war sie also ansprechbar?"

Thyra schniefte. „Natürlich habe ich sie gefragt, was passiert sei. Es war nicht viel aus ihr herauszubekommen und sie spricht nicht sonderlich gut. Sie meinte, eine Sau sei in ihrem Zimmer gewesen. Das kann ein Tier sein oder eine Frau." Thyra wischte sich die Tränen von der Wange. „Was tun Sie da?"

Gabriele hatte die Nase nahe an Elaines Gesicht. Sie schnupperte. „Etwas riecht süßlich, als wäre sie betäubt worden."

„Betäubt?" Wieder diese grässliche Gänsehaut, die Thyra über den Rücken lief. „Sie lag in ihrem Bett. Wer hätte sie betäuben sollen?"

„Ja, wer war denn mit ihr in der Wohnung?", konterte Gabriele.

Thyra schniefte erneut. Sie streckte sich zum Wohnzimmertisch und zupfte ein Taschentuch aus dem Spender. „Ich habe das meinem Mädchen nicht angetan. Ich will keine weiteren Unterstellungen deswegen hören."

„Müssen Sie nicht." Gabriele begann endlich damit die Wunden zu versorgen. „Ich werde die Polizei rufen, sobald ich ein Telefon in die Finger bekomme."

Thyra schluchzte und legte ihr Smartphone neben die Ärztin. „Tun Sie sich keinen Zwang an. Rufen Sie die Polizei, die Feuerwehr, das Jugendamt oder sonst wen. Ich will wissen, wer ihr das angetan hat."

Gabriele arbeitete schweigend. Sie tupfte die Wunden ab und verband manche davon. „Da sind Schnitte dabei", sagte sie schließlich, „die müssen operiert werden. Der Schnitt am Oberschenkel geht auf den Knochen und bei den anderen muss geklebt werden. Ich werde die Kleine auf jeden Fall in die Klinik einweisen. Sie werden sich gründlichen Nachfragen stellen müssen."

„Jeder nötigen." Thyra holte aus dem Bad eine frische Windel. „Kann man mit einer Blutanalyse herausfinden, ob sie betäubt wurde?"

„Wahrscheinlich."

„Ich will eine machen lassen." Thyra blieb neben dem Sofa stehen. „Ich will wissen, wer ihr das angetan hat."

„Jemand von außerhalb?" Gabriele schnaufte tief durch. „Auch diese Vorwürfe höre ich ständig. Immer lauert ein böser Mann hinter der Gardine, der Kinder schändet und misshandelt. Immer ist es ein geheimnisvoller Fremder, der sich auf perfide Weise Zutritt verschafft hat." Sie wischte einiges Blut von einer Wunde und deckte sie ab. „Hier im Haus werden die Flure und Lifte kameraüberwacht. Die Polizei wird das Material durchsehen und zweifelsfrei ermitteln, wer sich in der Wohnung befand." Ein kurzer Blick streifte Thyra. „Meistens entpuppt sich das mysteriöse Phantom als jemand, den man kennt." Sie umwickelte den Arm mit Verband. „Wer außer Ihnen hat Zugang zur Wohnung?"

„Außer mir?" Thyra zeigte auf Gabriele. „Mithilfe einer läppischen Plastikkarte haben Sie Zugang zu meiner Wohnung. Ich bin Ihnen hinterher gedackelt."

„Das ist ein technisches Problem. Also, wer? Der Vater der Kleinen?"

Thyra kratzte sich am Hals. „Eingespeichert ins Bedienfeld sind meine beste Freundin Annegret und meine Haushälterin Frau Steiner. Keiner von beiden würde ich zutrauen, Elaine dermaßen wehzutun. Sie lieben die Kleine." Sie fasste wieder nach dem Fuß und streichelte die Zehen. „Kommt sie in Ordnung?"

„Natürlich." Gabriele schaffte ein Lächeln. „Sie schläft. Sie hat nicht einmal das Bewusstsein verloren, sie ist einfach eingeschlafen. Das mit dem vielen Blut sieht immer fürchterlich aus und Laien überschätzen die Blutmenge aus einer Wunde kategorisch. Machen Sie sich keine Sorgen, das kommt alles wieder in Ordnung. Naja, der Schnitt an der Wange wird sichtbar bleiben. Später, wenn der Teenie darunter zu leiden beginnt, werden Sie eine Laserbehandlung bezahlen müssen. Damit wird die Narbe beinahe unsichtbar."

Als Gabriele fertig war und die Handschuhe und das gebrauchte Verbandszeug in den Müll warf, zog Thyra ihrer Tochter die Windel an, breitete eine Decke über sie und steckte die Enden sacht fest. Sie richtete sich auf und warf einen Blick auf die Uhr über der Tür. „Halb sechs." Sie fasste sich an den Kopf. „Es wird ständig halb sechs angezeigt."

Über ihnen rumorte es im Haus. Ein dumpfes Klopfen erklang, das sich scheppernd und polternd nach unten vorarbeitete. Von weit entfernt drangen Stimmen leise zu ihnen. Gabriele blickte alarmiert auf. „Was war mit dem Wäscheabwurf der Familie Kessler?"

Gleichzeitig rummste es an der Wohnungstür, die in den Angeln bebte. Jemand wummerte von außen dagegen. „Ist da jemand? Verdammt, ist da jemand!"

Nach einer Schrecksekunde hastete Thyra mit großen Schritten zur Tür. Sie riss sie auf und konnte knapp vor der erhobenen Faust eines Mannes zurückzucken, der gegen die Tür hatte hämmern wollen. Er lenkte seinen Schlag in die andere Richtung, torkelte und stützte sich am Türrahmen ab. „Gott sei Dank, Sie sind daheim." Er zeigte mit einem Arm hinter sich. „Da liegt ein Toter in meinem Bad!"

Nachdem sie ihren Schrecken überwunden hatte, erkannte Thyra ihren Nachbarn Korban Rick. Er trat von ihr zurück und sie folgte ihm einen Schritt auf den Flur. Vorhin hatte er seine Tür nicht geöffnet, nun stand sie sperrangelweit offen. Mit einer Bierkiste war sie blockiert, damit sie nicht zufallen konnte. Der Türoberschließer blinkte hektisch und wenn das Internet funktioniert hätte, wären pausenlos Mails mit Fehlermeldungen bei Korban, Will und der Polizei eingegangen.

„Das", zeigte Korban auf die Bierkiste, „habe ich gemacht, weil ich vorhin nicht mehr in meine Bude gekommen bin. Ich wollte ringsum fragen, ob jemand Probleme mit der Steuerung hat. Bin raus aus der Wohnung und habe mich umgesehen. Als ich zurückkam, war mit dem Sensorfeld was nicht in Ordnung. Also bin ich wieder losgezogen. Unten beim Hausmeister habe ich den alten Mann getroffen. Bis er die Treppen hierher hochschleicht... Ich habe ihn abgehängt, habe es mit dem Sensor versucht und prompt bin ich reingekommen." Er hieß Thyra mit sich gehen und redete weiter. „Alles war wie zuvor. Das Licht aus und nichts zu machen mit der Steuerung. Mindestens die Hälfte von dem ganzen Technikscheiß funktioniert nicht. Ich habe mir eine Dose Bier aus dem Kühlschrank geholt und musste prompt pinkeln. Ich gehe ins Bad. Ich gehe immer ins Bad und benutze niemals das Gästeklo. Spart das Putzen. Bin gerade dabei, da fällt mein Blick auf die Wanne und den Toten." Er raufte sich die Haare. „Können Sie sich das vorstellen? Da liegt ein Toter in meiner Badewanne! Vor Schreck habe ich rund ums Klo eine ganz schöne Sauerei angerichtet. Keine Angst, ich habe Handtücher draufgeworfen."

Thyra war vorbereitet auf den Anblick, trotzdem wurde ihr flau im Magen. Mit der Schulter lehnte sie sich gegen die Badezimmertür, presste sich die Hand an den Kehlkopf und zwang sich zum Schlucken. Sie leuchtete über den toten Mann in der Wanne. „Das ist Liebermann", flüsterte sie. „Henno Liebermann."

Korban runzelte die Stirn und stemmte die Hände in die Hüften. „Der Investment-Banker, der unten wohnt?" Er schob die Handtücher mit dem Fuß in die Ecke. Eines verhakte sich an seinem Korkbettpantoffel und er schlenkerte den Fuß, um es loszuwerden. „Hoffentlich hat sich der Kork nicht mit Pisse vollgesogen."

Thyra wich einen Schritt von ihm zurück und nahm sich vor, ihre Plastikschuhe so bald wie möglich wegzuwerfen und neue aus dem Schrank zu holen. „Es ist nicht lange her, da hat Henno mir aus der Patsche geholfen, als ich unten im Zwischenraum zur Lobby eingeschlossen war."

Mit leicht zusammengekniffenen Augen kratzte Korban sich am Hintern, ehe er sein Smartphone aus der Tasche zog. „Offensichtlich gibt es hier im Haus Probleme mit dem Strom und der ganzen verdammten Steuerung. Die Home-App ist hängengeblieben und lässt die Anzeige rotieren." Zum Beweis hielt er ihr das Display nahe ans Gesicht. „Zeigt immer fünf Uhr dreißig."

Thyra betrat das Bad. Sie fand in den Ecken und Winkeln Staubmäuse, Haare und Fussel. Neben dem Wäschekorb lagen Boxershorts in verschiedenen Farben und Fabrikaten. Sie versuchte sie zu ignorieren. „Die Glastüren sind nicht aufgegangen, obwohl der Sensor Strom hatte. Jedenfalls blinkte das Licht." Vor der Badewanne, in der Henno lag, ging sie in die Hocke. Sie vermied es sich am Rand aufzustützen und die Kalkkruste, die sich gleichmäßig über alle Keramik im Bad zog, womöglich aufzubrechen. „Als er mit dem Baseballschläger das Glas zertrümmern wollte, hat die Tür plötzlich funktioniert."

Korban zog sich die Jogginghose hoch über den ansehnlichen Bauch. „Man muss im richtigen Winkel auf den Sensor zulaufen, das wissen Sie? Manchmal spinnen solche Dinger. Wenn man zu klein oder zu leicht ist, gehen sie nicht."

„Was Sie nicht sagen." Thyra zupfte sich ein Handtuch vom Haken und drehte Hennos Kopf in ihre Richtung. „Wir sollten Gabriele um ihre Einschätzung bitten. Sie kann uns vielleicht sagen, woran er gestorben ist."

„Sie fassen den an?" Korban schien nach hinten zu kippen. Er stützte sich an der Duschkabine ab, die vor lauter Kalkflecken längst nicht mehr durchsichtig war. „Alter, der ist tot! Sie dürfen keinen Toten anfassen, da holt man sich wer weiß welche üblen Sachen."

Thyra ließ sich nicht beirren. „Er wird eher nicht an Ebola, Lassa oder einer anderen superansteckenden Krankheit gestorben sein."

„Sind Sie Ärztin?", fragte Korban. „Woher wollen Sie das wissen?"

Hennos linker Arm war unter dem Körper eingequetscht, während die rechte Hand über den mit Kalk und Schmutz verkrusteten Rand der ursprünglich cremeweißen Badewanne hing. Er trug dieselbe Kleidung wie vorhin. Der Baseballschläger fehlte, dafür lagen in den Falten der Hose Kupfermünzen verteilt. Weil das Handtuch zu grob dafür war, zupfte Thyra das letzte Blatt Toilettenpapier vom Halter und hob eine der Münzen auf. „Warum hat er nachts Kleingeld bei sich?"

Korban schnaubte. „Ich glaube, die Münzen sind aus diesem leeren Gurkenglas, das neben der Wanne steht." Er leuchtete an die entsprechende Stelle. „Von mir jedenfalls ist dieses Glas nicht und es riecht nach Geld, nicht mehr nach Gurken. Ich hasse eingelegte Gurken."

Anscheinend war das Glas zu einem Sparschwein umfunktioniert worden. Jemand hatte eine Menge Kupfergeld darin gesammelt.

Plötzlich sackte Hennos Kopf zur Seite. Korban schrie auf und sprang rückwärts durch die Tür in den Flur. Obwohl Thyra sich erschreckt hatte, blieb sie äußerlich völlig gefasst. Ihr Herzschlag fand den gewohnten Rhythmus. Liebermanns Kopf war zurück in die Position gerutscht, die der Schwerkraft zuträglich war. Dabei war die Kinnlade aufgeklappt.

Thyra staunte, als eine Münze aus Hennos Mund rutschte und zu den anderen auf seiner Hose fiel. Sie bückte sich und mit dem Handtuch zog sie seinen Mund weiter auf. Mehrere Geldstücke klimperten hervor. „Unglaublich", flüsterte sie. „Er ist voll Geld."

„Er isst Geld?" Korban kam langsam zurück ins Bad. „Geld kann man nicht essen."

„Nein", schüttelte Thyra den Kopf. „In ihm befindet sich Geld. Wie es scheint, ist sein Hals vollgestopft mit Münzen. Centstücke aus Kupfer." Sie richtete sich wieder auf, bevor ihre Muskeln lahm wurden und sie sich aus Gedankenlosigkeit auf den Rand der Wanne stützte.

Korban lachte trocken. „Die Frage, ob Investmentbanker den Hals nie vollkriegen, ist hiermit beantwortet. Wenigstens einer dieser neureichen Raffgiere hat ihn definitiv voll."

„Neureich?" Thyra legte das Handtuch auf dem Waschtisch ab, um der überquellenden Wäschebox mit den getragenen Boxershorts daneben nicht zu nahe zu kommen. „Was bringt Sie auf diese Einschätzung?"

„Ganz einfach." Korban hatte weniger Berührungsängste mit seiner Wäschebox. Er hob den Deckel und bugsierte sie mit einem Bein näher an den Rand des Waschtisches, ehe er das Handtuch mithilfe des Deckels in die Wäschebox schob. „Er fährt einen brandneuen SUV, kauft sich eine brandneue Wohnung in einem brandneuen Haus, aber die Möbel, die seine Kumpels in die Bude geschleppt haben, sind alt, klapprig und abgewohnt." Mit dem Handtuch hatte er es sich offenbar anders überlegt. Er holte ein blaues Handtuch aus dem Schrank, umwickelte seine Hände, holte das andere Handtuch aus der Wäschebox und stieß mit dem Knie den Deckel vom Abfalleimer, um alles wegzuwerfen. „Jemand, der längst zu Geld gekommen ist, hat keine billigen Möbel. Wohnung und Auto sind die ersten Statussymbole, die ein Mensch ändert. Die Möbel kommen später. Erst nach den teuren Urlaubsreisen, mit denen man prahlen kann." Er verzog die Lippen zu einem breiten Lächeln. „Sie haben Urlaub in Thailand gemacht, oder?"

„Mehrmals." Thyra verschränkte die Arme vor der Brust.

Weil der Abfalleimer überfüllt war, stemmte Korban sich mit all seinem Gewicht hinein, um genügend Platz für das Handtuchpaket zu schaffen.

Der Deckel ging zwar nicht mehr zu, aber Korban wischte sich zufrieden die Hände an die Hose. Er wartete, ob ihrer knappen Antwort eine Erklärung folgte. Als sie schwieg, setzte er sich auf den Deckel des Abfalleimers und zwang ihn zu. „Wer ist diese Gabriele, die wir wegen der Todesursache fragen könnten? Wohnt sie hier im Haus?"

„In acht-zwei", sagte Thyra. „Ihr gehört der Hund, der manchmal im Haus umher streift."

„Der süße Dackel?" Korban begutachtete seine Hände, die er abwechselnd ins Licht des Smartphones hielt. Er fand wohl, sie hätten eine Wäsche nötig. Er drückte sich Flüssigseife in die Handfläche und bewegte die Hände vor dem Sensor des Wasserhahns hin und her. „Dieser liebe Kerl kriegt öfter mal eine Streicheleinheit von mir, manchmal auch ein Leberwurstbrot oder ein Stück Schinken. Wo ist diese Gabriele jetzt?"

„Entweder drüben bei meiner Tochter oder oben." Thyra zeigte mit dem Daumen zur Decke. „Frau Kesslers Kind ist in den Wäscheabwurf gefallen und Will versucht es rauszuholen. Dabei hat es übles Gepolter und Geschrei gegeben. Gabriele ist vielleicht gelaufen, um zu helfen."

„Will?" Korban hörte auf zu wedeln und ließ seine seifenbedeckten Hände ins Waschbecken sinken. Der Wasserhahn spuckte keinen Tropfen aus und die Anzeige, die je nach Wassertemperatur rot oder blau leuchtete, blieb dunkel. „Mit dem wollte ich ein Bier trinken, nachdem er mir mit meinem Kühlschrank geholfen hat. Für einen Lehrer ist er echt in Ordnung."

Vom Flur hörte man zögernde Schritte und eine verhaltene Stimme: „Hallo? Herr Rick, sind Sie da? Ich bin es, Wilhelm. Sie waren grad bei mir unten."

„Im Bad!", rief Korban zurück und trat aus der Tür, um Wills Vater den Weg zu weisen.

Der alte Mann lachte. „Diese neumoderne Technik ist eine verzwickte Sache. Da braucht es manchmal mehrere Anläufe, bis eine Tür sich öffnet."

Thyra war aus dem Badezimmer getreten, was den alten Mann sichtlich in Verlegenheit brachte. „Verzeihung", murmelte er, „ich wollte Sie nicht stören, Herr Rick. Gnädige Frau, ich bitte vielmals um Entschuldigung. Ich wollte wegen der Tür... Wo mein Sohn ja im Penthouse... Zum Glück ist wieder alles in Ordnung. Gute Nacht wünsche ich."

Er hatte sich umgedreht, als Korban ihn bremste: „Halt, halt, geht bei Ihnen das Telefon wieder?"

Der alte Mann warf einen zögernden Blick zu Thyra und zurück zu Korban. Weil Korban nicht begriff, erklärte Thyra: „Sie haben uns nicht gestört, Herr Domeyer. Herr Rick hat mich um Unterstützung bei einer gewissen Situation in seinem Badezimmer gebeten. Haben Sie ein Telefon, das funktioniert?"

„Wilhelm", sagte der alte Mann sofort. „Schon vergessen? Darauf haben wir uns geeinigt, als Sie dieses riesige Paket mit dem Leinwand-Druck bei mir abgeholt haben."

Das Bild hing jetzt über dem Sofa und zeigte einen wunderschönen Strand, Wellenbrecher und ein kleines Häuschen, das direkt am azurblauen Indischen Ozean lag. Das Foto war bei einer Reise auf die Malediven entstanden und Thyra hatte es auf eine große Leinwand drucken lassen, um sich im Alltag an dieses Erlebnis zu erinnern.

„Ich bin Korban", hielt Korban Wilhelm die Hand hin. „Ach, ich muss die Seife loswerden. Ich glaube, ich habe eine Flasche Wasser in der Küche. Könnt ihr die Sache mit dem Bad klären?" Er lachte laut. „Dieser Spruch liegt mir seit Jahren auf der Seele: We have a situation here."

„Was ist mit dem Bad?", blickte ihm Wilhelm nach. „Ich hatte selbst ein Problem mit dem Bad." Er lachte, ohne die Situation damit auflockern zu können. „Ich war auf Toilette, was alte Menschen nachts zwangsläufig mehrmals müssen. Alles war normal, nur ging die Tür nicht mehr auf. Ich wollte nicht sofort Alarm schlagen und Will aus dem Schlaf reißen, gerade jetzt, wo er die Fachschaft in der Schule übernommen hat und mehr arbeitet als je zuvor. Weil der andere Tumult losbrach, musste ich mir letztendlich selbst helfen."

Thyra legte die Stirn in Falten. „Wie genau haben Sie sich geholfen?"

Wilhelm wog den Kopf und machte dazu eine unbestimmte Geste mit der Hand. „Daran war ein Stemmeisen beteiligt."

In der Zwischenzeit war Korban aus der Küche zurück. Er hielt drei Bierdosen in seinen nassen Händen und bot sie an. Thyra lehnte ab.

„Ich nehme gern ein Bier", meinte Wilhelm und fing die Dose, die Korban aus dem Dreierbündel fallenließ, gekonnt auf. „Ich hielt meinen Sohn für verrückt, als er den Werkzeugkasten im Badschrank unterbrachte, aber er blieb stur. Das sei der einzige Platz in der Wohnung, wo ihm das Ding nicht auf die Nerven gehe." Er knackte die Dose vorsichtig und ließ den Druck entweichen. „Heute war ich wirklich froh um seinen Sturkopf." Er klappte den Dosenverschluss ganz nach hinten. „Hat er von mir, das muss ich zugeben. Diesen verdammten Sturkopf hat er von mir. Seine Mutter war nicht so. Sie war eher von der harmonischen Seite. Wollte es immer friedlich haben, die Gute, Gott hab sie selig." Er trank einen Schluck. „Also, was ist das Problem mit dem Badezimmer?"

Korban rülpste lange und laut. „Da liegt ein Toter in der Wanne."

Wilhelm stand trotz dieser schonungslosen Mitteilung felsenfest. „Sie belieben zu scherzen?"

Korban stellte die leere Dose auf eine Kommode und knackte die Dose, die Thyra verschmäht hatte. „Während ich unten war, um deinen Sohn zu holen, hat mir jemand einen Toten in die Wanne gelegt." Er kratzte sich am Bauch, wozu er das T-Shirt weiter hochschob als nötig. „Einen…" Er schaute zu Thyra. „Wie heißt der Kerl?"

„Henno Liebermann." Thyra drehte sich von dem nackten Bauch weg. „Er wohnt in eins-vier, direkt neben Ihnen und Ihrem Sohn."

„Henno!" Nun war Wilhelm perplex. „Er stand eben mit Ihnen unten! Ich habe seine Stimme erkannt."

„Jetzt liegt er tot in meinem Bad." Korban zupfte sein T-Shirt zurück nach unten. „Deshalb muss ich unbedingt mit dieser Gabriele sprechen. Die soll mir sagen, woran er gestorben ist und wie ich ihn aus meinem Bad heraus bekomme. Will muss sofort nachforschen, wer die Reinigung übernimmt, oder er bestellt einen Gutachter, der abklärt, ob eine Reinigung überhaupt möglich ist oder ob nicht die Wanne und die Fliesen getauscht werden. Am besten", nahm er einen langen Schluck Bier, „wird das Bad neu gemacht. Ich will nicht in einem Raum stehen, in dem ein Toter lag." Mit der Bierdose in der Hand zeigte er zur Tür. „Will ist im dreißigsten Stock, oder? Da gehe ich gleich mal hoch. Wer kommt mit?"

Thyra lehnte ab. „Ich möchte nach meiner Tochter sehen und mir einen Weg überlegen, wie ich sie ins Krankenhaus bekomme."

„Oh", sagte Wilhelm, „ist was mit der Kleinen?"

Korban machte sich auf den Weg. „Lasst den Bierkasten einfach in der Tür stehen, ja? Damit ich mich nicht wieder aussperre. Mir wäre sowieso lieber, wenn sich ein Techniker hier mal gründlich alles ansieht. Da stimmt was nicht in dieser Bude."

„Das ist die kleine süße Maus, die so gern rosa Kleider trägt?", fragte Wilhelm. Er folgte Thyra in ihre Wohnung, wo Elaine auf dem Sofa lag, als wäre in den letzten Stunden nichts passiert.

Thyra legte vorsichtig eine Hand auf Elaines Rücken. Sie spürte, wie sich der schmale Brustkorb hob und senkte.

„Ja", lächelte Wilhelm, „das ist sie. Ein nettes Mädchen, wirklich. Ein entzückendes Kind." Er wurde ernst. „Warum muss sie in eine Klinik?" Nun hob Thyra sanft die Decke vom kleinen Körper. Im Schein ihres Smartphones waren die Verbände zu sehen und die Schnitte, die Gabriele nicht verbunden hatte.

„Mein Gott", hauchte Wilhelm, „was ist da passiert? Erst der tote Henno, jetzt das hier." Mit leicht gesenktem Kopf blickte er um sich, als erwartete er jeden Moment einen Angriff aus dem Hinterhalt. „Meine liebe Thyra, hier stimmt etwas nicht. Etwas Ungutes geht hier vor."

„Wem sagen Sie das." Langsam ließ Thyra sich auf die Couch sinken. Weil sie sich in ihren eigenen vier Wänden absolut sicher fühlte, zeigte sie auf einen der Sessel. „Bitte, nehmen Sie Platz."

„Auf keinen Fall." Wilhelm machte einen Schritt rückwärts. „Ich gehe nach unten und hole Ihnen einen Krankenwagen. Die Telefone hier im Haus sind defekt, aber die Nachbarn haben Telefon. Ich werde klingeln, bis mir jemand aufmacht und mich telefonieren lässt."

Thyra lehnte den Kopf an die Rückenlehne und schaute zur Decke. „Vorhin ging die Tür nach draußen nicht auf. Die Technik spielt komplett verrückt."

„Ich schlage ein Fenster ein", meinte Wilhelm. „Die Kleine ist wichtiger als ein paar Glasscherben."

„Geht nicht." Thyra ließ die Augen zufallen. „Wegen der Terrorverordnung sind alle Außenfenster und die Wände bombensicher. Nach zwei kräftigen Schlägen, die Henno mit dem Baseballschläger ausgeteilt hat, zeigt Ihr Küchenfenster nicht mal einen Kratzer."

Wilhelm nahm sich die Brille von der Nase und rieb die Augen. Man hörte die Wimpern leise knirschen. „Das sind keine guten Nachrichten. Sie machen es einem alten Mann ganz schön schwer zu helfen."

„Kennt Ihr Sohn sich mit dieser Technik aus?" Thyra musste gähnen. „Es scheint mir der Wurm in der Software zu stecken, deshalb funktionieren manche Dinge nicht, obwohl Strom da ist." Um nicht völlig in ein Leistungstief zu fallen und um sich zu beschäftigen, begann sie den Kurbelakku ihrer Lampe aufzuladen. „Wenn ich mit meinem Laptop solche Probleme habe, ist es immer die Software. Meistens liegt ein Update quer, das Fehler in anderen Bereichen verursacht. Ein Neustart kann hilfreich sein."

„Ich könnte ihn fragen", schlug Wilhelm vor. „Ich selbst habe von solchen Dingen keine Ahnung, aber er weiß vielleicht, wo der Knopf ist, den man drücken muss."

Thyra schreckte hoch, als im Treppenhaus plötzlich laute Schreie zu hören waren. Eine Frau schrie gellend, dazwischen eine Männerstimme und eine andere Frauenstimme.

„Das ist Will!", rief Wilhelm.

„Gabriele." Thyra wagte sich bis zur offenen Wohnungstür vor. Die Schreie und der Tumult tönten durchs Treppenhaus, dazu laute Schritte, Gepolter und Stimmengewirr. Es war unmöglich herauszufinden, welchen Grund dieser Lärm hatte, der erst lauter geworden war und nun abschwoll. Alle drei schienen sich nach unten zu bewegen.

Wilhelm hielt sich das Herz. „Das hört sich gar nicht gut an. Da gibt es richtig große Probleme. Haben Sie die Schreie dieser Frau gehört? Hinter solchen Schreien steckt riesengroßer Kummer."

„Meine Güte", flüsterte Thyra. „Da muss etwas mit Frau Kesslers Kind passiert sein."

„Frau Kessler?" Wilhelm dachte kurz nach. „Die steinreichen Leute aus dem Penthouse heißen Kessler. Von einem Kind weiß ich nichts, aber es würde erklären, warum Herr Kessler sich mit dieser Person abgibt."

„Wie meinen Sie das?" Am liebsten wäre Thyra sofort gelaufen, um zu sehen, was der Grund für das Geschrei war, das durchs Treppenhaus zu hören war.

„Herr Kessler", erzählte Wilhelm, „ist ein sehr eleganter Herr. Trägt beste Anzüge und lässt sich immer mit dem Taxi fahren. Wenn er nach Hause kommt, stellt er seine schwarze Aktentasche ab und fragt, ob es Nachrichten für ihn gebe. Ich sage, ich hätte alles seiner Frau übergeben. Wir plaudern ein bisschen, er wünscht einen guten Abend und fährt mit dem Lift nach oben. Ein sehr eleganter, überaus freundlicher Mann." Seine Gesichtszüge wurden hart. „Seine Frau hat eine völlig andere Art. Ungeniert klingelt sie meinen Sohn am Sonntag um sieben aus dem Bett, weil irgendein Wasserhahn seit vier Tagen tropft. Bitte und Danke sind Fremdwörter für sie. Ich wette", hob er den Zeigefinger, „wenn es das Kind nicht gäbe, hätte Herr Kessler sie längst vor die Tür gesetzt. Männer machen eine Menge Blödsinn, wenn der Hosenstall das Regiment führt. Irgendwann beruhigen sich die Hormone und alles wird wieder in die richtigen Bahnen gelenkt. Außer die Frau hat bis dahin Tatsachen mit Händen und Füßen geschaffen. Ein Mann setzt nicht gern die Mutter seines Kindes vor die Tür."

Thyra lauschte ins Treppenhaus und versuchte sich einen Reim auf den Lärm zu machen. „Entweder laufen Sie nach unten", schlug sie vor,

„und finden heraus, was passiert ist, oder Sie bleiben bei Elaine und ich laufe."

Wilhelm lachte kurz. „Ich bin fast neunzig, gute Frau. Von mir aus dürfen gern die jüngeren Beine die anstrengenden Arbeiten übernehmen."

„Neunzig?"

„In einem halben Jahr", bestätigte Wilhelm.

Thyra fragte zweimal nach, ehe sie sich in Bewegung setzte und sich fragte, wie man sein Leben führen musste, um mit fast neunzig Jahren auszusehen und sich zu verhalten wie ein Sechzigjähriger. Anfang sechzig, älter hätte sie ihn nicht geschätzt. „Sollte etwas mit Elaine sein", bat sie ihn, „hämmern Sie rhythmisch gegen das Geländer. Das höre ich bestimmt."

Wilhelm lächelte. „Es wird nicht viel helfen, wenn Sie eine Viertelstunde brauchen, bis Sie die Treppen hochgeschnauft sind."

Daran konnte Thyra nichts ändern. Freilich hätte sie besser auf sich achten und mehr Sport treiben sollen, um fit zu sein, einen guten Eindruck zu machen, den Stress abzubauen, attraktiv zu sein, leistungsfähig zu scheinen. Allerdings brauchte sie morgens viel Überwindung, um aus dem Bett zu kommen, und spät nachts fiel sie todmüde in eben jenes hinein. Sie hatte keine Lust auf Sport, keine Lust auf Bewegung und oft nicht einmal die Lust, mit Elaine einen Turm aus Klötzchen zu bauen. Manchmal trabte sie mit ihrem Geschäftspartner Bernie über die Tartanbahn auf dem Hochhausdach, aber danach fühlte sie sich wie durch den Fleischwolf gedreht und sie brauchte alle Willenskraft, um hinterher einen vitalen Eindruck vorzutäuschen und nicht am Schreibtisch einzuschlafen. Bernie lag die körperliche Leistungsfähigkeit ebenso am Herzen wie das, was jemand am Schreibtisch schaffte. Dafür hasste sie ihn.

In Gedanken warf sie ihm alles vor, was ihr im Magen lag wie Hinkelsteine. Sie mochte das Bild von der nackten Frau nicht, das er hinter sich im Büro hängen hatte. Mochte es große Kunst von Ernest Friday sein und zwei Millionen wert, dieser perfekte nackte Körper war ihr ein Graus. Sie verabscheute die Art, wie er seine eigene Frau warten ließ. Manchmal reiste er übers Wochenende zum Golfen nach Florida, ohne sie überhaupt zu informieren. Sie und die drei Kinder blieben allein in New York und warteten mit dem Abendessen.

Außerdem mochte sie es nicht, mit welcher Selbstverständlichkeit er ihr die Schuld zuschob, wenn der Linienflug aus München Verspätung hatte. „Es liegt am Nachtflugverbot der Regierung", pflegte er zu sagen.

„Ihr Deutschen habt diese Regierung gewählt, also ist es eure Schuld. Wenn du nicht pünktlich sein kannst, musst du halt einen Tag vorher anreisen." Wenn ihm ein Fall quer lag und er schlechte Laune hatte, ließ er sie eiskalt auflaufen und seine Sekretärin richtete aus: „Der Chef ist in Nassau. Er will den Taiwanern in den Arsch kriechen und kommt erst Ende der Woche zurück." Also konnte Thyra schnurstracks zurück nach Newark fahren, einen Rückflug buchen und sich bis München gute neun Stunden über Bernie ärgern. Arschloch.

Ihre interne Abrechnung wurde von heftigem Weinen unterbrochen. Es war Frau Kessler, die herzerweichend schluchzte, jammerte und heulte. Mittlerweile war Thyra im Keller angekommen. Bei all den Schimpftiraden über Bernie wusste sie gar nicht, wie sie die vielen Stockwerke zurückgelegt hatte. Womöglich war das der Trick beim Sport? Den Körper ignorieren, indem man den Geist mit möglichst detailreichen Gedanken ablenkte. Es schien funktioniert zu haben, jedenfalls stand sie im Durchgang zu den Kellerräumen und ihre Beine schmerzten vergleichsweise wenig. Neben ihr hockte Gabrieles dunkelbrauner Dackel. Er ließ die Ohren hängen und winselte.

„Das ist ein Verbrechen", hörte Thyra Gabriele sagen. „Erst die Kleine von Thyra, nun dieses Mädchen. Da hat es jemand ganz arg auf Kinder abgesehen. Will, Sie haben den besten Überblick. Wurden von allen Käufern Führungszeugnisse eingeholt? Liegen die bei Ihnen in der Wohnung? Kann man die einsehen?"

„Wenn überhaupt", sagte Will, „liegen die bei der Hausverwaltung. Ich mache den Hausmeisterjob und seit ein paar Stunden wünsche ich mir, ich hätte ihn nicht bekommen. Ich glaube, mir wird schlecht."

„Na, na", warnte Gabriele, „kotzen Sie mir nicht auf die Beweismittel." Frau Kesslers Aufschrei, der in tiefes Schluchzen und Wimmern mündete, dröhnte durch den Keller. „Ich bin am Arsch, sowas von am Arsch. Sie müssen wiederbeleben. Sofort."

Als Thyra in den Raum trat, kauerte Frau Kessler am Boden. Ihr Weinen erfüllte den Raum. Kreidebleich stand Will neben ihr, während Gabriele in der Hocke saß und mit einer Hand Frau Kesslers Schulter hielt. „Da kann man nichts mehr reanimieren."

„Bei uns sieht es nicht gut aus", flüsterte Thyra. „Henno liegt tot im Bad meines Nachbarn."

„Henno!", kreischte Frau Kessler. „Was interessiert mich dieser Henno!" Sie sprang auf die Beine und packte Thyra unvermittelt an den Oberarmen. „Das Kind ist tot! Tot! Mausetot!" Ihre Knie gaben nach und sie sank zu Boden. „Jetzt ist alles zu Ende. Jetzt muss ich ausziehen. Ich kann meinen Krempel packen und gehen."

Gabriele runzelte erst die Stirn und schnitt eine Grimasse, ehe sie Frau Kesserls Schulter wieder berührte. „Atmen Sie mal tief durch, Frau Kessler. Ganz tief einatmen und langsam wieder ausatmen."

Frau Kessler bemühte sich und schnappte trotzdem nach Luft wie ein Fisch auf dem Trockenen. „Meinen Sie, ich bin zu alt für ein zweites Kind? Ich bin einundvierzig. Das ist zu alt, oder? Ich kann kein neues Kind machen."

Will trat einen Schritt zur Seite und da erst erblickte Thyra den gewaltigen Blutfleck auf dem strahlend weißen Fliesenboden. Grell hob sich der Kontrast ab und weiteres Blut sickerte aus dem, was von Frau Kesslers kleiner Tochter übrig war.

Thyra spürte, wie ihre Kehle trocken wurde. „Was ist passiert?"

Will sog tief Luft in seine Lungen. „Also..." Er überlegte und atmete dabei lange aus. "Wir haben die Kleine durch den Wäscheabwurf sehen können. Sie klemmte etwa zwei Meter unterhalb der Öffnung an einer Biegung. Ich habe einen Lichteinfall gesehen, der vom neunundzwanzigsten Stock kommt. Da gibt es ein Lüftungsgitter in einer Abstellkammer. Ich dachte, ich könnte die Kleine von dort aus erreichen."

„Es ist seine Schuld", jammerte Frau Kessler. „Der verdammte Idiot war zu langsam und hat mir alles verdorben."

„Quatsch." Gabriele stand aus der Hocke auf. „Seine Idee war gut. Er hätte das Kind bestimmt retten können, wenn nicht..."

Thyra verstand nur Bruchstücke. „Wenn die Kleine abgestürzt ist, warum liegt sie in Einzelteilen da? Hat der Sturz ihr die Gliedmaßen ausgerissen?"

Gabriele schnaubte. „Da ist nichts ausgerissen, das sieht sogar ein Laie. Jemand hat das Kind mit einer Kettensäge zerlegt."

Frau Kessler röchelte.

„Ich glaube", fuhr Gabriele fort, „sie hat nicht lange leiden müssen. Sehen Sie, der Täter hat ihr wahrscheinlich als erstes den Kopf abgesägt. Als wir sie im Wäscheschacht sahen, hatte sie den Kopf nach schräg unten. Nachdem der Kopf weg war, hat der Täter sich die Hände, Arme, Füße und Beine vorgenommen. Als er das rechte Bein absägen wollte, hat sich der Körper im Schacht gelöst und fiel. Da war sie längst tot."

Thyra spürte den Kloß im Hals dicker werden. Mehr als ein Krächzen als Zeichen ihrer Abscheu gelangte nicht aus ihrer Kehle.

Gabriele hatte mit dem Anblick der zerstückelten blassen Kinderleiche kein Problem. „Anscheinend hat jemand, der mit einem gewissen Hang zum Sadismus ausgestattet ist – das muss ein Gutachter beurteilen, ich bin keine Expertin auf dem Gebiet – jemand hat dieses Kind zerstückelt und Ihrem Kind", sagte sie zu Thyra, „diese grausigen Schnitte zugefügt. Das kann dieselbe Person sein, jedenfalls wurde dieses Kind hier betäubt. Es riecht genau wie die Kleine, die oben auf der Couch schläft. Stärker, natürlich. Dieses Kind hat keinen Mucks gemacht, das andere weinte immerhin."

Unwillkürlich drehte Thyra das Gesicht zur Decke, wo das Loch sich befand, aus dem der tote kleine Körper gefallen war. Am Rand klebte verschmiertes Blut, das zu gerinnen begann. „Es ist ein Mörder im Haus."

„Ist Ihre..." Will musste sich räuspern. „Wenn Ihre Tochter allein in der Wohnung ist, sollten Sie sofort zurück zu ihr. Ich werde die übrigen Bewohner des Hauses in der Lobby zusammenrufen. Wir brauchen einen Plan."

„Ihr Vater ist bei Elaine", sagte Thyra. „Ich gehe lieber gleich hinauf."

„Keine Bange", hielt Will sie am Arm zurück. „Wenn mein Vater bei ihr ist, ist sie in Sicherheit. Machen Sie sich keine Sorgen."

Thyra verzog das Gesicht. „Keine Sorgen machen? Meine Tochter wurde schwer verletzt, ein Kind und ein Mann sind tot. Ich mache mir die größten Sorgen und ich grüble pausenlos, was zu tun ist."

Gabriele war mit dem Nachdenken bereits fertig. „Wills Idee ist hervorragend. Wir treffen uns alle in der Lobby und beratschlagen. Vielleicht ergibt sich ein erster Verdacht, wenn wir alle unser Wissen kombinieren. Will, Sie kennen die Leute, die im Haus wohnen?"

„Mehr oder weniger", wog er den Kopf. „Herrn Kessler habe ich erst einmal gesehen und Frau Weng kenne ich vom Hörensagen. Zu den übrigen habe ich einen Namen und ein Bild im Kopf." Er schien sich gleich auf den Weg machen zu wollen. „In der Zwischenzeit können Sie knobeln, wie wir auf unsere Lage aufmerksam machen. Es ist ziemlich knifflig, mit der Außenwelt irgendwie in Kontakt zu treten."

„Wem sagen Sie das?", winkte Gabriele ab. „Ich habe versucht, die Nachbarn gegenüber misstrauisch zu machen. Da flackerte Licht auf. Ein Mann hat am Fenster Bier getrunken, aber anstatt meine Gesten verstehen zu wollen, hat er mir den Stinkefinger gezeigt und die

Vorhänge vorgezogen. Ich fürchte, von nebenan ist keine Hilfe zu erwarten." Sie klatschte in die Hände. „Packen wir es an. Ab in die Lobby. Sie, Will, trommeln die Leute zusammen und ich sehe mal nach, ob ich in meiner Wohnung ein Beruhigungsmittel für Frau Kessler finde. Ich glaube, ich habe Tropfen im Schrank."

Das hoffte Thyra, denn Frau Kessler schien dem Wahnsinn nahe zu sein. Sie kauerte neben der zerstückelten Leiche ihrer Tochter und raufte sich heulend die Haare. Zwischendurch stupfte sie mit dem Zeigefinger gegen einen Arm, mal gegen den abgetrennten Kopf. „Die schönen Reisen", wisperte sie, „die Shoppingtouren nach Mailand und London, das Feuerwerk in Sydney. Ach, die Wasservilla in Tahiti wird mir fehlen."

Thyra schauderte. „Frau Kessler, kommen Sie mit mir in die Lobby? Sie können sich auf das Sofa legen und zur Ruhe kommen."

Sie heulte lauter. „Es war so schön. So schön."

Will machte sich auf den Weg, gefolgt von Gabriele und so fand sich Thyra allein mit Frau Kessler und dem toten Mädchen im Keller. Sie kniete sich hin und legte einen Arm um Frau Kessler. Sie drückte sacht. „Sie müssen mit mir nach oben kommen. Der Keller ist zu kalt und Sie werden sich verkühlen. Außerdem..." Sie verstummte. Erst nach einer Weile fand sie Worte. „Es ist Ihnen egal, ob der Keller zu kalt ist oder Sie sich verkühlen. Sie haben das Wichtigste in Ihrem Leben verloren und nichts auf der Welt kann Ihnen Trost spenden."

Frau Kessler schaute hoch. Die vielen Tranen hatten ihr das Make-up verwischt. Es lief in dunklen Bahnen über ihr Gesicht und ließ sie schauerlich aussehen. „Mein Mann wird mich sofort vor die Tür setzen", hauchte sie.

Thyra strich sanft über Frau Kesslers Haar. „Ich wüsste nicht, was Sie hätten tun können, um es zu verhindern."

Frau Kessler weinte leise weiter. „Sie ist fast jede Nacht ins Bett der Kinderfrau gekrochen und dabei war sie laut wie eine Horde Elefanten. Wenn sie ihre Spielsachen gefunden hat oder im Dunkeln etwas umstieß, hat es mich tierisch genervt. Deshalb machte ich meine Tür immer zu." Sie schluchzte. „Sie und diese dumme Kinderfrau gehen mir tagsüber so viel auf die Nerven, da wollte ich wenigstens nachts meinen Frieden haben."

Thyra wurde es eng um die Brust. Sie ließ Frau Kessler los. „Die wenigsten Mütter schlafen mit ihren Kindern im selben Raum."

„Eigentlich ist die Kinderfrau beim ersten Schrei hellwach", flüsterte Frau Kessler. „Die dumme Pute war gestern Abend aus und ist wahrscheinlich immer noch nicht zurück. Das hat mich tierisch sauer gemacht. Mitten in der Nacht brüllt das Kind los und die Kinderfrau macht Halligalli."

Wenig später fasste Frau Kessler einen Entschluss. Sie legte das, was von ihrer Tochter übrig war, in einen gelben Wäschekorb aus Plastik. „Ich will zurück in meine Wohnung", entschied sie und wischte sich die Nase am Ärmel ihrer Stoffjacke ab. „Wenn die Kinderfrau nach Hause kommt, wird sie ihr blaues Wunder erleben. Sie kann sich gleich um die Überbleibsel des Kindes kümmern und sich eine gute Erklärung einfallen lassen, warum sie nicht da war. Ach, ich wusste es von Anfang an. So eine Person aus Asien ist nicht in der Lage, sich anständig um das Kind zu kümmern. Das hat mein Mann jetzt davon. Das Kind ist tot und die Kinderfrau schert es nicht. Na, die wird Augen machen, wenn sie die Einzelteile in ihrem Bett findet und die Kündigung gleich daneben liegt."

Verdutzt beobachtete Thyra, wie Frau Kessler den Wäschekorb unter den Arm klemmte und den Weg nach oben antrat. „Um alles schlimmer zu machen, funktioniert der Lift nicht. Jetzt muss ich die ganze Strecke wieder nach oben latschen. Wir hätten niemals in dieses verdammte Haus einziehen sollen. In Nizza gab es so schöne Wohnungen direkt am Meer, aber wir müssen unbedingt hier wohnen. Hier! Was hat das dumme Gör von dieser miesen Gegend?"

Als sie Frau Kessler nachschaute, drängte nichts in Thyra danach ihr zu folgen. Es war ihr Verstand, der sie mahnte, die von Kummer erstickte Frau nicht allein zu lassen. Ihr Verstand war es, der erleichtert auf die Nanny hinwies, die am Vorabend ausgegangen war. Irgendwann musste sie zurückkommen und auf diesen Moment baute Thyra ihre Hoffnungen. Wenn die Nanny zurückkam und die Notlage erkannte, war Hilfe nicht mehr weit.

Thyra fröstelte und begann sich die Finger zu kneten. Sie hockte ganz allein im kalten Keller, vor sich einen gewaltigen Blutfleck und den Geruch des Todes in der Nase. Es war eine scheußliche Mischung aus warmem Blut und Fäkalgeruch, leicht beißend und sauer, beinahe wie Erbrochenes. Ein weiterer Schauer lief ihr über den Rücken, als sie die kleine Kinderhand entdeckte, die in der Blutlache übrig war. Die fünf Fingerchen krümmten sich leicht, aus dem Stumpf ragte ein zerschnittener, zersplitterter Knochen, das Fleisch stand in Fetzen ab.

Wahrscheinlich hatte das Kind sich irgendwo festgeklammert als die Kettensäge die Hand erwischte. Mit so einer Maschine war es ganz einfach eine kleine Hand vom Arm zu trennen, den Hals vom Rumpf, die Nase vom Gesicht. Das dauerte nicht lange.

Am besten, fand Thyra, klebte man sofort eine handschriftliche Notiz von innen an die Glastür, damit die Nanny außerhalb des Hauses nach Hilfe telefonieren konnte. Mit schlurfenden Schritten verließ sie den Kellerraum. Vorn an der Treppe saß der Dackel. Er kam Thyra ein paar Tapser entgegen, nur um sich im nächsten Moment sofort wieder zu setzen und zu winseln.

„Was?" Thyra blieb vor ihm stehen. „Ich mag keine Hunde, deshalb erwartest du von mir besser keine Zuwendung. Willst du mit nach oben und zurück zu deinem Frauchen? Komm."

Sie machte ein paar Schritte die Treppe hinauf, aber der Hund blieb sitzen. „Komm", wiederholte Thyra und zeigte mit dem Finger auf die Stelle neben ihrem Fuß. Der Hund wollte nicht und blieb sitzen. „Ich habe keine Zeit, um mich mit dir abzugeben. Wir müssen eine Notiz für die Nanny schreiben." Sie klopfte ein letztes Mal an ihr Bein. „Lass dich nicht betteln."

Diesmal stand der Hund auf. Er bellte kurz und tappte die Stufen hinauf. Er überholte Thyra und sie folgte ihm. „Hunde", flüsterte sie. „Ich mag keine Hunde."

Kapitel 4

Der feste Vorsatz, einen Hilferuf in die Scheibe zu hängen, war vergessen, als sie in der Lobby vier Gestalten, von denen keine Frau Kessler war, mit riesigen Taschenlampen entdeckte. Es handelte sich nicht um Will oder Gabriele. Stimmen tuschelten. Als bei einem Schritt Thyras Kniegelenk laut knackte, fuhren sie herum und leuchteten ihr in die Augen.

Der Mann fasste sich am schnellsten. „Lichter runter, Familie, das ist eine Mitbewohnerin."

Sofort senkten sich drei Lichtkegel, eine Taschenlampe wurde an die Decke gerichtet und tauchte den Raum in indirekte schwache Helligkeit. Solche Lampen, leistungsstark und ausdauernd, kannte Thyra aus dem Fernsehen, wenn sich Höhlenforscher auf den Weg machten.

Wie ein Höhlenforscher sah der große Mann mit dem breiten Brustkorb und dem dichtem Vollbart nicht aus. Sein schwarzes Haar hing ihm in die Stirn. Er trug eine Jeans und ein T-Shirt. Neben ihm stand eine kleine zierliche Frau in Jogginganzug, deren braune Kurzhaarfrisur wirkte, als hätte sie in eine funktionierende Steckdose gefasst. Die beiden Mädchen waren Teenager. Eine trug ein langes dunkelblaues Nachthemd und knallgelbe Plüschslipper, die andere Leggings im Zebralook und ein weißes Sweatshirt. Die schwarzen Haare hatten sie vom Vater geerbt und den Hang zur Steckdosenfrisur von der Mutter. Beide hatten große dunkle Augen.

„Liege ich richtig?", fragte der Mann nach. „Sie wohnen hier im Haus?" Thyra ergriff seine ausgestreckte Hand. „Wir sind uns ein paarmal in der Tiefgarage begegnet. Sie fahren diesen flaschengrünen Mini mit Ihren Initialen auf dem Kennzeichen."

„Erwin Ziesler." Sein Händedruck war extrem fest und lang. „Leider werde ich den Mini nicht mehr lange fahren. Seit dem Feinstaubskandal darf ich mit dem Oldtimer nicht mehr in die Innenstadt und wenn ich damit nicht zur Arbeit fahren kann, werde ich ihn wohl hergeben. Bricht mir das Herz, wirklich. Ist tipptopp in Ordnung, der Wagen." Endlich ließ er ihre Hand los. „Wissen Sie, was hier abgeht?"

Thyra blies die Backen auf.

„Irgendetwas", überlegte Erwin, „ist komisch hier." Er leuchtete um sich. „Die Fahrstühle bewegen sich nicht, das Licht bleibt aus und das Internet macht keinen Mucks. Unser Kühlschrank kann für Montag keine Einkäufe bestellen und setzt eine Fehlermeldung nach der anderen ab. Jogurt, Milch, Butter, Wurst – nix kann er bestellen; das produziert Tickets ohne Ende. Wir sind von Geschrei geweckt worden und wollten beim Hausmeister nachfragen, aber der ist weg." Er leuchtete auf die breite Eingangstür der Lobby. „Irgendwie ist der Schließer kaputt. Wir kommen nicht nach draußen."

„Der Schließer", murrte die Teenie-Tochter im Nachthemd. „Jetzt fängt er wieder mit dem Schließer an. Ich bin seit einer Ewigkeit offline, das ist viel schlimmer."

„Patty", seufzte die andere, „das ist jetzt so was von Banane."

„Eine Ewigkeit bist auch du offline." Patty hielt ihr das Smartphone dicht vor die Augen. „Es wird deinem Schatzi nicht gefallen, wenn er auf seine Nachricht keine Antwort kriegt. Wahrscheinlich macht er gerade Schluss mit dir. Gianna bekommt einen Dear John. Wirst sehen, wenn du wieder on bist, hast du den Dear John im Posteingang. Vielleicht sogar mit einem traurigen Emoji dahinter."

„Blöde Kuh!", fauchte Gianna.

„Dumme Kuh!", konterte Patty.

„Ruhe!", donnerte Erwins Stimme und leiser fuhr er fort: „Sag den beiden, sie sollen Ruhe geben. Es gibt hier wichtigere Dinge als die Liebelei mit John zu besprechen. Nachher will ich wissen, welcher John das ist."

„Ja", hob seine Frau den Zeigefinger zu den Mädchen, „seid ruhig. Euer Vater hat etwas zu besprechen."

Thyra ließ langsam die Luft aus ihren Backen entweichen und entschied sich für die bekömmlichere Version. „Will ist im Haus unterwegs, um die Leute zusammenzurufen. Offensichtlich stimmt mit der Technik etwas nicht."

„Aha", sagte Erwin.

„Mit der Technik!" Patty tippte sich den Finger an die Stirn. „Hier stimmt viel mehr nicht. Was war das für eine Freak-Frau, die hier mit einem Wäschekorb durch ist und die ganze Zeit von einem toten Kind gelabert hat? Die hatte nicht bloß das Gesicht dreckig, die war total plemplem." Obwohl sie keinen Empfang hatte, begann Gianna auf ihrem Smartphone zu wischen. „Ich habe ein Foto von ihr gemacht. Wollen Sie sehen?" Bevor Thyra widersprechen konnte, hielt Gianna ihr das Bild unter die Nase. „Ich wollte die Kontraste verschärfen, jetzt sieht die Frau aus wie ein Zombie."

„Das liegt an den grünen Augen." Patty zerrte Giannas Hand mit dem Smartphone zu sich. „Warum hast du ihr die Augen grün gemacht?"

„Ich wollte die roten Augen wegmachen." Gianna wischte wie wild auf ihrem Display und schlenkerte dabei die Taschenlampe in der anderen Hand. „Die Falten wollte ich ihr ausbügeln. Ehrlich, niemand muss auf Fotos aussehen wie in der Realität."

„Mädchen", sagte Erwin betont langsam, „das ist jetzt nebensächlich." Er schaute zu seiner Frau. „Nimm ihnen die Dinger weg."

„Geht nicht", schüttelte sie den Kopf. „Sie schreien sofort los als würde man sie umbringen wollen."

Thyra spürte wieder die Gänsehaut über ihren Rücken kriechen. Sie zeigte zum Treppenaufgang. „Ich werde mal sehen, ob ich Will finde."

„Gute Idee." Erwin klatschte einmal laut in die Hände. „Familie, wir teilen uns auf. Gianna und Mutti übernehmen die Stockwerke dreißig bis fünfzehn, Patty und ich die Stockwerke eins bis fünfzehn. Wir treffen uns ebendort und welche Partei den Hausmeister findet, bringt ihn mit in den fünfzehnten Stock. Los! Ausschwärmen!"

Die Mutter machte sich sofort auf den Weg. Gianna maulte. „Warum muss ich ganz nach oben laufen? Warum nicht Patty?"

Erwin hatte sofort eine Antwort parat: „Weil Patty sechshundert Gramm leichter ist als du, obwohl sie zwei Zentimeter größer ist. Los, bewege deinen Moppelarsch!" Er winkte Patty herbei. „Du kannst alle Wohnungen hier unten kontrollieren und überall klopfen."

„Klopfen? So mit der Hand an die Tür?" Patty zeigte ihm einen Vogel. „Ich habe mir gestern die Nägel machen lassen, da werde ich heute bestimmt nicht gegen Holz klopfen. Ich klingle lieber an fremden Wohnungen."

„Wenn überhaupt", sagte Erwin, „klingelst du an fremder Leute Wohnungen. Hat deine Mutter dir nicht tausendmal gesagt, du sollst einen ordentlichen Genitiv benutzen?" Er schickte sie mit weit ausholenden Armbewegungen voran. „Außerdem herrscht Notstand, da soll man nicht an fremder Leute Wohnungen klingeln oder klopfen, da hat man die Pflicht dazu, alle Leute aufzuwecken. Stimmen Sie mir zu?" Thyra nickte hastig.

Erwin folgte seiner Tochter. „Patty, hier kannst du dir das Klingeln sparen. Die Wohnungen eins-zwei und eins-drei sind nicht bewohnt. In eins-sechs leben die Domeyers, die, wie ich aus der offenen Türe schlussfolgere, bereits die skurrile Situation erfasst haben. Wir fangen in der Wohnung eins-vier an. Da wohnt ein gewisser Henno

Liebermann." Erwin drückte den Klingelsensor und als sich nichts tat, hämmerte er mit der Faust gegen die Tür. „Herr Liebermann! Wachen Sie auf, es ist ein Notfall!" Leiser sagte er zu Patty: „So macht man das, wenn Gefahr in Verzug ist. Laut. Deutlich. Mit Schmackes." Er wiederholte seine drei Faustschläge gegen die Tür. „Herr Liebermann! Raus aus den Federn, es ist ein Notfall!"

Thyra versuchte ruhig zu atmen und tippte sich mit den Zeigefingern seitlich an die Nasenwurzel, bis sie Erwins Ahnungslosigkeit nicht mehr aushielt. „Henno Liebermann", klang ihre Stimme durch die Lobby, „liegt tot in der Badewanne meines Nachbarn." Sie schluckte. „Die kleine Tochter von Frau Kessler ist tot und meine schwer verletzt. Wir haben es mit einer sehr außergewöhnlichen Situation zu tun."

Als die Worte in Pattys Bewusstsein gesickert waren, klappten dem Teenager die Beine weg. Mit nach hinten verdrehten Augen sackte sie zu Boden und schlug mit dem Kopf hart auf. Die linke Hand schrammte an der Hauswand entlang, wobei die Haut vom grobkörnigen Putz harsch aufgerissen wurde. Das Smartphone entglitt ihrem Griff und schlitterte weit über den Fliesenboden, bis es gegen Thyras Füße stieß. „Patty?" Erwin schaute auf seine Tochter hinunter. „Patty!"

„Der Schreck", vermutete Thyra und ging neben Patty auf die Knie. Sie fühlte den Puls des Mädchens am Hals. „Kräftig und regelmäßig. Der Schreck hat ihr die Beine weggezogen."

„So überbringt man wahrlich keine Todesmeldung", tadelte Erwin. Er griff Patty in die Kniekehlen und hob die Beine an. „Das können Sie nicht einfach so in den Raum stellen."

„Eine E-Mail kann ich ebenso wenig schicken", fand Thyra. Sie legte das Smartphone auf Pattys Brust ab und holte den Schirmständer heran. In ihm steckten niemals Schirme, deshalb kullerte, als sie den Ständer kippte, eine tote Spinne heraus. „Den legen wir ihr unter die Waden. Wenn die Beine höher gelagert sind als der Kopf, müsste sie bald aufwachen."

„Patty!" Erwin schlug ihr leicht gegen die Wangen. „Patty!" Sie regte sich nicht, obwohl er ausdauernd weitermachte. „Also", fragte er zwischendurch, „der Liebermann ist tot?"

Thyra blockierte den runden Schirmständer, der immer wegrollen wollte, mit der dicken Werbebeilage aus einem fremden Briefkasten. „Liegt in Korban Ricks Badewanne."

„Rick." Erwin schaute zur Decke, als wäre dort ein Foto angebracht. „Ist das so ein pummeliger Kerl mit Bierbauch? Eins achtzig groß, dicke

Brillengläser? Der hat immer eine Fahne, egal ob ich ihn morgens um sieben treffe oder abends um zehn."

Der schale Geruch von Alkohol war Thyra aufgefallen und Korban hatte ja mehrmals zur Bierdose gegriffen. Auf der Ablage im Bad war eine Brille gelegen, neben einem offenen Döschen für Kontaktlinsen.

„Hat er was mit dem Mord zu tun?", fragte Erwin weiter.

Thyra wurde hellhörig. „Wieso gehen Sie von einem Mord aus?"

Nun wechselte er die Hand, mit der er seiner Tochter ins Gesicht klopfte. „Ich wüsste nicht, warum Liebermann im Badezimmer eines anderen Mannes an einer natürlichen Todesursache sterben sollte. Er war jung, kräftig und manchmal hat er nach einem Joint gerochen. Da braucht es einen Mörder, um ihn aus dem Leben zu bugsieren. War er schwul? Die Schwulen werden immer umgebracht."

Thyra prüfte erneut Pattys Puls.

„Steht hier keine Kanne mit Wasser herum? Oder ein Wasserspender?" Erwin leuchtete mit seiner Taschenlampe durch die Lobby. „Ständig fällt man über solches Tamtam drüber, aber hier findet sich natürlich kein Tropfen Wasser. Ah, das Aquarium." Er rappelte sich vom Boden hoch, was ihm wegen seines stämmigen Körperbaus nicht leicht fiel. „Wie lange wohnen Sie neben Rick? Knapp zwei Monate? Da hätte Ihnen längst auffallen müssen, ob er schwul ist und Herrenbesuch empfängt."

Erwin trat durch die Glastür und an das Aquarium heran. Er leuchtete durch die Scheibe und brachte die Fische damit durcheinander. Einer der Anemonenfische prallte voll Karacho gegen die vordere Scheibe und dümpelte benommen zurück zu seiner Anemone. Erwin klemmte sich die Taschenlampe zwischen die Knie und wollte die Schranktüren öffnen, die oberhalb des Aquariums waren. Er rüttelte an allen Türen. „Abgesperrt! Irgendwie muss man an einen Schluck Wasser kommen." Er bückte sich und versuchte es mit den unteren Schranktüren. „Das Becken ist oben offen", wusste er. „Wenn ich hinkomme, kann ich Wasser rausholen."

Thyra hörte ein Stöhnen neben sich und schaute zu Patty, die zwinkernd die Augen öffnete. Langsam verschwand das Schielen aus dem Blick des Teenagers. „Wo ist mein Handy?"

„Hier." Thyra stupste es leicht an.

„Gott sei Dank." Patty schloss die Augen, während ihre Finger das Gerät umklammerten und zu streicheln begannen. „Gott sei Dank ist kein Sprung im Display. Fuck, tut mir der Kopf weh. Das muss ich posten."

Sie hob das Smartphone über sich, verzog das Gesicht zu einer deutlichen Grimasse und machte ein Selfie. „Wo ist mein Vater?"

Endlich eine Äußerung, mit der Thyra etwas anfangen konnte. „Beim Aquarium. Er wollte dir Wasser ins Gesicht spritzen."

Patty lachte. „Mir hat's den Kreislauf so was von zerlegt."

„Erinnerst du dich an alles?", fragte Thyra nach.

„Alles." Patty massierte sich den Hinterkopf, wo sie auf den Boden aufgeschlagen war. „Ich habe an der Tür geklopft und es war zappenduster. Himmel, mein Kopf. Ich brauche eine Tablette." Sie tastete nach ihrem Haar. „Blute ich?"

Thyra half ihr sich aufzusetzen und begutachtete Pattys Hinterkopf. „Eine dicke Beule hast du dir geholt." Sie leuchtete den Fußboden ab. „Nein, da ist kein Blut. Trotzdem solltest du zum Arzt, um..." Sie stockte und rückte ein Stück von Patty weg. „Erwin! Ihre Tochter ist wach!"

„Ah!" Erwin stemmte die Hände in die Hüften. „Endlich! An dieses Aquarium ist kein Rankommen. Der, der das installiert hat, versteht sein Handwerk. Da bleibt nichts dem Zufall oder einem dahergelaufenen Idioten überlassen." Er knurrte das Aquarium kurz an und wandte sich um. Gerade als er auf die Glastür zu trat, schlossen sich die Flügel. Der Sensor oberhalb begann rot zu blinken.

„Das ist bei mir genauso gewesen." Mit wenigen großen Schritten war Thyra bei der Tür und legte die Hände gegen das Glas. „Der verdammte Sensor blinkt, aber er macht die Tür nicht auf. Ich war gefangen, bis ich richtig Krach geschlagen habe und mich Liebermann gehört hat."

Erwin behielt die Ruhe. „Schauen Sie mal links hinter den Pflanzen. Da gibt es bestimmt einen Nothebel, mit dem die Tür sich öffnen lässt, wenn der Strom weg ist."

„Sie hat Strom!" Thyra zeigte nach oben auf den Sensor. „Er blinkt, ohne zu reagieren."

„Schauen Sie links hinter den Pflanzen", wiederholte Erwin und er wandte sich an seine Tochter: „Patty, kannst du Thyra sagen, sie solle links hinter den Pflanzen nachsehen, ob es einen Hebel gibt? Jede verdammte Tür ist mit einem manuellen Hebel ausgestattet. Muss ja, falls mal der Strom weg ist."

„Schauen Sie links hinter den Pflanzen", rief Patty von weiter hinten. „Da muss es einen Notfallhebel geben, falls der Strom ausfällt."

Thyra drehte sich zu ihr herum. „Ihr beide scheint mich nicht verstehen zu wollen. Die Tür hat Strom. Das ist eher, als hätte jemand den Fuß auf der sprichwörtlichen Bremse."

„Versuchen Sie es wenigstens", meinte Patty. „Ehrlich, ich würde tun, was mein Vater sagt. Er kann richtig ausflippen und wenn es soweit ist, sind Sie froh, wenn die Türe halb so stabil ist wie sie aussieht."

Thyra stapfte zu den Topfpflanzen und leuchtete mit ihrem Smartphone dazwischen. Sie schob die Töpfe zur Seite, was gar nicht so leicht war. „Sind die mit Blei gefüllt?"

„Alter!", rief ihr Patty zu. „Wenn mir der Schädel nicht so brummen würde, könnte ich Ihnen die Blumen mit dem kleinen Finger zur Seite schieben."

Thyra brauchte beide Hände dazu und sie musste sich gegen den Fußboden stemmen, um die Töpfe millimeterweise zu bewegen. Endlich war die Ecke freigeräumt. „Da ist ein Knopf." Sie ging mit den Augen näher ran. „*Emergency* steht drauf."

„Ach." Erwin auf der anderen Seite der Glastür wurde rot im Gesicht. „Jetzt überlegen Sie mal brav, ob wir hier auf einem Kaffeeklatsch sind? Vielleicht stehe ich zum Spaß im Vorraum der Lobby und verbringe gerne die Nacht zwischen zwei Glastüren?"

Also drückte Thyra den Knopf.

Einen Moment warteten sie alle drei.

„Nichts", stellte Thyra fest. „Das war ein Knopf für wer weiß welchen Notfall."

„Ich google mal", meinte Patty, um Sekunden später zu schimpfen: „Alter, ich bin sowas von offline. Wie lange brauchen die für einen Neustart?"

Thyra kehrte zurück zur Tür, auf deren anderer Seite Erwin die Geduld verlor. Er tigerte von einer Seite auf die andere und prüfte immer wieder mit kräftigen Tritten, ob die Sessel für einen Anschlag auf die Tür taugten.

Thyra wedelte mit beiden Händen vor dem Sensor herum. „Vorhin klappte es. Henno kam auf die Tür zu und sie glitt auf."

„Diesmal klappt es nicht", brummte Erwin. „Sie kommen zum dritten Mal ergebnislos auf mich zu. Ich bräuchte etwas, um diese Glastür zu zerschmettern. Vielleicht kann man die Polster vom Sessel abbauen und das Gestell nutzen."

Thyra erinnerte sich an das, was Gabriele gesagt hatte. „Es wird bruchsicheres Glas sein."

„Es muss nicht in tausend Splitter bersten", seufzte Erwin, „mir würde ein ordentlicher Sprung reichen, den ich vergrößern kann."

Minuten später saß Thyra auf der Couch, die an der Seite der Lobby bei der Sitzgruppe stand. Sie hatte den Ellbogen aufs Knie gestützt und den Kopf in die Hand gelegt. Sie schaute zu, wie Erwin die Glastür mit Tritten traktierte, nachdem er die Sessel verrutschten, nicht anheben konnte. Von der anderen Seite tat Patty das gleiche, mit weniger Elan. Einerseits hatte sie Kopfschmerzen und andererseits war sie mit ihrem Smartphone beschäftigt. „Das gibt es nicht", nörgelte sie, „gerade hat es mir ein total seltenes gelbes Monster angezeigt. Als ich es fangen wollte, war es weg. Da! Schon wieder. Das Monster tänzelt direkt neben Thyra und verschwindet, sobald ich einen Schneeball darauf werfe. Verdammt, ich muss mir neue Schneebälle kaufen."

„Mädchen", mahnte Erwin, „mit dem Wischkasten kriegst du mich hier nicht raus und mit deinen Kleinmädchentritten erst recht nicht."

Patty trat pflichtschuldig zweimal hintereinander gegen das Glas. „Wenn Rafael jetzt da wäre, würde er es bestimmt schaffen. Er könnte sich im Handumdrehen in das System hacken und die Tür aufmachen."

Thyra wurde aufmerksam. Sie nahm den Kopf aus der Hand. „Ins System hacken? Wie meinst du das?"

Patty trat erneut nach der Tür. „Alter, so viel Technik wird nicht von emsigen kleinen Zwergen gesteuert. Da gibt es ein Steuerungssystem, mit dem man Zugriff auf alles hat. Das ist wie im Film. Der Nerd hackt sich rein und steuert mit seinem Tablet die ganze Welt."

„Die Tür würde reichen." Thyra stand auf. „Will müsste wissen, wie man an diese Steuerung kommt."

Erwin auf der anderen Seite lehnte sich mit einer Hand gegen die Tür. Er atmete rasselnd. „Er wollte oben nach den anderen Leuten sehen, oder?"

„Haargenau." Thyra knipste die Taschenlampe ihres Smartphones an, nachdem sie die Apps geprüft hatte und es nichts Neues gab. „Ich gehe ihn suchen. Vielleicht kann Pattys Idee uns helfen."

„Bestimmt." Patty machte ein Foto von Thyra. „Im Notfall zurück auf Werkseinstellung, das hilft immer."

Die Erklärung klang durchaus plausibel, deshalb joggte Thyra los und nahm die ersten drei Treppen im Laufschritt. Sie lauschte, ob sie Stimmen hörte. Sie hatte keine Ahnung, wo genau Will sich befand, also musste sie jedes Stockwerk prüfen.

Im fünften Stock traf sie den Dackel, der vor einer Tür saß und wieder einmal winselte. Als er Thyra kommen sah, stand er auf, wedelte mit dem Schwanz und tapste hechelnd auf sie zu. Thyra stützte sich auf dem Geländer ab. „Na?", rang sie um Atem. „Du hast die bessere Nase von uns beiden. Wo ist dein Frauchen?"

Der Hund hechelte.

„Oder Will?", fragte Thyra. „Hast du Will gesehen?"

Als Antwort warf der Hund sich auf den Rücken und zappelte mit den Beinchen.

„Nie im Leben", verschränkte Thyra die Arme vor der Brust. „Selbst wenn ich Zeit dafür hätte, würde ich dich nicht am Bauch kraulen wollen. Ich mag keine Hunde."

Sogar die Arme taten ihr weh, als sie die nächste Treppe in Angriff nahm und fünfzig Stufen später spürte sie, wie das Zittern aus ihren Knien in den ganzen Körper überging. Sie hatte zu schwitzen begonnen und kam mit dem Schnaufen nicht mehr nach. Meistens versuchte sie sich am Geländer nach oben zu ziehen, wovon ihre Armmuskeln schlaff wurden. „Nächstes Mal", nahm sie sich fest vor, „ziehe ich in einen Bungalow."

Im achtzehnten Stockwerk sah sie Licht flackern. Erst glaubte sie, ihr überanstrengter Körper würde ihr Streiche spielen und die Augen etwas übermitteln, das nicht existierte. Als sie um die Kurve trat, sah sie trotz mehrmaligem Zwinkern das Flackern einer Kerze. Eine Frau hielt sie in der Hand.

„Ich habe Sie kommen hören", streckte die Frau ihr die Hand entgegen. „Lassen Sie sich die letzten Stufen herauf helfen."

Oben angekommen sank Thyra gegen die Wand. Sie spürte Schweißtropfen, die über ihre Brust rannen und im Stoff über dem Bauch versickerten. Mit dem Ärmel wischte sie sich übers Gesicht. „Bin ich erledigt."

Die Frau leuchtete ihr mit der Kerze ins Gesicht. „Sind Sie von der Polizei?"

„In Jogginghose und Plastiklatschen?" Thyra lachte kurz. „Nein, ich wohne in zwanzig-zwei. Ich bin auf der Suche nach unserem Hausmeister. Wir brauchen dringend seine Hilfe."

Über das hagere Gesicht der Frau glitt ein Lächeln. „Ah", machte sie gedehnt. „Will. Er ist ein leckeres Häppchen. Ein verdammt hübscher Kerl, den ich nicht von der Bettkante schubsen würde."

Thyra war sich nicht sicher, ob Will sich zu dieser Frau auf die Bettkante setzen würde. Sie war um die fünfzig und an ihren Augen entlang trug sie ziemlich tiefe Falten. Ihr dunkelrot gefärbtes Haar hielt sie mit einem neongrünen Tuch straff nach hinten gebunden. Manche Strähnen standen heraus, als wäre sie ein Paradiesvogel. Die Haare waren zu kurz für ein solches Haarband und sie war zu dünn für ihre Kleidung. Die weiße Leggings schlabberte an ihr herum. Darüber trug sie einen knielangen weißen Wollpulli mit gewaltigem Wasserfallkragen. Sie versank in diesen Klamotten regelrecht. Die weißen Wollstulpen machten den Eindruck nicht besser und die Ballerinas wirkten überaus grotesk.

„Wohnen Sie hier?", fragte Thyra und zeigte auf die Tür hinter der Frau, die offen stand.

Sie schüttelte den Kopf. „Ich wohne in sechzehn-vier. Sie haben bestimmt von mir gehört. Ich heiße Dagmar Schulz." Sie machte eine erwartungsvolle Pause.

Thyra kramte ihr Gedächtnis durch, aber sie fand nichts, das sie mit diesem Namen verband. Etwas hilflos tippte sie das Erstbeste: „Die Musikerin Dagmar Schulz?"

„Wir werden immer verwechselt." Dagmars Wangen färbten sich rot im schlechten Licht. „Dabei kann sie nicht halb so gut singen wie ich tanze." Sie ging tief ins Hohlkreuz und reckte ihre flache Brust vor. „Ich bin Balletttänzerin. Früher hatte ich Engagements an den großen Bühnen dieser Welt, seit ein paar Jahren trainiere ich junge Leute, die es weit bringen wollen." Sie machte eine Geste, als wollte sie einen Ball werfen. „Keiner von denen hat Schneid, aber die Eltern haben Geld und ich muss sehen, wo ich bleibe. Vom Mindestlohn, so wie ihn andere Trainer an den Schulen bekommen, kann man heutzutage nicht leben und seine Rechnungen bezahlen. Interessieren Sie sich für Ballett?"

Thyra rettete sich in ein höfliches Lächeln. „Für vieles außer Ballett. Ich habe mir nie eine Aufführung angesehen." Sie begann zu lachen, als sie sich erinnerte. „Mit einer Freundin bin ich aus Versehen mal in eine Aufführung von Schwanensee gekommen. Das war vielleicht ein Drama."

„Oh", machte Dagmar, „Sie haben eine der Inszenierungen erwischt, wo am Ende beide sterben. Das ist tragisch."

Thyra schob die Hände in die Taschen. „Das Drama bestand darin, wie wir bis zur ersten Pause durchhalten, um uns so unauffällig wie möglich zu verdrücken. Ich weiß nicht, wie das Stück ausging. Ich wusste bisher nicht einmal etwas von verschiedenen Schlüssen derselben Oper."

Dagmar tupfte an ihrem Haarband herum und ließ dabei die großen Augen im dünnen Gesicht umherrollen. „Kein Fan von klassischer Bildung, wie ich bemerke."

Thyra schaute an Dagmar vorbei. „Wenn Sie hier nicht wohnen, warum steht die Tür offen?"

„Oh." Dagmar drehte sich herum. Sie ging dazu auf die Zehenspitzen und machte geschwind eine halbe Drehung, ehe sie zurück auf die Fersen sank. „Das war so", erzählte sie. „Ich wurde wach, weil es über mir andauernd polterte. Das hörte sich an, als würde jemand ständig schwere Dinge fallenlassen. Immer wieder. Bamm, bamm, bamm. Ich stand auf, um mich zu beschweren. Zwar sind meine Uhren stehengeblieben, aber ein Blick aus dem Fenster genügte, um die Zeit zu schätzen. Es war spät in der Nacht." Sie warf Thyra einen kurzen Blick zu. „Ich wollte mit dem Lift nach oben fahren. Wissen Sie, seit der Nussknacker-Inszenierung von Bademann graut mir und vor allem meiner linken Hüfte fürchterlich vor Treppen. Ich habe lange auf den Lift gewartet, der nicht kam. Deshalb griff ich mir eine Kerze und marschierte los. Was muss, das muss."

Thyra beobachtete die flackernde Flamme. „Gemäß der Hausordnung ist offenes Feuer in den Wohnungen nicht gestattet. Man möge auf LED-Kerzen ausweichen."

Diesen Einwand wischte Dagmar weg. „Erstens hängen überall Feuermelder und zweitens gehen diese modernen Kerzen von selbst aus, wenn der Docht zu weit runterbrennt." Sie schnalzte mit der Zunge. „Ich habe mir also die Kerze mitgenommen und mich zu Fuß auf den Weg gemacht. Im siebzehnten Stock war jede Wohnung still, also ging ich mit einer gewissen Vorahnung in den achtzehnten weiter. Da hörte ich plötzlich ein Geräusch von unten. Ich verharrte." Sie hielt sich die Kerze vors Gesicht, als erzählte sie eine Gruselgeschichte. „Das waren Sie. Tut mir leid, ich habe Ihren Namen vergessen."

„Thyra." Sie zeigte erneut zur Tür. „Was ist nun damit?"

„Weiß nicht." Die Ballerina schnappte wieder auf die Zehenspitzen, reckte den langen Hals und hielt die Kerze auf Armeslänge von sich. In der nächsten Sekunde streckte sie ein Bein nach hinten, als müsste sie die Balance halten. „Es sollte nachgesehen werden, ob sich Herr Vinhus in der Wohnung befindet. Er macht fürchterlich oft nächtlich Lärm."

„Wir beide sollten nachsehen." Thyra verfolgte skeptisch jede Bewegung der Ballerina. „Ich wollte zwar Will suchen, aber das hier scheint mir wichtiger zu sein."

„Will." Dagmar lächelte breit. „Mit seiner breiten Brust und den kräftigen Armen kann er hervorragend auf sich selbst aufpassen. Wenn er etwas drahtiger wäre, gäbe er einen ausgezeichneten Tänzer ab. Er hat Sinn für klassische Bildung, jedenfalls zitiert er den Cäsar fehlerfrei." Sie sank mit den Fußsohlen zurück auf den Boden. „Wenn ich an ihn denke, gerät mein Blut in Wallung."

Es kostete Mühe, das Bild, das sich vor Thyras innerem Auge aufbaute, zu zerstreuen. Als sie Will und Dagmar geistig voneinander getrennt hatte, richtete sie ihr Smartphone auf den dunklen Wohnungseingang. „Vinhus. Der Name sagt mir was."

„Natürlich." Dagmar legte ihr die Hand an die Schulter. „Das ist der Makler, der die Wohnungen in diesem Haus vermittelt hat. Ein junger, zielstrebiger, karrierebewusster Mensch. Auf seine Art charmant, aber er erreicht längst nicht Wills Klasse. Der hat etwas antik Heldenhaftes, finden Sie nicht?"

Thyra betrat den Flur und leuchtete über die Mäntel und Sakkos, die dort an breiten Holzbügeln hingen. Bei einem Schuhkipper klemmte im obersten Fach ein Schnürsenkel und auf einer Glasablage unterhalb eines Spiegels lagen ein Smartphone und Schlüssel. Am Spiegelrahmen klebten Haftnotizen mit diversen Erinnerungen. Olivenöl, stand auf einer dieser Notizen und auf einer anderen: Mama anrufen.

„Hallo?", fragte Thyra in den Raum hinein. „Ist jemand da?"

Ein Poltern war die Antwort. Es rumpelte.

„Dieses Geräusch hat mich geweckt", flüsterte Dagmar dicht hinter ihr. „Es hat rhythmisch geklopft. Zumindest hat der Verursacher versucht einen Rhythmus hinzukriegen. Das ist ihm nicht gelungen, muss ich anmerken. Sehr weit entfernt von Viervierteltakt oder Dreiachtel. Manchen Menschen ist es einfach nicht gegeben."

Thyra versuchte sie zu ignorieren und ging weiter. „Das hört sich nicht wie jemand an, der Musik machen möchte."

Dagmar machte große unschuldige Augen. „Wozu sollte man sonst diesen Krach veranlassen?"

Rechts vermutete Thyra den Ursprung des Polterns. Sie durchquerte ein weiträumiges Wohnzimmer, das mit dunklen Ledermöbeln ausgestattet war. An der Wand hing ein Fernseher, so groß wie eine Kinoleinwand. Eine Topfpflanze rollte vor dem Panoramafenster die braunen Blätter ein. Der niedrige Couchtisch war überladen mit Laptops, Smartphones, Tablets und zusammengeknüllten Verpackungen von Schokoriegeln. Dazwischen lagen benutzte Taschentücher neben vielen gebrauchten Weingläsern. An gut der Hälfte klebte Lippenstift.

„Herr Vinhus!", rief Thyra laut und deutlich. „Roger? Sind Sie da? Die Tür stand offen, deshalb sind Dagmar und ich eingetreten."

Neben ihr hielt Dagmar sich die Brust. „Brüllen Sie nie wieder unvermittelt derartig los. Sie erschrecken mich zu Tode."

„Roger!", rief Thyra, diesmal lauter. „Herr Vinhus? Sind Sie da?"

Das Poltern antwortete. Thyra durchquerte den Flur. „Da ist jemand."

„Wer?" Dagmar war ihr auf den Fersen. „Warum gibt er keine Antwort?"

Thyra fühlte sich zunehmend von Dagmar genervt. „Das Klopfen ist die Antwort. Es ist die einzige Möglichkeit, um auf sich aufmerksam zu machen. Sie hätten es längst verstehen sollen."

„Jemand geht mir mitten in der Nacht auf die Nerven", stellte Dagmar fest, „das habe ich durchaus verstanden."

Thyra bog um die letzte Ecke und stand in einem großen Schlafzimmer. Ein Himmelbett nahm den meisten Platz im Raum ein. Seine halb durchsichtigen weißen Seidenvorhänge waren an den Bettpfosten festgebunden und der Himmel senkte sich bis zu den rüschenübersäten Kissen und Decken herunter. Das Bett passte zu der übrigen Ausstattung, die vor Schnörkeln und Tand strotzte. Am Kleiderschrank waren die Kanten mit Goldplättchen verziert und rund um die Schlüssellöcher goldene Ornamente angebracht. Der Teppich, auf dem das Bett stand, war mindestens zehn Zentimeter hoch und flauschig.

Zwischen der Tür und dem Fenster stand ein mächtiger Frisiertisch mit geschwungenen Beinen und in alle Richtungen drehbarem Spiegel. Der passende Stuhl dazu war weiter im Raum platziert und darauf saß ein Mann in schwarzen Boxershorts. Seine Arme waren hinter den Rücken gebogen und die Handgelenke am Stuhl festgebunden. Seine Füße waren an die Stuhlbeine gefesselt. Im Mund steckte ihm ein dicker Knebel, der ihn am Schreien hinderte. Mitsamt dem Stuhl hüpfte er auf dem Parkettboden, wodurch das klopfende Geräusch entstand.

„Roger!", stieß Thyra aus. Sie hatte den Makler in Unterhosen sofort erkannt. Sie legte das Smartphone auf dem Bett ab und begann an dem Knebel zu zerren. „Sind Sie in Ordnung?"

Weil er nickte, rutschten ihre Finger immer wieder von dem Knoten ab, der fest an seinem Hinterkopf lag. Selbst als sie den Knoten zu fassen bekam, konnte sie ihn nicht lösen. Also zerrte sie ihm den Knebel aus dem Mund und schob den zu einer Schlange gedrehten fransigen Putzlappen auf seinen Hals hinunter. Prompt begann Roger zu husten.

„Danke!", brachte er heiser hervor. „Vielen Dank, Thyra. Es ist nett von Ihnen mir zu helfen." Sein Blick glitt an ihr vorbei. „Dagmar, herzlichen Dank. Ich wusste, wenn ich lange genug Krach schlage, werden Sie kommen und sich beschweren wollen." Er schmunzelte. „Das hat sie öfter gemacht. Sich beschwert, meine ich."

Thyra ging in die Hocke und versuchte die Knoten im dünnen Seil um seine Knöchel zu lösen. „Haben Sie ein Messer?"

„In der Küche", zeigte er mit dem Kopf zur Tür. „Auf der Arbeitsfläche steht ein Messerblock, aber seien Sie vorsichtig. Die Santoku-Messer sind höllisch scharf. Das sind keine Billigdinger von hier; ich habe sie mir in Japan gekauft."

Thyra fand die Küche gegenüber dem Wohnzimmer. Sie war groß genug für eine gewaltige Arbeitsfläche und einen riesigen Speisetisch. Hier konnte man locker zwölf Gäste bewirten. Mit einem langen Messer in der Hand kam sie zurück zu Roger. „Wo ist Ihre Frau?"

„Meine Frau?"

„Die Frau, deren Lippenstift an den Gläsern ist?" Thyra kniete sich mit einem Bein hin und begann die Fesseln zu zerschneiden. „Sollte sie hier sein?"

„Sie wohnt nebenan." Roger blickte kurz in die entsprechende Richtung, wo an der Wand ein Gemälde mit bunten Fischen hing. „In achtzehn-eins. Beatrice und ich schlafen immer getrennt, weil ich fürchterlich schnarche und sie ohnehin unter Insomnie leidet."

„Ui", machte Dagmar. „Hat sie das Gepolter nicht gehört oder hat es sie nicht gestört?"

„Sie nimmt Medikamente, deswegen wird sie von gar nichts wach, bevor die Wirkung in den frühen Morgenstunden nachlässt." Er drehte den Kopf über die Schulter. „Können Sie die Seile schneller durchschneiden? Ich muss dringend auf Toilette."

„Gleich geschafft." Thyra hatte das erste Seil beinahe durchgeschnitten. Beim zweiten funktionierte es besser und die übrigen Fesseln schaffte sie mit einer raschen Bewegung.

Roger sprang hoch. „Vielen Dank. Bin gleich wieder da."

Er griff sich Thyras Smartphone und eilte Richtung Badezimmer. Man hörte die Tür zuschlagen.

„Ja", meinte Dagmar, die schützend eine Hand um die zappelnde Kerzenflamme hielt, „er hat es eilig."

„Kein Wunder." Thyra schlenderte im dunklen Schlafzimmer umher. „Seine Haut fühlte sich kalt an. Er muss seit Stunden auf dem Stuhl gesessen haben."

„Das bezweifle ich." Dagmar begutachtete vor allem den Frisiertisch, auf dem tausenderlei Döschen, Tübchen und anderes Kosmetikzeug lagen. In einem Becher steckte mehr als ein Dutzend verschieden breiter und langer Pinsel. Eine Farbpalette lag obenauf mit vierundzwanzig Lidschattentönen. Dazu eine Sammlung an Lippenstiften und Kajalvarianten. Parfüms in ausgefallenen Flakons gab es und diverse Haarbürsten. „Er pflegt sehr spät zu Bett zu gehen. Länger als zwei Stunden saß er nicht auf dem Stuhl."

„Was bei den Temperaturen in einem Schlafzimmer mehr als genügt, um auszukühlen", sagte Thyra. „Besonders, wenn man nichts als Unterwäsche trägt."

Als er wiederkam, hatte Roger sich etwas angezogen. Er trug eine dunkle Hose und ein weinrotes Hemd. Lächelnd reichte er Thyra das Smartphone zurück. „Vielen Dank für Ihre Hilfe. Ich dachte, ich müsste auf dem Stuhl sitzen, bis mich mein Kunde Montag um elf endlich vermisst." Er drehte sich um und schaute auf den Radiowecker auf seinem Nachttisch. „Keine Anzeige? Ist der Strom ausgefallen?"

„Nicht nur der Strom", sagte Dagmar. „Es ist überhaupt eine sehr sonderbare Sache, die uns widerfährt. Merkwürdige Dinge geschehen im Haus, die man sich nicht erklären kann. Sagen Sie, Herr Vinhus, als Makler müssen Sie wissen, ob dieses Haus vielleicht auf einem alten Friedhof gebaut wurde? Womöglich spuken die Geister ruheloser Seelen umher und treiben ihren Schabernack mit uns?"

Roger schob langsam die Hände in seine Hosentaschen. „Bedaure, Frau Schulz, da war ein Naturschutzgebiet, kein Friedhof."

Dagmar schürzte die Lippen. „Wissen Sie, diese skurrilen Erscheinungen würden zu einem Indianerfriedhof passen. Wenn die Seelen nicht in die Ewigen Jagdgründe finden, müssen sie auf Erden wandeln. Sie suchen Hilfe bei den Lebenden, aber weil die Lebenden nicht verstehen, säen die stromernden Seelen nichts als Angst." Sie ließ ihre Worte kurz wirken. „Ein Indianerfriedhof oder eine Kultstätte? Wenigstens ein Steinkreis?"

Roger behielt sein eingefrorenes Lächeln. „Definitiv nicht, Frau Schulz."

„Vielleicht..."

Sofort unterbrach Thyra sie mit einer Handbewegung. „In Deutschland, Dagmar, werden Sie keinen Indianerfriedhof finden. Denken wir lieber alle gründlich darüber nach, wie Roger in diese missliche Lage gekommen ist."

Roger zog die Schultern bis zu den Ohren hoch. „Ich weiß nicht, wie ich auf den Stuhl gekommen bin. Als ich wach wurde, saß ich dort und konnte mich nicht bewegen. Mein ganzer Schädel hat mir wehgetan und ich habe diesen ekelhaft bitteren Geschmack nach Aluminium im Mund. Wahrscheinlich hat mich jemand betäubt."

„Haben Sie Geräusche gehört?", fragte Thyra weiter. „War jemand in der Wohnung, als Sie wach wurden?"

„Sind Sie von der Polizei?"

„Das", lächelte Dagmar, „habe ich bereits vermutet. Leute von der Polizei stellen solche Fragen."

„Das war ein Witz." Roger lachte heiter. „Leute von der Polizei verdienen nicht einmal genug, um sich einen Stellplatz in der Tiefgarage leisten zu können. Wenn überhaupt, müsste sie eine Geheimagentin sein."

„Bin ich nicht", murrte Thyra. „Ich bin Anwältin."

„Aha!", triumphierte Dagmar. „Rechtsverdreherin. Daher diese vielen Fragen."

„Jeder sollte sich Fragen stellen", konterte Thyra. „Jemand greift die Bewohner dieses Hauses an und hindert uns daran Hilfe zu holen."

Aus Rogers Gesicht war jeder Anflug eines Lachens verschwunden. „Wie meinen Sie das? War das kein gewöhnlicher Einbrecher, der Bargeld und Handys klaut?"

„Ihr Equipment liegt auf dem Tisch im Wohnzimmer", sagte Thyra. „Das Handy im Flur und der Autoschlüssel sind da. Es sieht nicht so aus, als sei etwas geklaut worden."

Roger machte einen tiefen Atemzug und ließ sich auf das Bett sinken. Unter seinem Gewicht gab die Matratze tatsächlich mehrere Zentimeter nach. „Welcher Einbrecher lässt die Wertgegenstände liegen?"

Thyra machte ein paar Schritte zur Tür. „Sie sollten sicherheitshalber bei Ihrer Freundin nachsehen, ob alles in Ordnung ist. Wenn sie okay ist, was wir hoffen wollen, gehen Sie bitte nach unten in die Lobby. Erwin Ziesler ist dort eingeschlossen und er fragt sich vermutlich, wo ich so lange bleibe."

„Und was machen Sie?" Roger stand vom Bett auf und legte seine Uhr an, die auf dem Nachtkästchen gelegen hatte. „Halb sechs. Das kann nicht sein." Er hielt die Uhr an sein Ohr. „Ich sollte sie unbedingt zum Uhrmacher bringen. Wie es aussieht, stimmt was mit der Automatik nicht. Ständig bleibt sie…"

„Ich", unterbrach ihn Thyra, „suche weiter nach Will. Patty hatte die Idee, das System im Haus neu zu starten, in der Hoffnung, es würde die Technik wieder auf Spur bringen. Vielleicht klappt nach einem Neustart all das wieder, was jetzt nicht geht."

„Was geht nicht?", fragte Roger.

„Licht", begann Thyra aufzuzählen. „Die Aufzüge, die Glastür in der Lobby, die Fenster im Erdgeschoss, die Türschließer, das Internet." Sie seufzte. „Vor allem das Internet bräuchten wir dringend, um Hilfe zu holen."

Roger legte den Kopf schief. „Schießen Sie da nicht mit Kanonen auf Spatzen, liebe Thyra? Jemand hat mich zwar an einen Stuhl gefesselt und der liebe Herr Ziesler steckt in einem Glasraum fest, aber deswegen gleich die große Glocke schlagen?"

Thyra knirschte mit den Zähnen. „Wie wäre es", schlug sie vor, „wenn Sie tun, worum ich Sie gebeten habe? Die ganze Geschichte wird sich Ihnen beizeiten erschließen."

Sie machte kehrt und ging zum Ausgang. Sie hörte hinter sich, wie Dagmar und Roger tuschelten: „Leicht hysterisch, die Gute, oder täusche ich mich?"

Thyra verließ die Wohnung, legte eine Hand an das Treppengeländer und setzte den Fuß auf die erste Stufe. Da sah sie aus dem Augenwinkel den Türoberschließer zu Rogers Wohnung blinken und die Tür schloss sich. Sie ging gemächlich zu, man hörte es zurückhaltend summen und das Display zeigte völlig unverfänglich den Namen Roger Vinhus an, bevor es verlosch.

Sofort ging Thyra zurück zur Tür und klingelte. Sie tippte auf dem Sensor herum und konnte der Klingel keinen Ton entlocken. Sie schlug mit der Faust gegen die Tür. „Roger! Die Tür ist zugefallen!"

„Ich komme!" Wenig später hörte man ihn durch die Türe hindurch: „Ich kann nicht öffnen. Egal wie oft ich auf den Sensor drücke, die Tür geht nicht auf."

„Drehen Sie den Knauf."

„Da ist kein Knauf", kam die Antwort. „Ich wollte diese faszinierende neue Technik nicht durch eine altmodische Türklinke oder ein Schlüsselloch abwerten."

Thyra seufzte auf. „Suchen Sie irgendwas, mit dem Sie die Tür aufbrechen können, eine Kreditkarte zum Beispiel oder ein Stemmeisen. Wir treffen uns später in der Lobby. Haben Sie verstanden?"

„Ich bin nicht blöd!", kam die gereizte Antwort.

Zwei Etagen höher fand Thyra die Stille bedrückend. Sie hörte nichts als ihre eigenen Schritte. Ihre Gedanken kreisten um die Punkte, die sie abzuarbeiten hatte: Der Hilferuf an die Nanny musste angebracht werden, Erwin saß im Foyer fest, die Tür zu Rogers Wohnung ließ sich nicht öffnen. Trotzdem lenkte sie ihre Schritte zu ihrer eigenen Wohnung, um nach Elaine und Domeyer Senior zu sehen.

Im Türspalt festgeklemmt stand einer von Elaines knallgelben Gummistiefeln mit rosa Einhörnern. Thyra betrat die Wohnung und leuchtete. „Hallo?", rief sie. „Wilhelm? Sind Sie da?"

Schweigen.

Hastig ging sie ins Wohnzimmer, wo die Couch leer war. Elaine war weg, Wilhelm nirgendwo zu sehen und die Decke, die Thyra über ihre kleine Tochter gebreitet hatte, fehlte.

Da lag ein Zettel, der mit einer altmodischen, gut leserlichen Handschrift beschrieben war: „Will meinte, es sei besser, wir würden die Kleine nach unten in unsere Wohnung bringen, bis die Sache überstanden sei. Machen Sie sich keine Sorgen, Ihre Tochter ist bei mir in guten Händen. Wilhelm."

Wahrscheinlich, überlegte Thyra, waren die beiden durchs Treppenhaus nach unten geschlichen, während sie Roger geholfen hatte. Dem Zettel nach schien es, als seien Will und Gabriele ebenfalls zurück nach unten gegangen. Sie ließ den Zettel auf dem Couchtisch liegen.

Thyra stutzte, als sie Schritte hörte. Sofort leuchtete sie mit dem Smartphone in Richtung Tür und blendete den Mann, der dort stand. Mit einem Aufschrei riss er die Arme vor die Augen.

Thyra senkte das Licht kein bisschen. „Wer sind Sie?"

„Haben Sie keine Augen im Kopf?", fragte er zurück. „Ich bin es, Will. Nehmen Sie die Lampe runter! Mit dem grellen Licht könnten Sie glatt am Flughafen Landefeuer spielen."

„Will?", staunte Thyra. „Haben Sie sich umgezogen?"

„Ja." Er kam näher und drückte ihr die Hand mit dem Telefon nach unten, damit das Licht auf den Boden fiel. „Weil ich in einer gewaltigen Blutlache ausgerutscht und hingeschlagen bin. Meine Klamotten waren voller Blut. Deshalb trage ich jetzt Jeans und T-Shirt."

„Von Ihrer Schule?" Thyra tippte kurz auf das Logo, das auf seiner Brust prangte. „Hermann-Hesse-Gymnasium."

„Es war das erste T-Shirt, das mir vom Wäscheberg entgegengefallen ist." Er drehte sich um und ging zur Tür voraus. „Ich könnte Ihre Hilfe brauchen. Oder wollen Sie lieber nach unten zu Ihrer Tochter? Haben Sie den Zettel gefunden?"

„Wie geht es ihr? Wissen Sie das?", folgte sie ihm.

„Sie ist natürlich aufgewacht, als mein Vater sie nach unten getragen hat." Will begann die Treppe nach oben zu gehen. „Er hat ihr einen

Kakao gemacht und liest ihr vor, bis sie wieder einschläft." Er blieb stehen. „Haben Sie eine Idee, wie diese Schnitte passiert sind?"

Thyra ging ihm nach, bis sie auf der Stufe unter ihm stand. „Hat Gabriele Sie aufgestachelt? Diese Frau sieht eine Misshandlung, wo keine ist. Ich würde meiner Tochter niemals etwas antun. Ich weiß nicht, wie es zu den Schnitten kam." Sie atmete tief durch. „Jemand tut den Leuten hier im Haus böse Dinge an. Frau Kesslers Tochter musste auf so abscheuliche Weise sterben, Henno ist tot, mein Kind ist verletzt." Sie zeigte hinter sich, als stünde dort wer. „Jemand hat Roger Vinhus nackt bis auf die Unterwäsche an einen Stuhl gefesselt und Erwin Ziesler sitzt im Foyer fest. Will, da führt jemand etwas im Schilde. Das müssen Sie zugeben."

„Natürlich." Er ging weiter. „Haley Lee aus der Etage unter dem Penthouse ist anscheinend gestürzt und hat sich den Schädel zertrümmert. Jedenfalls sieht es so aus. Alles ist voller Blut, Knochensplitter, Körpergewebe."

„Oh", machte Thyra. „Das wollten Sie mir erzählen." Sie folgte ihm. „Wie viele Leute wohnen dort? Haben Frau Ziesler und Gianna Sie erreicht?"

Will war am Treppenabsatz angekommen und änderte die Richtung, um die nächste Treppe in Angriff zu nehmen. „Warum suchen die mich?"

Thyra spürte, wie ihr durch die Bewegung erneut warm wurde. „Patty Ziesler meinte, man solle das System neu starten. Wenn alles auf Werkseinstellung zurückgesetzt wird, könnten alle Systeme neu und hoffentlich richtig aufstarten und wir hätten endlich Internet, Strom, Licht. Wir könnten Hilfe rufen."

„Tolle Idee." Er klang nicht begeistert. „Bloß gibt es keinen Technikraum, in dem irgendwo ein roter Knopf mit Warnhinweis hängt. Man kann hier keinen Reset drücken."

Thyra stapfte tapfer weiter die Treppe hinauf. „Das alles muss von irgendwo gesteuert werden."

„Was muss gesteuert werden?" Will blieb wieder mitten in der Treppe stehen. „Wenn etwas nicht funktioniert, ruft das System selbstständig den Techniker oder – wenn das nicht klappt – ich rufe dort an. Jemand klinkt sich in das System rein und programmiert es um oder neu." Ihm kam ein Lachen aus. „Die Hotline wird in Indien betreut, wussten Sie das? Billige Arbeitskräfte nehmen die Anrufe entgegen und arbeiten nach Schema die Fehlermeldung ab." Er ging weiter. „Man braucht keinen Platz für einen Technikraum verschwenden und kein Geld für einen Administrator berappen. Die Hotline läuft über den kostengünstigen Kundenservice der Firma, die die Bauteile geliefert und eingebaut hat."

Diese Information sickerte langsam in Thyras Bewusstsein. „Alles wird online betreut? Von ständig wechselnden Call-Agenten?"

„Yep." Will blieb vor einer Tür stehen, in der ein Pantoffel klemmte. „Das ist die billigste Lösung für den ultimativen Luxus."

„Was, wenn es Probleme gibt, die man nicht am Telefon lösen kann?", fragte Thyra.

Will schüttelte die Taschenlampe in seiner Hand, bis das Flackern der Birne aufhörte. „Manchmal wird ein neues Dingens eingebaut. Sie wären überrascht, wie viele verschiedene Fenstersensoren nachträglich verbaut wurden, nachdem der eine Satz nicht funktioniert hat." Er seufzte. „Nun ja, jetzt funktionieren leider alle. Passen Sie wegen der Blutlache auf."

Thyra blieb wie angewurzelt stehen. „Warum sind wir hier, wenn Sie bereits alles überprüft haben?"

Will ging leise durch den Flur. „Haleys Mann Weng, der neben der Leiche kniete, habe ich bereits nach unten geschickt. An ihn war kaum ranzukommen; ich vermute mal, der Schock hat ihm zugesetzt. Er stammelte von seinen Eltern, die sich hier versteckt hätten."

„Versteckt?" Thyra folgte ihm. „Warum verstecken sie sich?"

„Schlechte Erfahrungen mit der Polizei. Achtung, da beginnt das Blut." Will streckte den Arm und dirigierte Thyra um die Leiche herum.

Sie musste sich an die Trennwand zur Küche schmiegen, um nicht in das Blut zu treten. Seitwärts schob sie sich an der Lache vorbei, wobei das Licht ihrer Lampe über einen Vorschlaghammer huschte, der unauffällig an der Wand lehnte. Der Hammerkopf war voller Blut. „Das war Absicht", schauderte Thyra. „Jemand hat ihr den Schädel damit eingeschlagen."

Will lenkte sein Licht ebenfalls auf den Hammer. „Merkwürdig", meinte er. „Vorhin ist er mir nicht aufgefallen, allerdings habe ich nicht auf Werkzeuge geachtet, als es mir die Füße wegzog."

Thyra murmelte eine Zustimmung und schaute zurück zu der Toten. Die leblosen Augen starrten eines nach oben, das andere nach unten. Das linke Auge schien aus dem Kopf herauszutreten, als wollte es die drei Zähne suchen, die ausgeschlagen samt der Wurzel neben der rechten Hand lagen.

Sie erinnerte sich, diese Frau gesehen zu haben. Meistens waren sie einander in der Tiefgarage begegnet. „Die Lees fahren den Bentley?"

„Yep." Will stand in der Küchentür und leuchtete den Raum ab. „Ihnen gehört auch der Jaguar und die Schwiegereltern fahren den Tesla."

„Sie wissen genau, wer welches Auto fährt?" Thyra suchte mit dem Licht ihres Smartphones den Flur und den Wohnraum ab.

„Weil es zu meinen Pflichten gehört", erklärte Will, „jeden Tag zu prüfen, ob sich fremde Autos auf den Besucherparkplätzen eingenistet haben. Das ist Quatsch, wenn Sie mich fragen. Das Haus gegenüber ist leer und nach der Polizeiaktion vom letzten Freitag sind im anderen Haus vier Parteien übrig. Keiner von denen hat eine Perspektive, Arbeit oder ein Auto, das er hier unterstellen könnte." Er ließ sein Taschenlampenlicht über die Wände gleiten, an denen manchmal ein Bild hing. „Ich kontrolliere trotzdem. Die Hausverwaltung überwacht die Tiefgarage mit Kameras und einer Software, die Gesichter erkennt. Ich habe bereits eine Abmahnung kassiert, weil ich mal nicht rumlaufen wollte, um die immer gleichen Karren zu zählen. Die Software hat mich in achtundzwanzig Stunden nicht gesehen, also gab es eine Fehlermeldung und eine Abmahnung. Online." Er lachte kurz auf. „Mittlerweile weiß ich die Kennzeichen von allen Autos auswendig, ich weiß, wem sie gehören und ich weiß, wann wer eingeparkt hat. Frau Kessler zum Beispiel touchiert mit der Stoßstange immer die Wand vorne, bevor sie auf die Bremse steigt. Ich glaube, eine der Ziesler-Töchter fährt hin und wieder schwarz. Das würde erklären, warum das Auto mit schräg gestellten Reifen in der Parkbucht steht, wenn die Ältere vom Sport kommt." Er warf ihr einen kurzen Seitenblick zu. „Sie haben hin und wieder Besuch von Annegret und die Tagesmutter Ihrer Tochter hatte regelmäßig einen jungen Mann mit einem alten Dreier hier."

Thyra drehte sich langsam zu ihm zurück. „Sie hat Herrenbesuch empfangen?"

„Das ging weit über Besuch hinaus, wenn Sie mich fragen. Entweder waren Sie in der Wohnung oder dieser Kerl mit dem merkwürdigen Kennzeichen. IS 911. Wenn jemand mit einem solchen Typen Umgang pflegt, gehen bei mir alle Sirenen an. Zum Glück wird er nicht mehr auftauchen, jetzt, wo Sie die Tagesmutter gekickt haben." Will leuchtete zurück in den Flur. „In der Küche ist niemand. Ich sehe dort hinten nach. Wollen Sie nach oben?"

„Oben?"

„Über die Wendeltreppe sind diese Etage und die darüber liegende verbunden. Genießen Sie es, wenn Sie nach oben gehen, denn Sie steigen über die einzige Flächenheizung in Wendeltreppenform weltweit." Will ging den breiten Flur entlang. „Er hat nicht mal mit der Wimper gezuckt, als ich ihm vorschlug, er solle für den Bentley zwei Stellplätze kaufen, damit ihm die Frau aus dem zehnten Stock, die neben ihm parkt, nicht immer Kratzer in den Lack rammt. Jetzt steht das Auto in der Mitte von zwei Stellplätzen und nächste Woche werden die Markierungen entsprechend geändert. Verdammt, ich möchte gern mal einen Tiefgaragenstellplatz bar bezahlen können. Aus der Portokasse. Im Vorbeigehen." Bevor er ins Bad leuchtete, drehte er sich zu ihr und zeigte nach schräg links. „Gehen Sie nach oben und suchen Sie zwei ältere Herrschaften, die mächtige Angst vor der Exekutive haben. Bitte."

Thyra setzte sich in Bewegung. Sie leuchtete über das Wohnzimmer, das trotz der immensen Größe sparsam eingerichtet war. Ein großes Sofa und zwei Sessel standen um einen Glastisch herum. In der Ecke war eine Skulptur platziert, die einen Golfspieler beim Abschlag zeigte. Die Gemälde an den Wänden trugen Sensoren, die zu einer Alarmanlage gehörten. Thyra hob eines der Bilder vom Haken, als wollte sie es klauen, aber einen Heulton, Flutlicht oder den Ansturm eines Sondereinsatzkommandos löste sie damit nicht aus. Ein Gummibaum im Topf verlor ein Blatt, das war alles.

Hinten am Rand des Wohnzimmers gab es die Wendeltreppe nach oben. „Stufen", murmelte Thyra und setzte den Fuß auf die unterste. Sie zählte mit. Als sie den sechzehnten Schritt machte, stand sie in der oberen Wohnung, deren Einrichtung sehr spartanisch schien. Asiatisch karg. Hinter den bekannten Schiebetüren an den Seiten verbarg sich vermutlich alles, was der Haushalt brauchte. Zu sehen waren im Wohnzimmer Teppiche und niedrige Tische, dazu Kissen. Auf einem Tisch lag aufgefaltet eine Zeitung, die mehrere Wochen alt war. Der neue Außenminister Nepals wurde vorgestellt, außerdem waren zwei Überschriften mit Leuchtstift markiert. Eine erregte Thyras Aufmerksamkeit, weil das dazugehörige Foto eine Frau zeigte, die eine zügellose Lockenfrisur trug. Das Bild war nicht in Farbe gedruckt und trotzdem schien man das Rot der Haare sehen zu können. Eine sehr schöne Frau, in deren Blick man ihre Zielstrebigkeit erkannte.

„Blade Corporation übernimmt angeschlagenen Parr-Konzern", las Thyra murmelnd. „Mitglied des Vorstands Michelle Timsarian bezeichnet den Aufkauf der Aktienmehrheit als günstige Möglichkeit, in den Immobilienmarkt Zentraleuropas einzusteigen und sich damit neue

Geschäftsfelder zu erschließen. Wegen der hervorragenden wirtschaftlichen Entwicklung rechnet die Branche in den nächsten Jahren mit einer deutlich höheren Nachfrage nach innovativem Wohnraum mit integrierten umfassenden Sicherheitslösungen, vor allem im Cloudbereich. Ein Sprecher des Parr-Konzerns sieht seinen neuen Investor als große Chance. Es stehe nunmehr genug Kapital zur Verfügung, um in Luxuswohnungen zu investieren. Das Know-how für neueste Sicherheitskonzepte, auf die eine zahlungskräftige Klientel sehr viel Wert lege, liefere die Blade Tochter SecuTec gleich dazu. Nach dieser Pressemeldung stieg der Aktienkurs des Parr-Konzerns auf ein Langzeithoch von...“ Sie hörte hinter sich ein Geräusch. „Hallo?“, fragte sie laut. „Ist jemand da? Ich bin die Nachbarin aus zwanzig-zwei.“

Wenn alte Leute sich vor der Polizei verstecken wollten, würden sie das bestimmt nicht hinter der Tür tun. Deshalb fing Thyra an in den Schränken nachzusehen. Sie schob die Türen eine nach der anderen auf und fand Hausrat, Nippes und Zeug, das bei ihr meistens auf irgendeiner Kommode lag. Bücherstapel waren ebenso darunter wie Blumenvasen und Schüsseln für Knabbereien. Hinter einer Schranktür fand sie den Fernseher und eine stattliche Sammlung an DVD. Die Titel waren in einer Schrift gehalten, die sie nicht lesen konnte. Sicherheitshalber wiederholte Thyra ihre kleine Ansprache auf Englisch, bevor sie an einer kaum zu erkennenden Lasche zog und damit ein Geheimfach hinter den DVD öffnete. Leider steckten keine verängstigten Menschen darin, sondern mehrere Bündel Geld. Hastig machte Thyra das Fach wieder zu.

Mit wenig Elan suchte sie sich durch die übrigen Schränke. In der Küche fand sie Kochgeschirr und tausenderlei verschiedene Zutaten. Reis, Gewürze, Nudeln, ein ganzes Regalfach war mit Sojasoßenflaschen gefüllt. Im letzten Schrank auf der rechten Seite waren nicht nur Bambusdämpfer, Stäbchen und Holzbretter untergebracht. Im untersten Fach lag zusammengekauert und die Knie bis ans Kinn gezogen ein kleines Mädchen.

Im ersten Moment sah Thyra darüber hinweg, dann huschte der Lichtstrahl zurück und blendete das Kind. Thyra ging in die Hocke. „Hallo.“ Sie bemühte sich um ein möglichst aufrichtiges Lächeln. „Kannst du mich verstehen?“

Das Mädchen nickte, was Thyra erleichtert aufatmen ließ. Sie konnte kein Wort Chinesisch.

„Warum versteckst du dich im Schrank?“, fragte Thyra.

„Oma hat gesagt, ich solle das tun", antwortete das Mädchen in perfektem Deutsch. Sie sprach sehr deutlich, was Thyra überraschte; das Mädchen war nicht älter als vier.

„Wo ist deine Oma?", fragte Thyra weiter.

„Ich glaube", überlegte das Mädchen, „es wäre ihr nicht recht, wenn ich diese Information preisgebe. In Omas Heimat geschieht immer etwas Schreckliches, wenn in einem Haus die Lichter nicht mehr funktionieren und fremde Menschen umherschleichen."

„Okay." Thyra taten die Beine vom vielen Treppensteigen weh. Sie kniete sich hin. „Ich bin Thyra Banks. Ich wohne im zwanzigsten Stock. Zusammen mit Will, dem Hausmeister, suche ich die Leute aus dem Haus zusammen und bitte sie in die Lobby zu gehen. Wir wollen gemeinsam beratschlagen, wie es weitergehen soll. Ich würde dich gern mit nach unten nehmen und meiner Tochter vorstellen. Sie ist kleiner als du. Erst zwei."

Das Mädchen bewegte sich nicht. Es blinzelte kurz mit den Augen. „Ich bin vier."

„Wie heißt du?"

„Malika", antwortete die Kleine sofort. „Es ist mir eine Ehre Sie kennenzulernen, Thyra."

Thyra stützte sich am offenen Schrank ab. „Kommst du mit mir?"

Malika krabbelte aus dem Schrankfach. Als sie sich aufrichtete, strich sie ihren schwarzen Faltenrock glatt und zupfte die weiße Bluse und den schwarzen Pullunder in Ordnung.

„Ist das eine Schuluniform?" Thyra stand mit Schmerzen in den Knien auf. Es stach und brannte bei jeder Bewegung.

„Oma meinte, ich solle das anziehen, weil das alle fleißigen, gehorsamen Mädchen tragen." Sie kicherte. „Ich gehe in die Vorschule. In der Schule trägt man eine Krawatte." Sie schob ihre kleine Hand in die von Thyra. „Ich bin bereit zu gehen."

Thyra drückte die kleinen Finger sanft. „Wir sollten deine Großeltern mitnehmen. Weißt du, wo sie sind?"

„Das sage ich nicht." Malika schüttelte den Kopf und ließ dabei ihre kinnlangen schwarzen Haare fliegen.

Thyra schmunzelte. „Ob du es weißt oder wo sie sind?"

Malika hob beide Hände wie eine altmodische Waage in die Höhe.

„Okay." Immerhin hatte Thyra jemanden gefunden. „Willst du mich bei meiner Suche begleiten oder hier warten?"

Sie kam mit, aber das brachte keinen Vorteil. Thyra beobachtete Malikas Gesicht, ob es sich veränderte, wenn sie dem Versteck der Großeltern näherkamen. Leider blickte Malika immer mit dem gleichen Ausdruck um sich. Als Thyra den Schrank im Badezimmer öffnete, wo diverse Schaumbadzusätze untergebracht waren, lächelte die Kleine. „Das ist mein Lieblingsduft. Oma macht immer ganz viel in die Wanne, damit ich im Schaum schwimme."

Minuten später hatte Thyra die Wohnung abgesucht und in jeden Schrank geguckt. Sie hatte die Futonbetten gefunden und einen Karton mit Sexspielzeug, den sie eilig zurück hinter ein Kopfkissen schob. „Gehen wir runter, vielleicht hat Will deine Großeltern gefunden."

Sie gingen über die Wendeltreppe zurück, wobei Malika sich artig am Geländer festhielt. Unten im Wohnzimmer sah Thyra im Schatten eine Gestalt stehen und sie nahm an, es sei Will. „Ich habe sie nicht gefunden. Sie?"

„Bitte?" Es war nicht Will, es war Gabriele.

„Wo ist Will?", fragte Thyra.

„Keine Ahnung." Gabriele hatte sich eine Taschenlampe an einem Band um den Hals gehängt. Sie sah wie ein lieblos geschmückter Weihnachtsbaum mit immerhin frei beweglichen Händen aus. „Im achtzehnten Stock randaliert jemand. Da ist aus einer Wohnung der übelste Krach zu hören."

„Das sind Roger und Dagmar", berichtete Thyra. „Sie sind eingeschlossen." Sie fasste sich an den Kopf. „Will sollte sich darum kümmern, aber er sucht nach den Großeltern dieses Mädchens, die sich hier irgendwo befinden sollen."

„Ich dachte", sagte Gabriele, „er sucht erst einmal alle Leute zusammen und schickt sie in die Lobby."

Thyra fühlte sich müde und lehnte sich gegen die nahe Wand. „Haben Sie Henno untersuchen können?"

„Die Münzen spielen zweifelsfrei eine Rolle." Gabriele war knapp in ihren Antworten. „Die genaue Ursache wird eine Untersuchung ergeben."

„Ergibt sich ein hoher Betrag?", fragte Thyra. „Das könnte ein Hinweis auf den Täter sein."

Gabriele zog eine kurze Schnute. „Nachdem es sich ausnahmslos um Kupfermünzen handelt, dürften es nicht mehr sein als ein paar Euro, die..." Sie schloss den Mund plötzlich und schaute auf Malika. „Das sollten wir später besprechen. Was meinen Sie, soll ich eine Runde drehen und nach den Großeltern der Kleinen suchen, oder ist es wichtiger Will zu finden?"

Thyra klopfte ihren Kopf immer wieder sachte gegen die Wand. „Wissen Sie, wie oft ich in der letzten Zeit vorhatte Will zu suchen? Er ist ständig weg."

„Wer ist ständig weg?" Will trat zu ihnen.

„Ach", machte Gabriele, „da sind Sie ja."

Will zeigte hinter sich. „Ich habe die Wohnung durchsucht." Der Lichtstrahl seiner Lampe fiel auf Malika. „Wer ist das?"

„Malika", antwortete Thyra. „Ich habe sie oben im Küchenschrank gefunden. Ihre Großeltern allerdings nicht."

Gabriele verschränkte die Arme über der baumelnden Taschenlampe. „Sollten nicht Sie wissen, wer das Kind ist?"

„Wie immer", nickte Will, „greift die übergroße Diskrepanz zwischen Ideal und Realität. Von einem Kind der Lees weiß ich nichts."

„Ich bin vier", mischte sich Malika ein und sie knickste. „Malika Harvey-Lee."

Will schaute sie einen Moment an, ehe er fragte: „Woher kommt das Harvey?"

„Geburtsname meiner Mutter."

Thyra fragte sich still, ob die Mutter tatsächlich Haley Harvey geheißen hatte. Aus dem Augenwinkel schaute sie zu der wenige Meter entfernt liegenden toten Frau.

Auch Will riskierte einen Seitenblick zu der Toten und trat einen Schritt zur Seite, damit er im Sichtfeld zwischen Malika und der Leiche stand. „Dein Vater ist bereits unten in der Lobby. Willst du nicht zu ihm gehen?"

Malika zog die Stirn in sehr viele Falten. „Warum sollte mein Vater hier sein?"

Das erklärte, warum Will nichts von dem Kind gewusst hatte. Sie war gar nicht das Kind von Weng und Haley. Thyra ging neben ihr in die Hocke. „Ist dein Vater nicht Weng Lee, der hier wohnt?"

Malika legte den Kopf schief. „Mein Vater ist Lee Chang und meine Mutter heißt Daisy Harvey. Wir wohnen in Taiwan. Seit gestern darf ich meine Großeltern besuchen." Ihr hübsches Gesicht verdüsterte sich. „Im Moment darf ich sie eher suchen als besuchen."

Das Ziehen in den Beinmuskeln machte Thyra zu schaffen. Sie schlenkerte abwechselnd die Beine, um locker zu werden, und verkniff sich das Stöhnen. „Woher kannst du so gut Deutsch?"

„Von meiner Mutter", antwortete Malika. „Sie ist Deutsche und sie legt sehr viel Wert auf gute Sprache. Deshalb besuche ich nach der chinesischen Vorschule immer eine deutsche Nachmittagsschule."

Das wurde ziemlich verwirrend. Thyra gähnte lange, bevor sie Malika die Hand reichte. „Gehen wir nach unten? Ich könnte eine Sitzpause vertragen."

Es war ein wunderbarer Gedanke. Hinsetzen. Thyra würde auf das Sofa sinken, den Rücken ins Kissen legen, die Beine ausstrecken und mit innerer Mediation ihren Körper zu sofortigen Reparaturleistungen anregen. Sie spürte ihre Beine im Hüftgelenk hängen, als gehörten sie ihr nicht. Bei jedem Schritt fühlte es sich an, als bestünden die Beine aus Blei und die Gelenke aus Gummi oder andersrum.

Ganze zwei Stockwerke hatte Thyra Zeit, sich mit dem Gedanken ans Hinsetzen zu trösten, während hinter ihr Will und Gabriele tuschelten und Malika an ihrer Hand tapfer eine Stufe nach der anderen hinabstieg.

Im achtzehnten Stock erlebte Thyra ein sehr realistisches Déjà-vu. Sie bog um die Ecke, sah den flackernden Kerzenschein und vor der Tür zu Rogers Wohnung stand Dagmar im wallenden weißen Ballettoutfit.

Will erkannte sie trotz des dämmrigen Lichts. „Hey, Frau Schulz, wo kommen Sie her?"

Dagmar zeigte mit ihrem dünnen Zeigefinger auf die Tür zu achtzehn-vier. „Von da drin." Ihr Finger rutschte weiter zu Thyra. „Die da wollte Hilfe holen."

Thyra zeigte ihrerseits auf Will. „Da ist Hilfe."

Will schnitt ihr eine Grimasse und lächelte Dagmar an. „Hilfe wobei?"

Dagmar drückte ihr Ohr an die Tür. „Roger und ich kamen zuerst nicht raus. Da ist ihm die Brechstange eingefallen, die ein Handwerker vergessen hatte, als sie den Durchbruch zu Frau Bottoms Wohnung geschlagen haben. Das gab eine Menge Dreck und Krach, so viel ist sicher. Roger ging, um die Brechstange zu holen. Er war kaum weg, als die Tür sich öffnete." Sie presste Wange und Ohr gegen das Türblatt. „Wie durch Geisterhand ging sie plötzlich auf."

„Und Sie sind sofort rausgegangen?", vermutete Thyra. „Na, toll."

„Genau." Dagmar vollführte eine halbe Drehung, indem sie auf die Zehenspitzen stieg, sich drehte und langsam zurück auf die Fersen sank. Jetzt presste sie die andere Gesichtshälfte gegen die Tür. „Hinter mir hat sich die Tür geschlossen."

„Das hielten Sie nicht für merkwürdig?", meinte Thyra.

„Warum?" Dagmars tiefliegende Augen waren im spärlichen Licht überhaupt nicht zu sehen. Sie sah in ihren weißen Klamotten wie ein Gespenst aus. „Roger wollte gleich zurück sein. Nun habe ich dreimal bis hundert gezählt, ohne ein Geräusch seinerseits zu hören."

„Sie sind ja ein ganz helles Licht." Gabriele lauschte an der Tür. „Haben Sie Gepolter oder Kampfgeräusche gehört?"

„Mit wem sollte er kämpfen?", fragte Dagmar zurück. „Er ist allein in der Wohnung."

Gabriele warf sich gegen die Tür und versuchte daran zu rütteln, was ohne Türklinke extrem schwer war. Sie streckte den Arm zu Thyra und bewegte hastig die Finger. „Haben Sie die Schlüsselkarte in der Hosentasche? Wenn ja, geben Sie her."

„Sorry, die habe ich auf meine Garderobe gelegt."

Auch Will hämmerte gegen die Tür. „Hallo!", rief er laut. „Roger! Ist alles in Ordnung mit Ihnen? Sind Sie da?" Er ließ die Faust sinken. „Wenn er drin wäre, würde er antworten. Er ist nicht auf den Mund gefallen."

„Vielleicht ist er bei seiner Freundin." Thyra hatte ihn ja geschickt, um nach ihr zu sehen. „Sie wohnt in achtzehn-eins."

Will ging bis zur nächsten Tür. „Wenn die beiden an mir vorbeigehen, tun sie immer so, als würden sie sich kaum kennen. Was lächerlich ist, schließlich weiß ich von der Verbindungstür." Er drückte den Klingelsensor an der Tür. „Da tut sich was!"

Sofort waren die anderen neben ihm. Zu fünft staunten sie, als Will den Sensor berührte und dieser blinkend das Rufsignal bestätigte. Ein angeregtes Murmeln ging durch die Gruppe.

„Ich halte es für unangebracht", meinte hingegen Malika, „über etwas, das macht, was es soll, zu staunen."

„Weißt du", gab Will zurück, „das ist der erste Sensor bisher, der überhaupt einen Mucks macht. Die anderen sind alle..." Er sprach das letzte Wort nicht aus, sondern drückte erneut auf den Sensor. „Sie scheint nicht da zu sein."

„Mitten in der Nacht?" Gabriele tat, als würde sie nachdenken und tippte sich dabei ans Kinn. „In welchem Beruf arbeitet man nachts und verdient einen Haufen Kohle?"

„Sie ist Hostess", wusste Will.

„Callgirl", verbesserte Dagmar.

Gabriele meinte: „Eine Schlampe."

Will schaute die Frauen der Reihe nach an. Zuletzt blieb sein Blick an Thyra hängen. „Auch einen Kommentar abzugeben?"

Thyra lehnte mit der Schulter an der Wand neben der Tür. „Kann man den Sensor mit einer Keycard oder einem Geheimcode überbrücken? Wenn Gefahr in Verzug ist, muss man in die Wohnung kommen. Was machen Sie, Will, wenn es einen Wasserrohrbruch gibt und Sie dringend den Hahn abdrehen müssen?"

Will neigte den Kopf und blickte sie an. Um seine grünen Augen gab es ein paar Fältchen, die vom Lachen kamen. „Sofern ich überhaupt zu Hause bin, drehe ich den Haupthahn für das ganze Haus im Keller ab. Thyra, diese Sensoren wurden verbaut, eben weil sie so verdammt sicher sind und heutzutage jeder Angst hat, ein Fremder könnte in die Wohnung gelangen. Wer keine autorisierte Ersatzkarte hat und zusätzlich per App eingelassen wird oder in der Datei per Fingerabdruck gespeichert ist, kommt nicht rein."

Genau diese Tatsache hatte Thyra gefallen, als sie mit Roger Vinhus die Wohnungen besichtigt hatte. Kein Fremder konnte sich mit fadenscheinigen Geschichten Zugang verschaffen, indem er den Hausmeister bezirzte. Es gab keinen Schlüssel, den man verlieren konnte. Es war unmöglich, einen Schlüssel nachmachen zu lassen, mit dem bei der nächsten Gelegenheit die Bude leergeräumt werden konnte. Beim Zutritt mit der Schlüsselkarte gab die App die Tür erst frei, wenn sie auf ihrem Handy die grüne Taste drückte. Nachdem sie mit demjenigen gesprochen hatte, der vor der Kamera an der Tür stand. „Absolute Sicherheit gibt es nicht", erinnerte sich Thyra an Rogers Worte. „Dieses Haus und diese Wohnungen kommen dem Absoluten sehr, sehr nahe. Es ist der ideale Wohnraum für eine Familie, deren Schutz einem am Herzen liegt."

Thyra schloss die Augen und klopfte müde gegen die Tür.

„Ich habe eine von diesen offenen Karten." Dagmar knickste plötzlich. „Letzte Woche war Frau Bottom nämlich verreist und sie bat mich, ab und zu nach ihren Mäusen zu sehen. Es war nicht ganz klar, ob sie Internetzugang haben würde, deshalb hat die Karte keine Autorisierungssperre bekommen. Frau Bottom wusste nicht, wie lange sie fort sein würde, deshalb ist kein Ablaufdatum hinterlegt."

Alle starrten sie an. Will fand zuerst die Sprache wieder. „Wären Sie so gut und holen die Karte?"

„Ich bin mir nicht sicher", überlegte Dagmar, „ob die Dame das möchte. Sie ist seit gestern wieder daheim und sollte selbst entscheiden, wer ihre Wohnung betritt und wer nicht."

„Ganz ein helles Licht", wiederholte Gabriele. „Wir stecken in einer Notfallsituation, das ist Ihnen klar?"

„Ob ein Notfall vorliegt oder nicht", entgegnete Dagmar, „hängt sehr von der Perspektive ab. Wenn ich während meiner aktiven Zeit als Primaballerina Durchfall bekommen habe, war das für meinen Arzt ein Notfall. Er fürchtete, ich würde verhungern. Für meine Trainerin waren zwei Tage Durchfall kein Grund nervös zu werden. Erst recht nicht vor den Auftritten oder wenn mein Tanzpartner Schmerzen in der Hüfte hatte und jedes Gramm spürte." Sie zupfte an ihrem Haarband und ihren künstlichen überlangen Wimpern. „Aus meiner Sicht heraus gibt es eine Frau, die mitten in der Nacht nicht aufs Klingeln reagiert, weil sie Schlafmittel genommen hat. Ich mache mir überhaupt keine Sorgen."

Trotzdem legte Will erneut den Finger auf den Sensor. Durch die Stille hörte man im Inneren der Wohnung ein andauerndes Bimmeln. Es tönte, bis Will nach einer halben Minute den Finger vom Sensor nahm. „Sie sollten die Karte holen und uns in die Wohnung lassen."

Dagmar verschränkte die Arme. „Ich fürchte, ich habe die Karte verlegt. Mir fällt jetzt nicht ein, wo sie ist."

Thyra stöhnte auf.

Gabriele war weniger zögerlich. Sie packte Dagmar am Oberarm und zerrte sie zur Treppe. „Wir beide gehen jetzt nach unten und holen die verdammte Karte. Es ist mir egal, welche moralischen Bedenken Sie haben. In diesem Haus sterben Menschen und bevor ich an der Reihe bin, will ich etwas unternommen haben."

Dagmar stolperte neben Gabriele die Treppe hinab. Thyra spürte, wie sich eine kleine Hand in ihre schob. Malika kuschelte sich an ihr Bein. „Sind weitere Menschen gestorben als meine Tante Haley?"

Will fasste sie an den zierlichen Schultern. „Eben deshalb wollen wir dich lieber bei deinem Onkel sehen als hier. Was meinst du, darf Thyra dich zu ihm bringen?" Nachdem Malika genickt hatte, ließ Will das Mädchen los. „Seien Sie vorsichtig."

Also machte sich Thyra mit Malika auf den Weg nach unten. „Wohin genau?", wollte Malika wissen.

„In die Lobby. Wir treffen uns alle dort, wo die Briefkästen stehen."

„Ist Ihre Tochter dort?"

„Ja." Thyra staunte, wie viel Luft Malika zum Sprechen hatte, obwohl sie zügig einen Fuß vor den anderen setzte.

„Geht es ihr gut?", fragte Malika weiter. „Wie heißt sie?"

„Elaine." Zum ersten Mal seit geraumer Zeit spürte Thyra ein echtes Lächeln in sich aufsteigen. „Sie heißt Elaine, ist zwei Jahre alt und mein absoluter Sonnenschein. Ich hoffe, es geht ihr besser als vorhin." Bevor Malika neugierig nachforschen konnte, korrigierte sich Thyra: „Sie hat sich übel geschnitten, weißt du."

„In den Finger?" Malika blieb kurz stehen und streckte ihren Zeigefinger vor. „Da habe ich mich geschnitten, als ich mit Oma kochen durfte. Es hat ziemlich geschmerzt."

Die nächsten Stockwerke hinweg plauderte Malika von der Art, wie ihre Oma kochte. Wie die Oma das Gemüse schnitt und die Nudeln vorbereitete, wie sie den Reis dämpfte und welche Sojasoße für welches Gericht verwendet wurde. Sie lachte, als sie erzählte, wie Oma auf dem hiesigen Markt nach frischen Hühnerfüßen fragte. Weil sie keine bekam, blieben ihr die Brustfilets, was den Großvater enttäuschte, der die Füße viel lieber als die Filets mochte.

Thyra klinkte sich innerlich aus. Sie ließ Malika reden, machte hin und wieder ein zustimmendes Geräusch und ansonsten konzentrierte sie sich auf die Schmerzen, die durch ihre Beine zogen. Wenn sie in dieser Verfassung morgen in New York auftauchte, war ihr Bernies Spott sicher. „Thyra", pflegte er immer wieder zu sagen, „Sie müssen mehr für sich selbst tun. Lassen Sie das Kind beim Babysitter und kümmern Sie sich um Ihre Fitness. Da können Sie gleich diesen hartnäckigen Babybauch wegtrainieren. Der sieht scheußlich aus."

Die Sekretärin hatte diesen Rüffel mitbekommen. Als Bernie sie verabschiedet hatte und wieder im Büro verschwunden war, bot sie Thyra den Teller mit Pralinen. „Der Arsch sollte erst mal selbst ein Kind bekommen. Bei meiner Großen habe ich gute zwanzig Kilo zugenommen. Ich konnte gar nicht anders. In den ersten Monaten war mir ständig schlecht, später kam dieser unbändige Hunger."

Thyra nahm sich eine Praline, die mit Goldstaub dekoriert war. „Wem sagen Sie das? Ich hatte überhaupt kein Sättigungsgefühl mehr. Rund um die Uhr habe ich gegessen."

„Wie viele Kilo waren es am Ende?"

Thyra zerbiss die Praline und genoss den flüssigen Schokoladenkern. „Dreiundzwanzig." Sie sollte ausspucken anstatt zu schlucken. „Im Gegensatz zum Gewicht geht der Bauch nicht weg. Alles ist total schwabbelig und weich."

Die Sekretärin war voll Mitgefühl und tröstete mit einer weiteren Praline. „Bei meiner zweiten Tochter habe ich zwölf Kilo zugenommen, davon sind vier nicht wieder weggegangen. Bei meinem Sohn habe ich achtzehn Kilo zugenommen. Zwei sind geblieben. Macht sechs Kilo mehr als vor der Familienplanung." Sie senkte die Stimme ein wenig. „Beim dritten Kind war der Bauch schneller wieder da als ich Umstandshosen kaufen konnte. Bis heute sind die sechs Kilo und der Bauch geblieben, aber das merkt der Boss nicht. Für ihn falle ich mit meinen achtundvierzig Jahren nicht mehr ins Beuteschema. Er kümmert sich ausschließlich um junge Frauen."

Thyra musste lachen. „Ist mein Taxi da?"

„Steht unten." Die flinken Finger der Sekretärin huschten über die Tastatur. „Bis nächste Woche, Miss."

Mit diesen höllischen Schmerzen in den Beinen fühlte Thyra sich nicht wie eine junge Frau. Viel eher wollte sie Rente beantragen, sofort und auf der Stelle. Sogar ihr Rücken tat weh. Ein krasses Stechen bremste sie, als etwas an ihrem Arm zerrte.

Thyra schaute sich um. „Was ist? Warum gehst du nicht weiter? Müde?"

Malikas Augen waren weit aufgerissen und der Mund stand offen. „Haben Sie das nicht gehört?"

Tatsächlich hatte Thyra nichts gehört als die Stimmen in ihrer Erinnerung. Auf dem Heimflug von New York hatte ein Mann, der auf der anderen Seite des Gangs saß, sie zu einem Glas Wein eingeladen. „Sie fliegen diese Strecke öfter", wusste er. „Wir sind schon mehrmals nebeneinander gesessen."

Meistens arbeitete Thyra im Flieger, deshalb achtete sie nicht auf ihre Mitreisenden. In seinem Fall mochte es vielleicht ein Fehler sein, aber nach dem Desaster mit ihrer geplatzten Hochzeit, der unverhofften Schwangerschaft, ihrem Job und dem Stress mit Wohnungskauf und einer Tagesmutter, die nicht arbeiten wollte, hatte sie keine Lust – absolut gar keine Lust – auf eine Affäre. Sie hätte den schönsten und heißesten Mann der Welt nicht anfassen wollen.

„Dieser Schrei", flüsterte Malika, „der von einem schlagenden Krachen erstickt wurde." Ihr traten Tränen in die Augen und sie begann zu weinen. „Das war die Stimme meiner Oma."

Wenn Thyra den Schrei nur gehört hätte, anstatt gedankenverloren in einer anderen Dimension zu weilen. Sie griff Malika am Arm. „Von wo kam der Schrei?"

Malika schluchzte. Die schmalen Lippen bebten und die Nase lief über. Mit zitternder Hand zeigte sie nach unten.

„Wie weit unten?", fragte Thyra. „Gleich von hier unten?"

Das Mädchen heulte lauter.

Thyra suchte das Schild neben dem Zugang zum Treppenhaus. Anscheinend war der Schrei aus dem achten Stockwerk gekommen. „In acht-zwei wohnt Gabriele", erinnerte sie sich. „Sie ist mit Dagmar in sechzehn-vier, um die Karte zu holen."

Plötzlich schoss etwas Kleines an ihnen vorbei und erschreckte sie beide. Malika fiel rückwärts auf die Treppe und Thyra machte einen gewaltigen Satz zur Seite. Im letzten Moment konnte sie sich am Geländer festhalten. Sie spürte ihr Herz durch den Brustkorb stolpern und schrie: „Du verdammter Hund! Genau deswegen kann ich Hunde nicht leiden!"

„Hund?" Malika weinte dicke Tränen. „Ein kleiner Hund."

„Gabrieles Hund." Thyra machte tiefe Atemzüge, um sich zu beruhigen. „Ein Dackel. Hat ziemlich wenig Verstand zwischen den Ohren."

„Ich mag Hund", schluchzte Malika und die Tränen strömten wie Sturzbäche von ihrem Gesicht. „Oma macht im Winter immer Feuertopf mit Hund."

Auch als Eintopf mit Chili mochte Thyra keine Hunde. Sie zeigte auf die Treppe. „Du bleibst hier auf der Stufe sitzen und wartest. Ich sehe nach, was los ist."

Die Tür zu acht-zwei stand sperrangelweit offen, gehalten vom Türoberschließer, der grün leuchtete. Thyra hatte kein gutes Gefühl, als sie die Wohnung betrat. Sie spürte ihre Handflächen schweißnass werden. Langsam bückte sie sich, zog einen Schuh heran und blockierte damit die Tür.

Die Wohnung war dunkel und Thyra musste sich den Weg ausleuchten. Sie suchte zuerst in den Ecken und Nischen, ob sich jemand versteckte. Unruhig zuckte der Lichtkegel durch den Flur und das Wohnzimmer und den Durchgang zur Küche. Mitten im Wohnzimmer lag eine alte Frau ausgestreckt auf dem Boden.

Thyra würgte. Sie presste die Faust gegen den Mund und zwang einen tiefen Atemzug in ihre Lungen. Es roch nach Urin und Kot. Im letzten Moment seines Funktionierens hatte der Körper sich seines Darm- und Blaseninhalts entledigt. Sie kniff die Augen zusammen.

Hinter sich hörte sie ein leises Summen und wie die Tür gegen den verkeilten Schuh drückte. Blitzschnell drehte Thyra sich herum. „Ist da wer?", fragte sie so laut und deutlich sie sprechen konnte. „Hey! Ist da wer?"

An der Garderobe gab es einen Schirmständer. Sie holte sich den größten Regenschirm und hob ihn über den Kopf, obwohl er einen deutlichen Knick in der Mitte machte. „Ich bin bewaffnet!"

Sie hörte hastige Schritte von leisen Füßen und eine Tür, die zufiel. In dieser Wohnung. Thyra eilte dem Geräusch nach. Sie fand im Schlafzimmer nichts, das auf eine Person schließen ließ, im Badezimmer nicht, in der Küche nicht. Es gab hinten im Flur eine Tür, die mit einem Notausgang-Schild versehen war. Durch diese geschlossene Tür musste der Täter entwischt sein. Thyra rüttelte erfolglos an der Türklinke, bis ihr Malika einfiel, die draußen auf den Stufen saß und wartete.

„Malika!" Thyra rannte durch die Wohnung zurück zur anderen Eingangstür. Sie sprang über die Tote hinweg, riss die Tür auf und streckte den Kopf hinaus. „Malika! Malika, bist du da?"

Es kam keine Antwort. „Malika!"

Thyra spürte Panik in sich aufsteigen. Sie stürzte aus der Wohnung und leuchtete die Treppe hinauf. Wo Malika gesessen hatte, gab es eine kleine Pfütze Tränen und die Stufe darüber fühlte sich warm an. „Malika!", brüllte Thyra aus Leibeskräften durchs Treppenhaus. „Malika! Wo bist du!"

„Was ist los?", kam die Gegenfrage von oben. Es war Will, nicht die Kleine. „Was ist passiert?"

Thyra schluchzte. „Oh mein Gott!"

Wenig später stand Will neben ihr, packte und schüttelte sie. „Was zur Hölle ist passiert?"

Thyra konnte ihre Gedanken nicht sortieren. Sie weinte bitterlich. „Sie ist weg."

„Malika?", fragte Will. „Ist Malika weg?"

Mühsam riss sie sich zusammen. „Wir haben einen Schrei aus der Wohnung gehört, der sie völlig verstörte. Deswegen wollte ich allein nachsehen und sie sollte hier sitzen bleiben. Da war jemand in der Wohnung, als ich kam. Er ist durch den Notausgang raus und hat sich Malika geschnappt."

Will runzelte die Stirn. „Geschnappt?"

Thyra wischte sich die Tränen von den Wangen. „Sie saß hier auf der Treppe und weinte, weil der Schrei, den wir hörten, von ihrer Großmutter kam." Mit zitternder Hand zeigte sie hinter sich. „Die alte Frau liegt dort im Wohnzimmer. Jemand hat ihr mit einem Vorschlaghammer den Kopf zertrümmert. Es ist grauenhaft. Das Blut ist warm. Es klebt überall. Auf dem Teppich, an den Wänden, den Möbeln, einfach überall. Von ihrem Kopf ist gar nichts mehr übrig. Weniger als bei Haley." Sie schniefte und rang um Fassung. „Das ist ein Serienmörder, nicht wahr?"

Will strich sich durch das Haar. Er schritt die Treppe hinab und leuchtete auf den Schuh, der in der Tür klemmte. „Waren Sie das?"

„Ja." Thyra folgte ihm. „Weil in diesem Haus ständig die Türen auf- und zugehen. Ich wollte nicht eingesperrt sein wie Roger oder Erwin."

Will schob die Tür auf und betrat die Wohnung. „Wissen Sie, das hier ist die einzige Wohnung, die einen Notausgang hat. Es war der ausdrückliche Wunsch von Gabriele." Er leuchtete kurz zurück auf die Tür. „Die Hundeklappe befindet sich in der anderen Tür."

„Dort liegt sie." Thyra zeigte ins Wohnzimmer.

Will ließ den Lichtkegel erst in alle Winkel und Nischen gleiten und einmal quer durch den Raum, um zu prüfen, ob jemand lauerte. Schließlich fand das Licht die tote Alte. „Ja, das ist Frau Lee. Ich habe sie oft mit Haley kommen und gehen sehen. Eine nette Frau, die leider kein Deutsch oder Englisch spricht." Er ging neben der Toten in die Hocke und wich zurück, als ein Rinnsal Blut beinahe seine Schuhe erreichte. „Wie kommen Sie auf den Vorschlaghammer?"

Thyras Hand zitterte unwillkürlich. „Er stand aufrecht neben der Leiche. Der ganze Hammerkopf war voller Blut und..." Sie zeigte auf ihren eigenen Kopf.

„Das heißt", richtete Will sich auf, „jemand war hier und hat die alte Frau ermordet, während Sie und Malika auf der Treppe waren. Der Täter flüchtete durch die zweite Tür, schnappte sich Malika und kehrte zum Tatort zurück, um den Hammer zu holen. Mit Hammer und Kind flüchtete er zum zweiten Mal." Er verzog das Gesicht. „Muss ein sehr vergesslicher, sehr sportlicher Täter sein. Obendrein einer, der kleine Kinder zum Schweigen bringen kann."

„Sie meinen", flüsterte Thyra, „es könnte sich um mehrere Täter handeln?"

„Ich meine", machte Will einen Schritt rückwärts, „Sie sollten mir nicht zu nahe kommen. Bei zwei merkwürdigen Begebenheiten waren Sie in unmittelbarer Nähe. Das macht Sie verdächtig."

Thyra fand ihre Sprache erst nach Sekunden wieder. „Ebenso gut könnte ich behaupten, Sie seien der Täter! Sie waren oben bei Kesslers, als die kleine Tochter zerstückelt wurde."

„Da waren Frau Kessler und Gabriele bei mir", wandte Will ein. „Denken Sie, die stecken mit mir unter einer Decke?" Er runzelte die Stirn. „Was sind Sie eigentlich von Beruf? Wie kann eine alleinstehende Frau sich eine solche Wohnung leisten? Machen Sie was Illegales oder haben sie sich einen reichen Vater für Ihre Tochter ausgesucht?"

Thyra musste kurz lachen. „Ein ganz reicher Vater, in der Tat." Sie erinnerte sich an die kleine Hütte mit Wellblechdach, in der seine Eltern lebten. Es war nicht weit zum Strand von Phangan, wo sein Vater ein kleines Boot liegen hatte, mit dem er früh am Morgen zum Fischen aufs Meer fuhr. Wenn er Glück hatte, kam er gegen Mittag mit einer Handvoll Barschen oder Schnappern heim. Die kochte die Mutter mit Reis und Gewürzen und dazu gab es das Gemüse oder Obst, das im Garten hinter der Hütte wuchs.

In der Hütte gab es einen Raum, in dem das Leben stattfand, und einen Raum, in dem die Eltern schliefen. Gekocht wurde auf dem offenen Feuer vor der Behausung oder mit einem Gaskocher im Wohnraum, je nachdem, ob der Regen in Kübeln vom Himmel fiel oder nicht. Anuwat hatte seine Hausaufgaben im Schein des Mondes oder einer Kerze gemacht. Um ihm die Schule zu bezahlen, hatten die Eltern alles Vieh nach und nach verkauft. Nun arbeitete der Sohn in Neuseeland in einem Hotel und von dem Geld, das er verdiente, schickte er viel nach Hause. Mittlerweile gab es in der Hütte Strom und einen Fernseher und der Vater fuhr nicht mehr zum Fischen aufs Meer. Er kaufte den Fisch auf dem Markt und manchmal brachte er ein Hühnchen mit.

Anuwat selbst war nicht da und Elaine war im Hotel beim Babysitter. Annegret und sie taten so, als wären sie interessierte TouristInnen, die in Kontakt mit den Einheimischen kommen wollten. Gastfreundlich war die Familie und Anuwat ihr ganzer Stolz. Sein Foto hing in der Mitte zwischen den übrigen Familienfotos. Es war größer und hatte im Gegensatz zu den anderen Bildern einen silbernen Rahmen bekommen.

Zurück im Hotel setzten sie sich mit einem Longdrink an den Strand und Annegret bohrte ihre Füße in den Sand. „Dieser Anuwat ist fleißig, ehrgeizig und klug. Trotzdem bleibt er ein bettelarmer Schlucker, der weit unter deinem Niveau liegt. Stoßen wir auf Elaine an, auf deine bezaubernde, liebreizende und überaus intelligente Tochter und dabei bleibt es. Sie braucht keinen Vater, dessen Familie in einer Wellblechhütte wohnt. Sie hat dich, sie hat mich und sie hat Frau Steiner. Belassen wir es dabei."

„Belassen wir es dabei", stimmte Thyra zu und die Gläser klangen hell in der aufziehenden Nacht. Mit einem leichten Rausch dachte sie darüber nach, ob es wirklich keinen Sinn hatte, Elaine den leiblichen Vater an die Seite zu stellen. Am Ende entschied ihr Verstand, was das Beste war, und es würde keinen erneuten Urlaub in Phangan geben. Offenbar hatte sie ihm zu lange nachgedacht. Will verschränkte die Arme. „Einen Mann, der zu Ihnen gehört, sieht man nie kommen oder gehen."

„Ich bin Anwältin", sagte Thyra. „Ich fliege jeden Sonntag mit der vorletzten Maschine nach New York. Am Mittwoch komme ich mittags wieder."

Will lachte trocken. „So wichtig sind Sie also. Was tun Sie in New York? Retten Sie die Welt?"

„Jemand hat Malika von der Treppe gepflückt." Thyra zeigte auf die Stufen. „Er hat wahrscheinlich nichts Gutes mit ihr vor."

„Er." Will nahm die Arme runter. Er lehnte sich über das Geländer und leuchtete zwischen den Treppen nach oben. „Vielleicht war es eine Frau? Kleine Mädchen schreien bei Frauen seltener als bei Männern."

„Mörder", konterte Thyra, „sind sehr viel häufiger Männer als Frauen. Mehr als neunzig Prozent der Mörder sind männlichen Geschlechts."

Will beugte sich nach unten und leuchtete. „Da ist nicht mal ein Schatten von irgendwas zu sehen. Was schlagen Sie vor, Sie Staranwältin? Nach oben oder nach unten oder sollen wir uns trennen?"

Ihrem Gefühl nach sollten sie gemeinsam unten im Haus ein Glas Wasser trinken und eingehüllt in warme Decken auf Hilfe warten.

„Am besten", übernahm ihr Verstand die Leitung, „einer sucht von hier aus nach oben und der andere geht nach unten." Bevor Will protestieren konnte, weil es nach unten acht Stockwerke und nach oben zweiundzwanzig waren, fügte Thyra hinzu: „Derjenige, der unten ankommt, schnappt sich Verstärkung und kommt ebenfalls nach oben." Sie zögerte. „Es gibt nur dieses eine Treppenhaus, oder?"

„Ja", bestätigte Will. „Dieses eine Treppenhaus und dreizehn bewohnte Wohnungen."

Thyra machte vor Staunen große Augen. „Ich dachte, alle Wohnungen seien verkauft?"

Will seufzte. „In den meisten Wohnungen fehlen irgendwelche Details. In siebenundzwanzig-zwei muss die Badewanne gegen eine Spezialanfertigung mit zwei Kopfstützen getauscht werden. In fünfzehn-vier müssen drei Innenwände versetzt werden, damit der Hamsterkäfig der Tochter Platz hat. Wissen Sie, bei Leuten, die einen siebenstelligen

Betrag für eine Wohnung hinblättern, müssen die Details passen, bevor man einzieht." Er zeigte in die Richtung, in der Thyra den Aufzug vermutete. „Ein amerikanischer Geschäftsmann hat die komplette einundzwanzigste Etage gekauft und umgebaut. Eingezogen wird erst, wenn vorne an der Ecke der Sushi-Starkoch Yamamoto Katagati sein Restaurant eröffnet hat."

„Oh", machte Thyra beeindruckt, „das ist schön zu hören. Ich durfte einmal in Dubai eines seiner Menüs genießen und es hat mich sehr beeindruckt."

Bisher gab es in der Umgebung einen alten Hähnchengrill, der einmal die Woche auf dem Seitenstreifen stand. Ab dem nächsten Monat nicht mehr, wie die Tagesmutter erzählt hatte. Will schien seinerseits keinen Gedanken für irgendwelches Essen zu haben.

„Genau dort, wo der alte Plattenbau steht", sagte er. „Der wird weggerissen und durch einen Wohnkomplex mit Restaurants, Weinhäusern und Cafés ersetzt. Nächsten Freitag werden die letzten vier Mieter zwangsgeräumt, bevor die Planierraupen, Betonmischer und Kräne anrücken."

Thyra zog die Nase kraus. „Monatelang Baustellenlärm. Tolle Aussichten."

„Zum Glück leben wir in einem Rechtsstaat", meinte Will. „Der neue Investor wollte nämlich unser Haus auch abreißen, um den Platz mit mehr Wohnungen besser zu nutzen. Hätte er vor Gericht gewonnen, würde aus Ihrer Wohnung eine Baustelle in luftiger Höhe, allerdings könnte Ihnen der Lärm egal sein. Sie müssten anderswo leben."

„Echt?", staunte Thyra. „Man wollte abreißen? Woher wissen Sie das?"

Will ließ das Herumleuchten bleiben. „Ich bin dem Architekten begegnet, der das ganze Viertel geplant hat. Er hatte ein paar wichtige Leute bei sich und als die weg waren, sind wir ins Gespräch gekommen. Er war sauer, weil sich wegen der Zwangsräumung drüben der Baubeginn verzögerte. Unser luftiges Hochhaus hätte er gern komprimiert mit einem Zwillingsturm verbunden. Man hätte seinem Nachbarn direkt ins Fenster gucken können, so nah waren die beiden Hochhäuser geplant."

Eine schreckliche Vorstellung. Gerade den weiten Blick schätzte Thyra an ihrer Wohnung. Natürlich würde es andere Hochhäuser ringsum geben, später, wenn das Viertel fertig wäre. Dennoch würde keiner der Nachbarn auf Tuchfühlung nahe kommen. Sie schüttelte den Gedanken ab. Es war sinnlos sich über Tatsachen zu ärgern, die nicht real werden würden. „Sie sollten die Strecke nach unten übernehmen. Falls Erwin wie gehabt zwischen den Glastüren eingesperrt ist, braucht er Ihre Hilfe dringender als meine."

„Okay." Will schien ebenso wenig daran gelegen, dieses Thema ausführlich zu besprechen. „Falls etwas passiert, schreien Sie ganz laut. Ich komme dann."

„Falls Sie mich hören", setzte Thyra sich in Bewegung. „Diese Stufen bringen mich um."

Will war bereits außer Sicht. Sie hörte seine Stimme: „Sagen Sie nicht, ein zielstrebiges Mädchen wie Sie würde sich nicht regelmäßig im Fitnessstudio quälen. Das gehört zur Karriere dazu. Ist quasi Arbeitszeit."

„Ja, ja", maulte Thyra. Ein paarmal hatte sie extra den Flug mit einer anderen Airline gebucht, um auf dem Oberdeck des Airbus ins Fitnessstudio gehen zu können. Zwei Stunden lang strampelte sie auf einem Fahrrad, drückte Gewichte und joggte auf dem Laufband, immer motiviert von einem wunderschönen Mann und seiner nicht minder gut aussehenden Gehilfin. Alle hundert Meter lobte er sie für ihre Ausdauer und nach jedem Kilometer bekam sie die Trinkflasche mit dem isotonischen Getränk gereicht. Nach zwei Kilometern nahm sie einen Bissen von einem speziell mit Proteinen, Vitaminen und Mineralstoffen angereicherten Energieriegel. Sie bekam Magenkrämpfe und musste nach nicht einmal drei Kilometern aufgeben. Der Trainer machte ein Gesicht, als hätte man ihm seinen persönlichen Steuersatz verdoppelt. „Nächstes Mal", meinte er. „Wenn Ihr Körper sich an die Energieriegel gewöhnt hat, schaffen Sie mehr Kilometer." Dabei lachte und strahlte er übers ganze Gesicht. „Immer mehr, immer schneller, immer besser. Das ist der richtige Spirit! Damit kommt man weiter! Kaufen Sie sich einen Vorratspack von den Energieriegeln, damit Sie daheim gut versorgt sind."

Thyra fluchte im dunklen Treppenhaus vor sich hin, während jeder Muskel in ihren Beinen gegen jegliche Art von Bewegung protestierte. Der Rücken hatte sich gegen sie verschworen und tat in Schulternähe und dem Nacken weh, im Bereich der Lendenwirbelsäule und in der Mitte. Sogar der Magen muckte und warnte eindringlich vor einem weiteren Genuss der Energieriegel. Sollte sie unklug handeln, würde er sofort auf Krämpfe umschalten.

Obwohl ihr die Fehlermeldungen aus dem Körper zu viele waren, versuchte sie sich auf die Geräusche ringsum zu konzentrieren. Es war unheimlich still im Haus. Manchmal knackte das Geländer, einmal hörte sie das Echo eines hart aufgesetzten Schrittes von unten. Kein Summen oder Brummen, das moderne Häuser gern von sich gaben, wenn eines der vielen technischen Geräte lief, ein Update machte oder sich einfach mit irgendwelchen Datenclouds synchronisierte. Selten waren alle Geräte still und wenn dieser Moment eintrat, hob Thyra den Kopf aus dem Kissen, schaute sich misstrauisch um und konnte erst beruhigt weiterschlafen, wenn der Kühlschrank knackte, die Lüftung des Laptops ratterte oder das Display ihres Smartphones aufflackerte. Hier fehlte der Strom und es war still. An den Türen, die sie passierte, leuchtete nichts auf. Keine Lüftungsanlage surrte, keine Wärmepumpe ratterte. Es lief kein Wasserhahn, keine Klospülung, kein streitendes Paar machte Radau. Der Lift gab keines seiner typischen Klack-Geräusche von sich.

In einem großen Bogen schwang sie sich um das Geländer und legte die paar Meter zur nächsten Treppe zurück. Sie setzte den Fuß auf die Stufe und überlegte, ob ihr das Steigen leichter fiel, wenn sie statt der Ballen den ganzen Fuß aufsetzte.

Ihre Ferse berührte die Stufe, da hörte sie über sich eine Tür zuknallen. „Scheiße! Scheiße! Scheiße!", hörte sie eine Frauenstimme fluchen. Hektische Schritte polterten die Treppe herab. Ein dünner Lichtstrahl tanzte umher und fand Thyra im letzten Moment. Frau Ziesler stoppte eine Armlänge vor ihr. „Gianna! Gott sei Dank!" Im nächsten Moment erkannte Frau Ziesler ihren Irrtum. „Sie sind nicht Gianna. Mein Gott, haben Sie meine Tochter gesehen?"

Thyra schüttelte den Kopf. „Sie ist mir nicht begegnet. Haben Sie die Tür oben gehört?"

„Ja!" Frau Ziesler fasste sich an die Kehle. „Ich habe an der Tür gerüttelt und gezogen, um sie zu schließen. Plötzlich hat das Scheißding Gas gegeben und mich beinahe erschlagen. Mein Gott, wo ist Gianna? Sie ist nicht im dreiundzwanzigsten Stock aufgetaucht. Wenn ihr was passiert ist?" Frau Zieslers weit aufgerissene Augen fanden Thyras Blick. „In diesem Haus geht es nicht mit rechten Dingen zu." Sie packte Thyra an den Schultern. „Türen bewegen sich von Geisterhand. Ich vernehme wispernde Stimmen, wo niemand ist. Manchmal hört es sich an, als funktionierte der Lift, als würde er im Schacht fahren, aber die Anzeigen bleiben dunkel. Immer dunkel." Ihr Griff wurde fester. „Wo ist meine Tochter?"

„Mum?" Eine helle Stimme rief von unten herauf. „Mum, was soll das? Krieg dich wieder ein, es ist alles gut."

„Gianna!" Sofort ließ Frau Ziesler Thyra los und eilte nach unten. Sie sauste über die Stufen und schloss Gianna zwei Etagen tiefer in die Arme. „Meine Kleine! Mein Mäuschen! Ich habe mir solche Sorgen um dich gemacht. Solche Sorgen!"

Thyra war ihr gefolgt und lehnte nun mit der Hüfte am Geländer. „Wo kommst du so plötzlich her? Als ich gerade hier durch bin, war niemand zu sehen oder zu hören."

„Von da drin." Gianna zeigte auf Korbans offene Wohnungstür. Im Bierkasten, der in der Tür stand, fehlten mittlerweile einige Flaschen. Eine hielt Gianna in der Hand. „Da liegt ein Toter in der Wanne."

„Du bist zu jung für Alkohol", nahm Thyra ihr die Flasche weg und stellte sie zurück in den Kasten. „Der Tote ist Henno Liebermann, wahrscheinlich an Geldmünzen erstickt."

Gianna verzog das Gesicht. Frau Ziesler schlug ein Kreuzzeichen über der Brust. „Wie kann so etwas passieren? Das ist schrecklich."

„Das ist einfach", meinte Gianna. „Wenn man den Hals nach hinten überstreckt, sind die Atemwege relativ frei zugänglich. Alles, was man durch den Mund aufnimmt, landet mit großer Wahrscheinlichkeit in der Lunge. Geldmünzen sind relativ schwer und können, wenn überhaupt, nur mit viel Mühe ausgehustet werden. Am besten, wenn man kopfüber hängt."

Unwillkürlich machte Thyra einen Schritt von ihr weg.

„Das ist", sagte Gianna, „weil ich Ärztin werden will. Ich habe bisher vier Praktika im Krankenhaus gemacht und nach Weihnachten ist das fünfte dran. Chirurgin, das wäre voll mein Ding." Sie bückte sich nach der Bierflasche und nahm sie wieder hoch. „Ich bin achtzehn und alt genug fürs Trinken." Sie ließ den Verschluss aufschnappen und konterte den Seitenblick ihrer Mutter. „Ich will Papas Firma nicht. KI geht mir sowas von auf den Senkel. Algorithmen und Formeln, nichts Menschliches." Sie nahm einen Schluck. „Wenn Papas Schöpfungen die Augen aufmachen und blinzeln, hat das überhaupt nichts mit irgendeinem Gefühl dahinter zu tun. Das ist ein Programm, das den Augen befiehlt zweimal zu blinzeln. Igitt, das Bier ist viel zu warm."

„Wie bitte?" Thyra runzelte die Stirn. „Dein Vater hat was mit künstlicher Intelligenz zu tun?" Sie streckte den Arm. „Der Erwin Ziesler, der unten im Foyer zwischen zwei Glastüren feststeckt und die Scheiben mit brachialer Gewalt zertrümmern möchte, ist ein Computergenie?"

„Genau." Gianna trank einen weiteren Schluck von dem Bier, das ihr viel zu warm war. „Er kennt sich super mit Algorithmen aus und ist ein mathematisches Ass. Er kann sogar ausrechnen, was jemand weiter einkauft, der im Wagen eine Pfanne, eine Packung Tampons und Tiefkühlbrokkoli liegen hat. Sobald das Pad spinnt oder ein Update nicht von selber läuft, geht alles den Bach runter. Er kann nicht mal den Virenschutz allein updaten."

„Na, na", machte Frau Ziesler. „Gianna."

Gianna schwenkte die Bierflasche, bis der Inhalt deutlich hörbar schwappte und schäumte. „Warum wohl verdient Sammy ein Schweinegeld bei Papa? Er hält die Software am Laufen, für die unser Papa keinen Funken Interesse übrig hat." Sie wandte sich an Thyra. „Papa kann überhaupt nichts in diesem Haus reparieren. Nicht die Steuerung und keine kaputte Glühbirne. Das blickt er nicht."

Frau Ziesler legte eine Hand auf Thyras Arm und kniff fest zu. „Habe ich richtig gehört, er sitzt im Foyer fest?"

„Wahrscheinlich", tätschelte Thyra ihr die Finger, „hat ihn Will längst rausgelassen. Die Glastür spinnt heute, aber was spinnt heutzutage nicht?"

„Also", stellte Gianna die nur zum Teil geleerte Bierflasche auf den Boden, „gehen wir runter? Da oben ist eh niemand mehr."

„Niemand?", fragte Thyra nach. „Bist du sicher? Es ist ein kleines Mädchen verschwunden…"

„Das ist längst unten." Gianna begann die Treppe hinab zu gehen. „Wahrscheinlich machen wir uns selbst verrückt, obwohl längst wieder alles in Ordnung ist. Jemand drückt einen Knopf, alles funktioniert und ich kann ins Bett zurück." Sie streckte den Arm und zog den Ärmel ihres Pullis von einer dieser modernen Armbanduhren, die den kompletten Körper von Puls bis Stuhlgang überwachten, die Kommunikation mit allen sozialen Netzwerken regelten und Termine koordinierten, sofern man sich nicht spontan per Messenger verabredete. „Ohne Internet kann mir das Drecksding nicht mal die Uhrzeit sagen, von der Auswertung meiner Work-Life-Balance ganz zu schweigen. Bald wird das Teil denken, ich wäre tot."

Kapitel 5

Die Erleichterung, endlich das Erdgeschoss erreicht zu haben, wollte sich nicht einstellen. Thyra hatte Schmerzen in den Beinen und in ihrem Magen schien ein schwerer Klumpen aus rohem Hefeteig zu gären. Sie hatte Gespräche erwartet, Stimmen, das ein oder andere Lachen. Kein Schweigen. Sie hörte nichts. In der Lobby war niemand. Die Briefkästen standen verwaist, die Zimmerpflanzen schliefen und über den Fußboden huschte ein riesiges Silberfischchen. Der Lichtkegel tanzte über die Sitzgruppe und schwenkte sofort zurück. Dort lag jemand!

„Hey!" Thyra war mit wenigen Schritten bei dem Mann, der auf dem Sofa lag und sich den Magen hielt. „Hey, alles klar mit Ihnen?"

Seine Augenlider flatterten. Über seine rissigen Lippen kam ein langgezogenes Krächzen. Er zog die Beine bis ans Kinn hoch.

„Oje", meinte Gianna, die neben ihm in die Hocke ging. „Das sieht nicht gut aus."

Thyra hielt das Licht auf den Mann gerichtet. „Weißt du, was er hat?"

Gianna zog den Abfalleimer heran, der mit durchweichten Papiertaschentüchern und Gestank gefüllt war. Die Tücher waren schleimig und blutig.

„Magenbluten." Gianna klang wie eine perfekt ausgebildete Ärztin. „Das habe ich im Praktikum erlebt." Sie tätschelte dem Mann die Wange. „Haben Sie Schmerzen? Ist Ihnen übel?"

Er war nicht ansprechbar. Seine Augen kullerten haltlos im Kopf herum und er stöhnte. Mühsam brachte er Töne heraus, die nicht nach einer Sprache klangen.

„Ups", kniff Gianna sich das Ohrläppchen. „Ich spreche kein Chinesisch. Sprechen Sie Englisch?"

Sein Kopf zappelte unbestimmt hin und her. Er zeigte mit zitterndem Finger auf die andere Seite des Raums.

Frau Ziesler stand etwas von dem Sofa entfernt. „Wenn er Magenblutungen hat", zögerte sie, „sollten wir nicht einen Arzt rufen?"

„Gern." Thyra schaute über die Schulter zu ihr. „Sehen Sie mal, ob Sie ein Telefon erwischen, das funktioniert. Wenn Sie eines haben, können Sie eine Familienpizza bestellen und eine große Pepsi. Ich habe tierischen Kohldampf."

Offenbar war der Sarkasmus nicht deutlich genug gewesen, um Frau Ziesler vom Suchen abzuhalten. Zuerst guckte sie hinter die Briefkästen und die Pflanzen und den riesigen Karton mit einem Server darin.

Jedenfalls meinte die Zeichnung auf dem Karton, es sei ein Server darin, und ein Aufkleber bat darum, die Fracht mit Vorsicht zu behandeln. Trotzdem waren die Ecken der Schachtel arg eingedellt.

Gianna beobachtete ihre Mutter eine Weile, ehe sie sich Thyra zuwandte: „Ich kann ihm nicht helfen."

Der Mann würgte. Gianna drehte ihn an der Schulter weiter nach vorn und schob den Abfalleimer dorthin, wo sein Erbrochenes landete. Blut und Schleim kamen, durchzogen mit weißlichen Schlieren.

„Woher kommt so eine Magenblutung?", fragte Thyra. Sie wich zurück, damit sie vom Geruch möglichst wenig abbekam.

Gianna war abgehärtet. Sie pfriemelte aus der Kängurutasche ihres Sweatshirts eine Packung Taschentücher und wischte dem Mann den Mund ab.

Sein schwarzes Haar klebte ihm an der Stirn, seine Haut war trotz der dunkleren Färbung bleich. Er hatte ein asiatisches Aussehen, weshalb Thyra ihn leicht an der Schulter berührte und fragte: „Sind Sie Weng Lee?"

Als er seinen Namen hörte, zeigte er mit einer zitternden und schmerzverkrümmten Hand auf sich und wiederholte: „Lee Weng."

„Okay." Thyra schnaufte tief durch. „Fehlen der Großvater und die Kleine."

Kurze Zeit später erbrach er sich erneut. Gianna hielt ihm den Kopf und tätschelte seinen Rücken. Er trug eine schwarze Hose und ein weißes Hemd, das deutliche Spuren seiner Verletzung trug. Vorne am Bauch war ein Fußabdruck auf dem Hemd zu sehen. Eine blanke Ferse und fünf deutlich zu erkennende Zehen von jemandem, der sehr schmutzige graue Fußsohlen hatte.

„Ungefähr Größe vierzig", überlegte Thyra, nachdem sie den Abdruck mit ihrem eigenen Fuß verglichen hatte. „Ist dieser Tritt der Grund für das Magenbluten?"

„Möglich." Gianna wog den Kopf hin und her. „Es müsste ein extrem starker Tritt gewesen sein. Vielleicht hat er ein Magengeschwür zum Bluten gebracht. Wenn er einer dieser asiatischen Topmanager ist, würde mich ein Magengeschwür nicht wundern. Die leiden alle unter Magengeschwür, Burnout oder Kokainsucht." Sie schaute sich um. „Wo sind alle? Mum?" Sie schaute zu Thyra. „Sollte mein Vater nicht zwischen den Glastüren festsitzen?"

Das hatte Thyra bereits bemerkt. Die Fische im Aquarium blubberten vor sich hin, die Glastür ging völlig normal auf, wenn sich jemand näherte. Wenn sie sich wieder schließen wollte, wurde sie von einem Werbekatalog für Bürobedarf gebremst und einen Spalt breit offen gehalten. Jemand hatte Vorkehrungen getroffen.

„Ja", meinte Thyra, „das ist merkwürdig."

„Das ist gruselig." Gianna rief lauter nach ihrer Mutter. Prompt tauchte Frau Ziesler hinter der Abzweigung auf, die zu den übrigen Wohnungen im Erdgeschoss führte. „Ja?"

„Ich wollte wissen, wo du bist", sagte Gianna. „Hier verschwinden Leute schneller als man gucken kann."

Frau Ziesler lachte gackernd. „Als ob Menschen verschwinden..." Sie atmete tief durch und ließ einen neuen Schwall keckernden Lachens los. „Als ob Menschen verschwinden..." Ein weiterer Atemzug, dem eine sekundenlange Stille folgte. „Du hast vielleicht Ideen. Ich suche das Telefon." Sie tippelte mit kleinen Schritten zurück in die Abzweigung.

Thyra schaute ihr skeptisch nach und fragte sich im Stillen, welche Größe die Schraube hatte, die in Frau Zieslers Hirn locker war. Gianna stand aus der Hocke auf. „Sie benimmt sich öfter mal komisch, als hätte sie nicht alle Latten am Zaun."

„Soll ich nach ihr sehen?", fragte Thyra. „Willst du bei Herrn Lee bleiben?"

„Ich kann nichts für ihn tun." Gianna hob hilflos die Hände.

„Trotzdem", meinte Thyra und bewegte die Finger über Weng Lee, als würde er sich wegwischen lassen. „Du steckst das hier besser weg als ich."

Sie hatte mit wenigen Schritten die Halle durchquert und war die Abzweigung entlang gegangen. Der breite Gang war mit Bildern geschmückt, die von einer Künstlergruppe stammten. Junge, viel versprechende Kreative hatten für das Haus gemalt und damit den Kaufpreis jeder Wohnung nicht unwesentlich beeinflusst.

Zwischen dem Bild eines Aliens und dem eines Einhorns führte eine Tür in die Tiefgarage, die Tür gegenüber in die Wohnung eins-vier. Die andere Tür führte in den Keller, aber sie wurde praktisch nicht benutzt. Es war bequemer, den Keller durch das Treppenhaus zu erreichen. In die Wohnungen eins-drei und eins-eins gelangte man durch die Türen gegenüber des Haupteingangs, der Zugang zu eins-fünf war dezent zwischen den Briefkastenreihen gehalten und in eins-sechs, gleich neben dem Eingang, wohnten die Domeyers.

Die Tür zur Tiefgarage stand einen Spalt offen und wurde von einem dreckigen Turnschuh in genau dieser Position gehalten. Der Geruch von

Gummiabrieb und Sprit drang herauf. Es roch nach Auto, Streusalz und als hätte jemand einen Jahresvorrat an Vanille-Duftbäumen aufgehängt.

Thyra hörte aus der Wohnung eins-vier ein mühsam beherrschtes Schluchzen. Sie ahnte Fürchterliches, als sie Frau Ziesler schniefend im Flur stehen sah. „Frau Ziesler?"

Die Angesprochene hielt die Luft an. Kein Laut entkam ihren Lippen. „Frau Ziesler?"

Vom Flur führte ein breiter Rundbogen ins Wohnzimmer, wo in der Ecke eine Leselampe brannte. Mitten im Raum lag auf dem Bauch ein toter Mann mit zerschmettertem Schädel. Der Vorschlaghammer mit dem gewölbten Kopf stand daneben und der Stiel bewegte sich langsam schwankend von einer Seite auf die andere. Im Umkreis von drei Metern verteilten sich Blutspritzer und Gewebereste, eine Lache aus Blut, Urin und Durchfall breitete sich aus. Es stank widerlich und es erinnerte Thyra an die Szenerie mit der toten Großmutter.

Hier lag der Großvater. Er trug ein schwarzes glockenförmiges Gewand mit weißen Saumnähten. Es war weit geschnitten und hatte gewaltige Ärmel. Unten aus dem Gewand guckten dunkle, flache Hausschuhe heraus. Vorn an der Stirn war schwarzes Haar über dem verstümmelten Gesicht zu erkennen. Es war das Gewand, das Thyra an einen alten Samurai erinnerte. „Vermutlich ist das Weng Lees Vater." Sie rieb sich über die Arme, um die Gänsehaut zu vertreiben. „Wo die Kleine wohl ist? Haben Sie ein kleines Mädchen gesehen, vier Jahre alt? Sie trägt einen Faltenrock und hat schwarze kinnlange Haare."

Frau Ziesler atmete nicht, was entweder am Gestank oder am Schock lag.

Bei dem Gedanken, Malika könnte irgendwo im Haus mit dem Bauch auf dem Boden liegen, jagte Thyra ein Zittern vom Nacken bis zu den Zehen. Wenn sie sich vorstellte, wie ein solcher Vorschlaghammer den zarten Kopf zerfetzte, glaubte sie fast in Ohnmacht zu fallen. Sie zwang sich an etwas anderes zu denken. „Gehen wir zurück zu Gianna und Herrn Lee. Hier können wir nichts tun."

Der angehaltene Atem platzte aus Frau Ziesler. Beide Frauen drehten sich herum, machten zwei Schritte Richtung Tür und mussten zusehen, wie der Oberschließer zu blinken begann und die Tür zuzog.

Sofort stürzte Thyra los. Sie sprintete trotz der Schmerzen in ihren Beinen, warf sich nach vorn und brachte im letzten Moment die Hand zwischen Türstock und Tür. Vom Schwung getragen rutschte sie weiter über den Vinylboden und knallte mit dem Kopf gegen die Wand. Sie schrie auf und zwang den Impuls nieder, der sie die Hand zurückziehen lassen wollte. Ein Fluch folgte dem nächsten, bis die Sterne um ihren Kopf aufhörten zu tanzen.

Thyra blieb mit geschlossenen Augen liegen. Sie bewegte die Finger, die in der Tür klemmten. Es tat nicht richtig in den Knochen oder Gelenken weh, es kribbelte. Sie rappelte sich hoch, packte die Tür mit der freien Hand und stemmte sie auf. Sie zerrte den Schirmständer heran und fixierte die Tür.

„Mein Gott!", flüsterte Frau Ziesler. „Sind Sie in Ordnung? Das sah aus wie im Film. Wie eine Superheldin haben Sie sich nach vorn geworfen und im letzten Moment das Unglück verhindert. Also, wenn ich es gefilmt hätte und online stellen würde, könnte ich bestimmt von den Werbeeinnahmen leben."

Thyra rieb sich die schmerzende Hand. Der Abdruck der Tür war deutlich in ihrer Handfläche zu sehen, egal wie sehr sie daran rubbelte. Außen am Handrücken gab es eine abgeschürfte Stelle, wo sie den Türstock erwischt hatte. Sie tastete an den Kopf. Auf der linken Seite oben bahnte sich eine dicke Beule an.

„Ja", murmelte Thyra. „Es ist alles gut."

Frau Ziesler verschränkte die Arme. Sie war eine dünne Frau und konnte sich beinahe selbst umfassen. „Werde ich langsam verrückt oder wollte diese Tür uns einschließen? Keiner von uns hat den Sensor berührt, also warum ist sie zugegangen?"

Nachdem sie vor wenigen Minuten eher in ein Irrenhaus gehört hätte, war das eine durchaus vernünftige Frage. Thyras schmerzender Kopf jedoch widersetzte sich jeglicher Anstrengung. Die Kopfschmerzen, die sie hatte, waren deutlich stärker als die Schmerzen in der Hand. Vielleicht hatten die Domeyers ein Schmerzmittel daheim. Sie brauchte dringend etwas, wenn sie den Rest der Nacht durchhalten wollte.

Thyra trat hinter Frau Ziesler auf den Flur. Sie guckte mehrmals in alle Richtungen, ob sie allein waren. „Scheint eine Vorliebe von Türen zu sein, ausgerechnet dann zuzugehen, wenn man es nicht brauchen kann. Oder sich nicht zu öffnen, wenn es dringend ist." Sie schaute dem Oberschließer eine Weile beim Blinken zu. Sobald jemand den Schirmständer wegnahm, würde die Tür sich schließen. Das Pochen in ihrem Schädel nahm zu, je länger sie in die Höhe guckte. „Ich muss mich ein paar Minuten hinsetzen."

Als sie im Sessel der Lobby saß, wurde das Kopfweh kaum besser. Herrn Lees Magenblutung stank übel nach Verwesung und der Geruch hing wie eine Wolke um ihn. Er wimmerte vor sich hin und Gianna hatte es aufgegeben, ihm die Reste vom Erbrochenen von den Lippen zu wischen. Sie saß auf der anderen Seite von Lee, hatte die Ellbogen auf die Knie gestützt und schaute zu Thyra. „Haben Sie sich den Kopf gestoßen?"

„Bin gegen die Tür geknallt." Thyra machte die Augen zu und drückte mit der Hand gegen den Schmerz an. Als würde die Beule sich zurück in den Kopf pressen lassen. „In Henno Liebermanns Wohnung ist…"

„…ist ein totales Durcheinander", fiel Frau Ziesler ihr ins Wort. „Das glaubst du nicht, was der Mann für eine Unordnung pflegt. Überall liegen Staub und Dreck und man findet rein gar nichts, nicht einmal den Weg vom Wohnzimmer zur Küche."

Gianna zog die linke Augenbraue hoch. „Warum hast du den Weg zur Küche gesucht?"

Frau Ziesler wirkte ertappt, bis ein Lächeln über ihre schmalen Lippen glitt. „Ich sollte ein Telefon finden und viele Leute haben ein Telefon in der Küche liegen. Liebermann nicht. Er hat kein Telefon. Überhaupt keines. Jedenfalls keines, das irgendwo in seiner Wohnung liegt. In der Wohnung ist überhaupt nichts. Niemand mehr."

Gianna hob beide Augenbrauen weit in die Höhe. „Was heißt, da ist niemand mehr? War vorher jemand in seiner Wohnung?"

„Er selbst, bevor er ums Leben kam." Frau Ziesler machte wieder ein Kreuzzeichen. „In der Wanne mit Geld." Schlagartig verlor sie alle Farbe aus dem ohnehin bleichen Gesicht. „Mein Gott, er ist an Geldmünzen erstickt. Das ist ein sehr grausamer und langsamer Tod, nicht wahr?"

„Im Vergleich wozu?" Gianna stand auf und durchquerte die Lobby. Sie schob die Tür zu Wills Wohnung auf und betrat sie, nachdem sie geprüft hatte, ob der Pantoffel an Ort und Stelle war. Kurz hörte man sie in der Küche rumoren, dann kam sie wieder. Sie hatte eine Packung Tiefkühlspinat und ein Geschirrtuch dabei. Geübt wickelte sie das Tuch um den Spinat und legte das Päckchen Thyra auf den Kopf. „In Ermangelung von Kühlakkus muss Spinat herhalten."

„Der wird antauen und angetauten Spinat sollte man nicht wieder einfrieren", erinnerte sich Thyra.

„Genau", lächelte Gianna. „Sie schulden Will also eine Packung Spinat."

„Elaine?", fragte Thyra mit geschlossenen Augen. Sie spürte die weiche Lehne des Sessels an ihren Schultern und ließ alle Anspannung aus ihren Muskeln gleiten. Bis auf den schmerzenden Kopf und die anschwellende Hand fühlte sie sich pudelwohl.

„Nein", zögerte Gianna. „Sie schulden Will den Spinat. Will. Erinnern Sie sich an Will?" Leiser fügte sie hinzu: „Hoffentlich keine Gehirnerschütterung, die könnte böse Folgen haben."

„Ich glaube nicht", murmelte Thyra. „Obwohl mein Kopf kurz vor der Explosion steht, funktioniert er tadellos. Elaine ist meine Tochter. Zwei Jahre alt. Wilhelm hat sie mit sich genommen. Hast du sie in der Wohnung gesehen?"

„Ich war in der Küche, nirgendwo sonst", sagte Gianna. „Mum, kannst du schauen, ob du Elaine und Wilhelm findest?"

„Nein!" Die Antwort kam wie aus der Pistole geschossen. „Auf keinen Fall will ich nachsehen."

„Was ist los mit dir?", fragte Gianna herrischer als angebracht war. „Ist dir nicht gut? Hast du am Abend wieder mal zu wenig gegessen und sackst jetzt in den Niedrigzucker? Willst du ein Bonbon haben? Habe ich am Freitag für die Lateinarbeit bekommen und unser Magister verteilt immer Bonbons mit Zucker, nicht Süßstoff. Kein Fake-Zucker für ein echtes Gehirn, wie er immer sagt."

Thyra hörte das Bonbonpapier rascheln und Frau Ziesler leise schmatzen. Durch den Geruch nach Erbrochenem und Blut kam ein leichter Hauch von Schokolade und Minze. Sie hörte Schritte, die sich entfernten. Thyra blinzelte und sah Gianna in Wills Wohnung verschwinden.

„Sämtliche Zimmer sind leer, da ist niemand", berichtete sie wenig später, als sie zurück war. „Die Decke auf der Couch ist orange mit blauen Wolken und grünen Schildkröten. Die gehört eher nicht Will oder seinem Vater."

„Elaines Decke", wusste Thyra. „Hat sie von der Tagesmutter zu Weihnachten bekommen."

„Also war die Kleine in Wills Wohnung, bis etwas passiert ist, das alle Leute, die hier hätten warten sollen, weggeholt hat." Gianna ging in die Hocke und betastete Herrn Lees Hals auf der Suche nach dem Puls. „Er ist gestorben. Kein Wunder, bei der Blutung." Wieder ging sie in Wills Wohnung. Sie kam mit einem großen Badelaken zurück und bedeckte damit den toten Körper. „Wer weiß, ob er es mit einer Operation geschafft hätte. Magenblutungen sind immer eine heikle Sache."

Längere Zeit war es still. Thyra lauschte auf das Rauschen des Blutes in ihrem linken Ohr. Sie hörte es laut und deutlich und es war unterlegt mit unregelmäßigem Klopfen. Sie hoffte, es war nicht ihr Herz, das so dahin holperte und keinen Rhythmus fand. Im rechten Ohr pfiff ein hoher Piepton, der äußerst unangenehm war.

„Also", Frau Ziesler schob sich den Zeigefinger ins Ohr und bewegte ihn hin und her, „entweder habe ich einen Tinnitus oder etwas klopft."

„Ein Tinnitus pfeift meistens." Gianna tippte sich an die Stirn. „Außerdem ist auf dein Gehör kein Verlass. Weißt du, wie du in mein Zimmer gestürmt bist, weil du es klopfen gehört hast? Du dachtest, ich wäre mit Chris zugange, dabei haben wir Latein gelernt. Bewegungslos bis auf das Handgelenk und die Nackenwirbel."

„Es hörte sich halt so an", gab Frau Ziesler zurück, „als würde ein Bett gegen die Wand rumpeln." Sie zögerte. „Dieses Geräusch, hört ihr es nicht?"

„Das Klopfen?" Thyra konzentrierte sich. „Ich dachte, das wäre in meinem Kopf."

„Ist es nicht." Frau Ziesler sprang vom Sessel auf. „Das kommt von oben! Da ist jemand!"

Überraschend flink eilte sie bis zum Treppenhaus, wo sie abrupt stehen blieb. „Wo habe ich meine Lampe gelassen?" Sie kratzte sich am Kopf. „Ich glaube, die habe ich in der Wohnung verloren." Sie zeigte auf Henno Liebermanns Wohnung.

Thyra stand aus dem Sessel auf. „Ich hole sie."

„Können Sie überhaupt laufen?" Gianna hielt sie am Arm fest. „Wenn Ihnen schwindelig oder übel ist, dürfen Sie sich auf keinen Fall anstrengen oder ruppige Bewegungen ausführen."

„Ja, Frau Doktor." Thyra nahm den Spinat vom Kopf. „Die Beule ist riesig, die Sterne sind weg. Mir ist nicht schlecht, also geht es mir gut." Sie warf den Spinat zum Mülleimer, traf nicht und die Packung landete am Boden. Sie platzte auf und angetaute Spinatklumpen verteilten sich auf den Fliesen und dem roten Teppich. Thyra fluchte. „Ich gehe die Taschenlampe holen."

Es war ihr ohnehin lieber, wenn sie die Lampe benutzten. Der Akku ihres Smartphones hatte nicht die ganze Nacht geladen und stand auf vierzig Prozent, als sie durch Elaines Schreie geweckt wurde. Die Lampenfunktion verbrauchte viel Strom und so blieben ihr jetzt vierzehn Prozent im Akku. Unter zehn Prozent wurde es kritisch, denn das Gerät hatte die dumme Angewohnheit dann einfach abzuschalten. Thyra leuchtete den Weg zur Lampe mit ihrem Smartphone. Sie betrat die Wohnung und sah in etwa vier Metern Entfernung die Leiche liegen.

An der Schwelle zum Wohnzimmer lag die Taschenlampe, die ein Stück zur Seite gerollt war und an die Sockelleiste leuchtete. Thyra hob sie auf und schaltete ihr Smartphone ab.

Das Licht im Wohnzimmer flackerte und die Leselampe ging aus. Der Schreck fuhr Thyra in alle Glieder. Ihr Herz machte einen Hüpfer und beinahe panisch leuchtete sie sofort in die Ecken des Raumes. Ihre Hand begann zu zittern. Der Vorschlaghammer stand nicht mehr neben der Leiche.

Langsam und lautlos wich sie zurück zur Tür. Diese Wohnung hatte keinen zweiten Eingang. Kein offenes Fenster machte durch einen Luftzug auf sich aufmerksam. Ihr war niemand begegnet. Während ihre Beine rückwärtsgingen, versuchte ein kleiner Teil ihres Gewissens sie nach vorn zu motivieren. Wenn der Täter in der Wohnung war, wenn er den Hammer gerade eben geholt, wenn er just in dem Moment das Licht ausgemacht hatte...

Thyra verließ die Wohnung ohne ein Geräusch zu verursachen. Rückwärts ging sie an der vom Turnschuh blockierten Kellertür vorbei. Sie hielt die Taschenlampe fest in beiden Händen, als sie sich zu Gianna und Frau Ziesler umdrehte. „Ich glaube", flüsterte sie, „der Täter ist in der Wohnung."

Frau Ziesler schnappte erschreckt nach Luft. Dabei kam ihr das Bonbon in den falschen Hals und sie musste husten. Nach vorn gebeugt hustete sie, was das Zeug hielt. Das Echo taumelte durch das Haus und kam von allen Wänden zurück. Es war mit einem Mal sehr viel lauter als es mit einem Mörder in der Nähe angenehm war.

„Welcher Täter?", fragte Gianna.

Frau Ziesler musste unentwegt husten. Sie wedelte mit beiden Händen und versuchte einen Ton herauszubringen, aber mehr als ein Krächzen und ein Husten kam nicht. Das Bonbon steckte fest, obwohl Gianna ihrer Mutter kräftig mit der flachen Hand zwischen die Schulterblätter schlug.

„Ich habe ein Geräusch gehört." Thyra musste schreien, um das Husten zu übertönen. „Außerdem hat jemand das Licht ausgemacht, gerade als ich die Taschenlampe aufhob. Es fühlte sich an, als wäre jemand bei mir im Raum." Sie zögerte kurz. „Das Werkzeug war weg."

Als ihre Mutter wieder aufrecht stand und tief und rasselnd atmete, hörte Gianna auf zu klopfen. „Das muss sich ein Arzt ansehen. Ich fürchte, das Bonbon ist dir in die Lunge gerutscht."

Frau Ziesler wischte sich die Tränen von den Wangen. „Ist das schlimm?"

„Mach mal den Mund weit auf", ordnete Gianna an und schaute ihrer Mutter in den Rachen. „Schlimmer wäre es, wenn du daran erstickt wärst. Nein, das Bonbon kann man rausoperieren, wenn es sich nicht auflöst." Sie kratzte sich an der Nase. „Es ist ein Schoko-Minz-Bonbon mit einem ziemlich stabilen Kern. Ein harter Brocken." Sie wandte sich an Thyra. „Welches Werkzeug und welcher Täter?"

„Nichts", japste Frau Ziesler. „Da ist nichts."

„Nichts." Thyra spürte Frau Zieslers eindringlichen Blick beinahe auf der Haut. „Gehen wir hoch. Sehen wir, wo das Klopfen herkommt."

Frau Ziesler und Thyra gingen los, aber Gianna folgte ihnen nicht. „Ich bin nicht dumm. Da liegt eine Leiche in eins-vier, nicht wahr? Und womöglich will der Täter nun sein Tatwerkzeug verschwinden lassen. Falls er sich in der Wohnung aufhält, müssen wir ihn stellen. Er kann nicht entkommen und ist allein gegen uns drei." Die anderen beiden schwiegen und sie fuhr fort: „Es ist unsere Pflicht. Wir dürfen nicht wegsehen, wenn ein Verbrechen passiert. If you see something say something."

Natürlich ging sie nicht allein. Sie marschierte voraus, Frau Ziesler dicht hinter ihr und Thyra am Ende, nachdem sie sich aus Wills Wohnung Waffen besorgt hatten. Thyra hob ein Nudelholz über ihren Kopf, Frau Ziesler hatte sich für ein Fleischmesser entschieden und Gianna fand, sie könne sich im Notfall am besten mit dem Toilettenspray verteidigen. „Wenn man das in die Augen kriegt oder einatmet", flüsterte sie, „ist es alles andere als lustig. Das Zeug brennt wie die Hölle und der intensive Veilchenduft lässt einem fürchterlich schlecht werden."

Hintereinander schlichen sie den Flur entlang und vorbei an der Kellertür. Sie betraten die Wohnung. Die Lichtkegel von zwei Taschenlampen huschten über die Wände und Böden, über den Toten hinweg, vorbei an den blutbesudelten Möbeln und dem Nippes, der in den Regalen stand. Von einem abgetrennten Ohr getroffen, war eine kleine Blumenvase ganz nach hinten verschoben.

Der Sisalteppich unterm Tisch hatte sich mit Blut vollgesogen und war ruiniert. Ein Bild an der Wand hatte einen Teil der Schädeldecke abbekommen und war ebenso nicht mehr zu gebrauchen. In einer Vitrine standen verschiedene Goldmünzen in eleganten Halterungen, die allein durch die Art, wie sie präsentiert wurden, von ihrem Wert kündeten. Die Glasscheiben waren mit hunderten winziger Bluttropfen bedeckt.

„Mum, du hast geschwindelt. Es ist überhaupt nicht unordentlich. Also, um mich von irgendwo fernzuhalten, musst du dir bessere Argumente einfallen lassen." Gianna stand dicht bei der Leiche. „Wo haben Sie die Geräusche gehört?"

Thyra zeigte nach rechts. „Von dort. Ich glaube, aus der Küche."

Alle drei schlichen an dem Toten vorbei. Der Geruch nach Knoblauch wurde stärker, je näher sie der Küche kamen. Auf der weißen Arbeitsfläche lag ein aufgeschnittenes Baguette mit Kräuterfüllung.

„Hier ist niemand", wisperte Gianna in die Stille. „Gehen wir weiter."

Im Bad leuchtete Thyra die Ablagen an. Dort standen Flakons und Fläschchen aller Art, Cremes, Tuben, Tiegel und tausend Dinge mehr.

„Hat man ihm gar nicht angesehen", schmunzelte Gianna, „all die Kosmetik. Er hat mehr Zeugs rumstehen als Patty und das will was heißen."

Thyra warf ihr einen Blick zu, was Frau Ziesler veranlasste zu sagen: „Das stimmt wirklich. Unsere Patty hat außergewöhnlich viel Kosmetik daheim. Einen ganzen Schrank, der bis zur Decke reicht, belegt sie mit ihrem Schminkzeug. Hier...", schaute sie über die vielen Dinge, „hier steht viel mehr offen herum. Es würde mich wahnsinnig machen, wenn ich das alles abstauben müsste."

Im Schlafzimmer hingen über einem Herrendiener benutzte Hemden. Auf einer Kommode lagen drei Jeans in verschiedenen Farben und auf dem Nachttisch stapelten sich Bücher. Thyra legte den Kopf schief. „Die letzten Werke der Horrorqueen Sylvie Noir. Na, kein Wunder, wenn er Albträume hatte und nicht schlafen konnte."

Plötzlich zischte etwas an Thyras Kopf vorbei. Reflexartig bückte sie sich und suchte gleichzeitig nach dem Gegenstand, der gegen die Wand prallte, auf den Boden polterte und einen Meter weiter kullerte.

Frau Ziesler schrie auf und rannte panisch im Kreis, bis Gianna sie an der Hand erwischte und bremste. „Mum, das ist ein Schuh. Ein alter, verdreckter, lausiger Turnschuh."

Thyra erschrak. Es war der Turnschuh mit den zwei dunklen Streifen, der die Tür zur Tiefgarage blockiert hatte! Sie drehte sich herum und eilte zur Eingangstür der Wohnung. „Scheiße!" Voller Wut ließ sie ihre Faust gegen die nunmehr geschlossene Wohnungstür sausen. Der Schirmständer, den sie als Blockade verwendet hatte, stand unschuldig in seiner Ecke. „Dieser Mistkerl hat uns reingelegt!"

Gianna kam ihr nach. „Welcher Mistkerl?"

„Der Mistkerl eben." Thyra trat gegen die Tür. „Erst hat er sich in der Tiefgarage versteckt und gewartet, bis wir in der Wohnung waren. Er hat den Schirmständer weggenommen und uns eingeschlossen."

Giannas linke Augenbraue zuckte nach oben. „Was hat diese Theorie mit dem Schuh zu tun?"

„Vorhin", erklärte Thyra, „als ich mit deiner Mutter hier war, blockierte der Schuh die Tür zur Tiefgarage. Als wir zu dritt kamen, war die Tür zu. Der Täter muss den Schuh entfernt haben, um sich hinter der Tür verstecken zu können. Ich Trottel habe es nicht kapiert! Erst als uns der Schuh um die Ohren flog."

Gianna lachte plötzlich. „Wie sich das anhört. Als hätten wir es mit einem gemeingefährlichen Meuchelmörder zu tun."

Thyra konnte ihre Heiterkeit nicht teilen. „Hinter dir liegt nicht sein erstes Opfer und es wird nicht sein letztes sein." Sie drehte sich herum und tastete die Tür ab. „Wir müssen hier raus. Hat jemand eine Idee? Hat jemand eine Kreditkarte dabei? Damit hat Gabriele meine Tür geknackt."

Frau Ziesler, die inzwischen zu ihnen gefunden hatte, konnte nicht helfen. „Ich bezahle immer bar. Nützt Ihnen dieser Geldschein?"

„Du hast Geld dabei? Pack das weg." Gianna stupste sich mehrmals leicht gegen die Nasenspitze. „Patty hat sich dem Stubenarrest entzogen, indem sie das Schloss ihrer Tür geknackt hat. Das soll ziemlich einfach sein."

Thyra tippte mit ihren Knöcheln gegen die Tür. „Das ist eine elektronische Tür, kein normales Türschloss."

„Patty sagt, jeder Trottel kann das aus dem Netz lernen." Gianna ging zurück durch das Wohnzimmer. „Ich sehe mal, ob ich in diesem mit Technik vollgestopften Zimmer ein paar Werkzeuge finde."

Frau Ziesler schaute ihr mit lang gestrecktem Hals nach. „Soll ich eurem Vater sagen, was ihr ohne sein Wissen ausheckt, um ihn zu hintergehen? Er wird euch beiden Stubenarrest erteilen und damit ihr nicht rauskommt, die Klinke mit einem Stuhl blockieren. Zum Glück haben wir uns für klassische Klinken entschieden."

Wenige Minuten später kniete Gianna vor der Tür. Sie hatte die Blende abgenommen und den Mechanismus aufgeschraubt. „Ich habe keine Ahnung, was genau Patty gemacht hat, deshalb zwicke ich einfach mal alles durch. Was die dumme Flachzange kann, ist für mich kinderleicht. Ich bin nämlich die Schlaue von uns beiden."

Kaum hatte sie den ersten Draht durchtrennt, schwang die Tür auf, als wäre sie nie verschlossen gewesen.

Zur Sicherheit hob Thyra ihr Nudelholz über den Kopf, Frau Ziesler hielt das Messer vor sich und Gianna sprühte erst einmal eine gehörige Menge Veilchenfrische nach draußen. Als sich kein Geräusch ergab und niemand am Toilettenduft erstickt zu sein schien, ließen sie die Tür vollständig aufschwingen und betraten den Gang.

„So." Gianna schüttelte das Duftspray und hörte Flüssigkeit schwappen. „Gehen wir diesen Klopfgeräuschen nach."

„Die haben vor einer Weile aufgehört." Mit dem riesigen Messer in der Hand fühlte Frau Ziesler sich offenbar nicht wohl. Sie legte es auf einer Kommode ab.

„Egal." Thyra ließ das Nudelholz sinken und die Schulter gegen den Spannungsschmerz kreisen. „Wir müssen die anderen finden. Wir müssen irgendwen finden." Sie tippte auf das Werkzeug, das Gianna in den Händen hielt. „Das solltest du auf alle Fälle bei dir behalten. Das ist Gold wert."

„Jemanden finden", überlegte Frau Ziesler halblaut. „Gehen wir in unsere Wohnung. Halten wir uns an den Notfallplan."

Gianna machte ein Gesicht, als würde sie gleich zusammenbrechen. „Papas Notfallplan ist so was von für den..."

„Er funktioniert!", unterbrach Frau Ziesler schnell. „Ich wette, er hat den gleichen Gedanken wie ich und wartet in der Wohnung. Dorthin sollten wir gehen. Jetzt sofort."

Thyra überlegte kurz. „Es ist ein Vorteil, wenn Sie einen Plan haben, an den man sich halten kann."

Deshalb machten sie sich auf den Weg nach oben. Gianna hatte sich einen Werbeprospekt mitgenommen, den sie während des Treppensteigens vorlas: „Wir versprechen Ihnen gesteigerte Fitness, eine konturierte Silhouette und bessere Beweglichkeit. Nehmen Sie an unserem sechswöchigen Kurs teil und spüren Sie, wie Sie von Lebenskraft und harmonisierter Elastizität durchflutet werden. Vergrößern Sie Ihre Leistungsfähigkeit, optimieren Sie Ihr Selbst und lassen Sie sich von Ihrer Umwelt für Ihr Durchhaltevermögen bewundern. Melden Sie sich sofort an!" Eine Weile lachte Gianna darüber. Als sie ihre Schwester tatsächlich in der Zieslerschen Wohnung traf, reichte sie den Prospekt weiter. „Hier, das ist was für dich."

„Warum für mich?", blaffte Patty zurück. „Hast du mal deinen eigenen Hintern gesehen? Ich würde dir ein Foto machen, wenn der Bildausschnitt groß genug dafür wäre."

„Dumme Kuh!"

„Blöde Kuh!" Patty schnitt eine Grimasse.

„Mädchen!", sagte Erwin streng, „keine Diskussionen dieser Art." Er schaute zu seiner Frau. „Kaum werfen sie einen Blick aufeinander, bricht Streit los. Sag ihnen, solche Diskussionen möchte ich nicht hören. Und wo ist unser Werkzeugset? Das in der grünen Schachtel?"

Frau Ziesler hob den Zeigefinger und drohte den Mädchen. „Solche Diskussionen möchte euer Vater nicht hören. Benehmt euch." Sie zog eine Schublade der Anrichte zwischen Wohnzimmer und Küche auf und begann zu wühlen. „Das alte Ding mit dem verbogenen Schraubendreher? Ich glaube, das ist hier irgendwo."

Thyra fand den Familienstreit amüsanter als die Diskussion in der Gruppe. Sie saß auf dem Sofa und hatte Elaine auf dem Schoß. Die Kleine klammerte sich an ihren Hals und schmiegte das Gesicht gegen die Schulter. Sie zitterte. „Darf ich diese Decke für meine Tochter nehmen?"

„Die Wolldecke?" Frau Ziesler nickte in die Schublade hinein. „Machen Sie nur. Die Kleine soll ja nicht frieren."

„Warum?", grübelte Wilhelm. „Warum macht jemand so etwas?" Er setzte sich neben Thyra auf das Sofa und steckte eine Ecke der Decke um Elaine fest. „Warum betreibt jemand so viel Aufwand, um ein ganzes Haus zu terrorisieren?" Wilhelm stützte den Ellbogen auf die Armlehne und legte den Kopf in die Hand. „Wenn wir das Motiv wüssten, kämen wir mit dem Täter besser klar."

„Vielleicht kommen wir auf das Motiv, wenn wir den Täter wissen." Will stand mit verschränkten Armen an der Tür zur Küche. Er schaute der Reihe nach alle an. „Ist es einer von uns?"

„Also", holte Gabriele tief Luft, „diese Unterstellungen bitte ich zu unterlassen. Jeder von uns hat Schreckliches erlebt. Es ist infam, jemandem eine Freude daran zu unterstellen." Ihr Blick streifte Thyra. „Ich bedaure Sie verdächtigt zu haben. Erst war ich überzeugt, es handle sich um die typische Form von häuslicher Gewalt, aber welche Motive hätten Sie, so vielen Mitbewohnern Böses zu tun?"

Erwin stellte seine Kaffeetasse auf den Holztisch, der zwischen dem Sofa und den beiden Sessel stand. „Mit der Frage nach dem Motiv soll sich die Polizei befassen. Wir müssen aus dem Haus entkommen."

„Ich habe unten eine Tür geknackt", erzählte Gianna beiläufig. „Mit einer Zange. Ein paar Drähte durchknipsen und schon war die Tür offen."

Patty streckte ihr die Zunge raus. „Das, du Dumpfbacke, war Zufall. Von Schlössern hast du nämlich keine Ahnung, egal ob es ein altmodisches Schloss wie an meiner Zimmertür ist oder so ein Hightech-Ding wie die Haustür. Es ist superdoof, die Lorbeeren einzuheimsen für etwas, das schieres Glück war. Das ist nicht fair!" Sie zog eine Schnute. „Mum, das ist nicht fair."

„Das ist nicht fair." Frau Zieslers gesamter Arm verschwand in der Schublade. „Ihr versucht beide gemeinsam die Tür oder ein Fenster zu öffnen. Ohne Streit."

Patty und Gianna sprangen hoch und joggten zur Tür.

„Halt!" Will kam ihnen nach. „Ihr werdet nicht allein durch dieses Haus streifen. Jemand muss mitgehen." Er schaute sich um. „Roger, was ist mit Ihnen? Begleiten Sie die Mädchen?"

Eine wunderschöne junge Frau stand auf, strich sich das Haar zurück und flötete: „Wenn Roger geht, gehe ich mit ihm. Jetzt, wo ich wach bin, will ich keine Sekunde ohne ihn sein. Wenn er mich trotz Schlaftabletten aufwecken konnte, muss es Schicksal sein. Wir sollen zusammen sein."

Will schickte sie mit einer Handbewegung weiter. „Von mir aus. Viel Erfolg." Er wartete, bis die Schritte im Treppenhaus leiser wurden. „Hat jemand von Ihnen Susan Bonnet gesehen?"

„Wen?", fragte Erwin sofort. „Den Namen kenne ich nicht."

„Gelesen hast du ihn", sagte seine Frau. „Er steht auf dem Briefkasten ganz rechts oben."

„Ach." Er bohrte in der Nase. „Keine Ahnung."

Frau Ziesler warf ihm einen bösen Blick zu und ließ ihre eigene Nasenspitze wackeln, ehe sie einen großen Nussknacker aus der Schublade oben auf die Kommode legte. „Ich kenne diese Frau. Sie ist groß und sehr schlank, hat schwarzes kurzes Haar, helle Augen und sie trägt immer kniehohe Stiefel. Sie wohnt in..." Sie grübelte kurz. „Zehn-drei oder vier."

„Drei", sagte Will. „Von ihr habe ich in dieser Nacht überhaupt nichts gehört."

„Vielleicht ist sie ausgegangen?", vermutete Frau Ziesler. „Junge Frauen gehen gerne aus." Ein triumphierendes Lächeln machte sich auf ihrem Gesicht breit. Sie schwenkte eine dunkelgrüne Plastikschatulle.

„Da ist unser Miniwerkzeugset." Sie reichte es ihrem Mann. „Bitteschön."

Will nahm das Set an sich und klappte den Deckel auf. „Ich werde damit versuchen Frau Bonnets Wohnungstür zu öffnen und nachsehen, ob dort alles in Ordnung ist. Die anderen setzen unseren Plan um und beschaffen Hilfe."

Wilhelm stand von seinem Platz auf. „Willst du allein in diese Wohnung einbrechen?"

Will zuckte die Schultern. „Kann nicht schlimmer sein, als die 8e auszuhalten, wenn ich einen Vokabeltest schreibe." Er seufzte. „Beim letzten Mal ist mir einer der Typen aus dem Fenster gesprungen."

„Um Gottes Willen." Thyra stand mit Elaine in den Armen auf. „Was ist ihm passiert?"

„War nur der erste Stock; gebrochenes Schienbein." Will tippte sich an die Stirn. „Jetzt streiten sich drei verschiedene Versicherungen, wer für die Behandlungskosten aufkommt. Gleichzeitig haben die Eltern mich verklagt, weil ein Vokabeltest unangemessene Härte und seelische Grausamkeit darstellt."

„Das ist fürchterlich." Thyra erinnerte sich an den ein oder anderen Test während der Schulzeit, bei dem sie sich nicht wohl gefühlt hatte und kurz davor stand, selbst aus dem Fenster zu springen. „Haben Sie einen guten Anwalt?"

Will lachte. „Sind Sie auf der Suche nach einem neuen Klienten?" Er machte ein paar Schritte zur Tür. „Ein Kumpel von früher hat den Fall übernommen. Sie sind ein paar Wochen zu spät dran und wahrscheinlich sind Sie auch zu teuer."

Thyra zupfte sich die Ärmel der Jacke über die Handgelenke, während sie Wilhelm fragte: „Wären Sie so nett und hüten Elaine? Ich würde Will ungern allein in die Wohnung gehen lassen."

Wilhelm nahm ihr die Kleine ab. „Ich gehe mit ihr nach unten." Er beugte sich leicht zu ihr. „Ich bin nicht sicher, ob ich Erwins Idee, Hilfsbotschaften vom Dach zu werfen, für klug halte. Bei dreißig Stockwerken können zusammengeknüllte Papiere ein Drama auslösen. Was ist, wenn der Mörder uns belauscht und auf die Leute wartet? Stößt er sie nacheinander vom Dach?"

Will seufzte. „Paps, da sind Fangnetze rings um das Dach. Man kann nicht runterstürzen."

„Wie soll das Papier nach unten kommen?"

„Das rutscht durch die Maschen durch." Er nickte Thyra zu. „Kommen Sie?"

Fünf Stockwerke nach oben. Thyra hörte gedämpfte Stimmen, die von unten kamen und nicht freundlich klangen. Offenbar waren die Schwestern nicht einig, welche Vorgehensweise beim Öffnen des Haupteingangs den meisten Erfolg versprach, also stritten sie. Vor der Tür zu Wohnung zehn-drei ging Will in die Hocke. Er klappte den Deckel des Werkzeugetuis auf und reichte es Thyra. „Halten Sie das und leuchten Sie mir, bitte."

Einen winzigen Schraubendreher nahm er sofort zur Hand. Er begann die Abdeckung abzuschrauben.

„Ist es nicht merkwürdig", überlegte Thyra, „mit ein bisschen Werkzeug so leicht in eine Wohnung zu kommen? Mir wurde dieses Haus als besonders sicher empfohlen, da bin ich überaus enttäuscht, wie wenig Fachkenntnis nötig ist, um sich Zugang zu verschaffen."

„Ja", sagte Will gedehnt. „Ich habe nicht verstanden, wie es funktionieren soll; Giannas Methode ist mir rätselhaft." Er zog Drähte aus dem Innenleben heraus. „Es kann nicht funktionieren, wenn man verfolgt, wo diese Drähte hinführen."

Thyra ging in die Hocke und kam mit dem Gesicht näher heran. „Verstehen Sie was davon?"

„Habe als Kind mit einer Eisenbahn gespielt", antwortete Will und zog die Drähte zur Seite. „Später war ich bei Jugend forscht und ich habe ein paar Preise bei Teen-Physics abgeräumt." Er wühlte sich vorsichtig durch das Innenleben des Türschlosses. „Einmal haben mein Kumpel und ich ein Perpetuum mobile gebaut, das mit Gedankenkraft angetrieben wurde." Bei der Erinnerung daran lachte er. „Niemand wollte die versteckte Batterie entlarven, weil alle einen solchen Spaß hatten." Er ließ die Arbeit an den Drähten ruhen. „Man musste seine Hände auf zwei Leiterplatten legen und sich ganz fest auf eine schwere Matheaufgabe konzentrieren. Mit genügend Gehirnschmalz fing eine LED zu leuchten an, dabei sorgten die Hände auf den Leiterplatten einfach für den geschlossenen Stromkreis. Zum Glück brauchen LED nur ganz wenig Strom. Wir haben das Kribbeln in der Haut als Beweis der Wirksamkeit gedeutet und die Preisrichter..." Er verstummte, als die Tür aufschwang und seine Hände plötzlich im Leeren hingen. Langsam ließ er die Arme sinken. „Ich habe keinen Draht durchgeknipst", flüsterte er.

„Das habe ich bemerkt", flüsterte Thyra zurück. „Man beobachtet uns."

„Ohne uns hören zu können." Will stand aus der Hocke auf. „Jemand glaubt, ich hätte einen Draht gelöst. Daraufhin schwang die Tür auf." Thyra nahm ihm den Schraubendreher aus der Hand und räumte ihn umständlich zurück ins Etui. „Die Kamera, mit der wir beobachtet werden, muss sich hinter uns befinden. Sie konnte nicht erkennen, was vorneherum geschah."

„Es muss die sein, die das Treppenhaus überwacht." Trotzdem schaute Will in die dunkle Wohnung und nicht auf die Kamera. „Wir sitzen in der Patsche. Wenn wir einen Schuh in die Tür legen, um uns den Rückweg offen zu halten, verraten wir uns."

Thyra begann an ihrer Joggingjacke zu nesteln. „Ich tue so, als wäre mir warm. Ich lasse die Jacke achtlos wie zufällig in der Tür fallen."

Will schaute sie skeptisch an. „Die Tür wird die Jacke einfach wegschieben."

„Sie verhakt sich und blockiert", war sich Thyra sicher. „Das machen Jacken immer, wenn sie sich mit Türen anlegen." Sie ließ die Jacke von ihren Armen gleiten und tat, als wollte sie sie an den Türknauf hängen. Die Jacke rutschte herunter und Thyra ließ sie genau dort liegen. „Gehen wir."

„Was meinen Sie?", fragte Will, „werden wir etwas Schlimmes entdecken?"

Thyra fror mit bloßen Armen und konnte ein Zittern kaum unterdrücken. „Am schlimmsten wäre es, wenn wir Malika tot fänden."

Die Wohnung, in der Susan Bonnet lebte, hatte denselben Grundriss wie die Wohnung von Korban Rick. Sie war spiegelverkehrt zu Thyras Wohnung und das großzügig bemessene Gästezimmer mit eigenem Bad fehlte. Als erstes machten sie einen Rundgang durch die Wohnung. Will ging im Uhrzeigersinn durch die Räume, Thyra andersrum. Im Bad trafen sie aufeinander.

„Vorläufig nichts zu sehen", sagte Will. „Bei Ihnen?"

„Nichts." Thyra leuchtete alle Winkel des Badezimmers ab. „Zumindest nichts, das offensichtlich wäre."

„Gehen wir zurück", schlug Will vor. „Diesmal sehen wir uns jeden Raum gründlich an. Schauen Sie in die Schränke." Er machte sich unverzüglich an die Arbeit.

„In die Schränke." Thyra rollte die Augen. „Schränke gibt es in dieser Wohnung mehr als genug." Neben dem Schlafzimmer gab es eine kleine Kammer, die zu einem Kleiderschrank umfunktioniert worden war. Regalbretter, Lichter, Haken, Bügel – Klamotten überall.

Tausenderlei verschiedene Blusen und Hosen und Jacken und Schuhe. „So viele Schuhe!"

Im Schlafzimmer gab es weitere Schränke mit gewöhnlichen Dingen darin. Schachteln und Kartons waren es, jeder einzelne genau beschriftet. Thyra ließ das Licht darüber hinweg gleiten. „Liebesbriefe Mike", las sie murmelnd vor. „Briefe von Klaus, Briefe von Hannes, Brieffreundschaft mit Sanduka."

Andere Fächer waren mit Wollsocken vollgestopft oder mit Schals. Ein kompletter Schrank war mit Hutschachteln gefüllt und den Fotos nach, die außen auf den Schachteln pappten, war in jeder Schachtel der entsprechende Hut.

Die deckenhohen Schränke im Flur waren mit Haushaltsgeräten gefüllt. Brotbackautomaten, Waffeleisen, Rührmaschinen, Knetmaschinen, Mixer, Sandwichmaker, Crêpe-Maker, Cake-pop-Maker. Thyra schloss die Türen wieder und ging weiter.

In der Küche waren es ganz normale Dinge, die sie in den Schränken fand, eben in sehr großer Zahl. Acht riesige Pastatöpfe fand sie aufgereiht nebeneinander, darunter Fleischtöpfe, Soßentöpfe, Kartoffeltöpfe, Töpfe mit Dämpfeinsätzen, Pfannen, Tiegel, Edelstahlschüsseln. Alle Griffe schauten in dieselbe Richtung, die großen Dinge standen links und alles wurde nach rechts kleiner. Es war ein bizarrer Anblick, als wäre es für ein Werbefoto vorbereitet.

Nachdem sie sich im Wohnzimmer durch Schränke an alphabetisch sortierten DVD, BluRay und alten Videokassetten geschaut hatte, stand sie seufzend vor dem mit Schirmen, Handtaschen, Handschuhen und Mützen vollgestopften Wandschrank. Hier war nach Farben sortiert. Von schwarz unten links nach weiß rechts oben.

Sie hörte Will kommen und sagen: „Das glauben Sie nicht, was diese Frau alles in ihren Schränken hat."

„Glaube ich."

„Wie viel Zeit sie wohl fürs Sortieren aufwendet?"

„Ziemlich viel", fand Thyra.

„Haben Sie was gefunden?", fragte Will. „Einen Hinweis, wo sie sein könnte?"

Thyra zeigte Richtung Küche. „Sie hat den Flyer mit dem Kinoprogramm von dieser Woche dort liegen, aber wenn sie ins Kino gegangen wäre, müsste sie längst wieder daheim sein. Meinem Gefühl nach geht es auf die frühen Morgenstunden zu."

Will schaute nach oben über die Tür auf die Uhr. „Sämtliche Uhren, die mit der Home-App verbunden sind, zeigen halb sechs an, dabei kann das nicht die Zeit sein, zu der der Strom ausgefallen ist. Ich wäre ohne Wecker aufgewacht um diese Zeit, aber ich habe tief und fest geschlafen, als Sie mit Ihrem Radau losgelegt haben."

Thyra folgte seinem Gedankengang. „Woher bekommt die Home-App ihre Daten? Sitzt da jemand und pflegt alles ein?"

Will zog die Schultern weit nach oben. „Ich glaube, im Technikraum bei der Heizungsanlage sind ein paar Gadgets untergebracht, die für die Kommunikation zuständig sind. Router, Repeater, die Verstärker für das Handynetz. Da hängt so ein Kasten mit der Aufschrift UHC."

„UHC?" Thyra konnte sich keinen Reim darauf machen.

„Der Techniker warnte eindringlich vor irgendwelchen Manipulationen. Das Ding würde sich selbst aus dem Netz alle relevanten Daten holen und mit der Home-App kommunizieren. Wenn man dazwischen pfuscht, geht alles in die Hose, das soll man lassen. Stellen Sie sich vor, das Gerät holt sich den aktuellen Wetterbericht, plaudert mit der Heizung und bei vorhergesagtem Schönwetter wird die Heizleistung angepasst. Wenn Sie am Thermostat drehen, lernt das System dazu und entwickelt eigenständig einen gewissen Rhythmus, um sich Ihrem Wohlbefinden anzupassen. Wenn Sie jeden Tag um neun das Bad wärmer haben wollen, weil Sie duschen, brauchen Sie nach einiger Zeit nicht mehr selbst die Temperatur regulieren. Das übernimmt UHC für Sie."

Viel Technik, fand Thyra. „Okay, lassen wir die Finger davon und kümmern wir uns um Frau Bonnet. Wenn sie nicht daheim ist, hat sie gute Chancen diesem Albtraum zu entkommen."

„Oder", sagte Will langsam, „sie steckt hinter diesem Albtraum." Er ließ seine Worte kurz wirken. „Kennen Sie diese Frau?"

Thyra überlegte kurz. „Bis vor wenigen Minuten dachte ich, diese Wohnung stünde leer." Sie lachte und wischte sich eine Haarsträhne aus der Stirn. „Okay, ich bin nicht der richtige Ansprechpartner, wenn es um diese nachbarschaftlichen Beziehungen geht. Ich habe mir drei Jahre lang ein Bad mit einer Mitstudentin geteilt und es nicht bemerkt, als die Mitstudentin gewechselt hat. Meiner Freundin Annegret ist es beim ersten Blick auf die Handtücher aufgefallen."

„In ihrem Arbeitszimmer", zeigte Will rückwärts über die Schulter, „liegen Unterlagen, die auf eine Psychotherapie schließen lassen. Sie scheint in Behandlung zu sein bei einem gewissen Dr. Trist. Laut dieser Visitenkarte ein Psychologe hier in der Stadt."

Thyra nahm die Visitenkarte. „Sie meinen, sie hat ein Rad ab?" Sie dachte an ihre eigenen Sitzungen bei Dr. Black in New York, den sie wegen ihrer Albträume alle zwei Wochen aufsuchte. „Eine Menge Leute machen Psychotherapie. Wer nicht jeden Monat viel Geld in irgendeiner Praxis lässt, gehört praktisch nicht zur Gesellschaft dazu. Ich will nichts darauf geben."

„Auch nicht", fuhr Will fort, „wenn neben der Visitenkarte Bücher zu den Themen Amoklauf, Attentat und Selbstmord liegen?"

Thyra riss die Augen auf. „So Zeug besitzt diese Frau?"

Sie betrat das Arbeitszimmer mit viel weniger Scheu als die anderen Zimmer vorhin. Sofort hatte sie den Schreibtisch gefunden, auf dem die Bücher lagen. Sie hob eines nach dem anderen zur Seite und las die Titel: „Die Seele des Amokläufers. Verborgene Anzeichen eines Amoklaufs. Die Aspekte des Suizids im Lauf der Zeit. Wenn Amokläufer zu Attentätern werden. Ist mein Nachbar ein Attentäter?" Dieses letzte Buch fiel ihr aus der Hand, als sie ein Geräusch hinter sich hörte.

„Das", fand Will, „ist nicht normal. Wenn man solche Bücher auf seinem Reader hat, darf man in die meisten Staaten nicht einreisen."

Nachdem es hinter ihr still blieb und sie das Geräusch auf den streunenden Hund geschoben hatte, suchte Thyra weiter auf dem Schreibtisch. Sie fand in einer Mappe handschriftliche Notizen und überflog sie. „Anscheinend träumt sie oft davon, andere Menschen zu erschießen. Da stehen dubiose Buchstaben-Zahlen-Kombinationen."

Will schaute ihr über die Schulter. „Das sind Waffen", stellte er fest. „Ist Ihnen AK-47 kein Begriff?"

Thyra ließ den Finger auf dem Blatt über die Zahlenkolonnen rutschten. „Das sind alles Waffen?"

„Ja." Will suchte auf dem Schreibtisch weiter. „Ziemlich große Waffen. Halbautomatik und Automatik. So was kriegt man nicht im Supermarkt um die Ecke."

Langsam senkte Thyra den Deckel zurück auf die Mappe. „Woher kennen Sie sich so gut mit Waffen aus?"

Will lachte kurz. „Was meinen Sie, womit die jungen Kerle in der achten oder neunten Klasse prahlen? Die führen sich gegenseitig ihre Ballerspiele vor, knallen alles Mögliche ab und fühlen sich wie der King, wenn sie mit Fachchinesisch vor den Mädels angeben können. Diese Rasselbande muss man dort abholen, wo sie steht." Er blätterte durch andere Zettel. „Wir haben die Gallischen Kriege mit modernen Waffen geführt – per PowerPoint natürlich. Da waren die Jungs Feuer und Flamme und sie wurden von den Mädchen vernichtend geschlagen."

„Kriege nachzustellen", sagte Thyra, „finde ich grenzwertig."

„Grenzwertig", schob Will weitere Zettel zur Seite, „finde ich das ganze Schlamassel hier. Wenn ich diese Bonnet finde, wird sie sich erklären müssen. Es sei denn, sie jagt mir vorher eine Kugel zwischen die Augen."

Thyra trat vom Schreibtisch zurück. „Sobald Sie einen mit Blut besudelten Vorschlaghammer samt ihren Fingerabdrücken finden, werde ich Ihren Verdacht ernst nehmen. Bis dahin gehe ich lieber von einer rationalen Erklärung aus, einer, die weniger Angst macht."

Draußen vor der Wohnung wurden Stimmen laut. Sie näherten sich und wenig später standen die anderen bei ihnen. Thyra runzelte die Stirn. „Wo sind die Zieslers? Haben Patty und Gianna die Tür aufbekommen?"

„Eben nicht!", stieß Gabriele aus. Sie machte einen tiefen Atemzug. „Da war überhaupt nichts zu machen. Keine Abdeckung, keine Drähte. Nichts. Wir haben sogar die Fußmatten und den dunkelroten Teppich aufgerollt, um zu prüfen, ob darunter eine Schaltung verborgen sein könnte."

„Plötzlich", fuhr Dagmar fort und strich sich das Haarband zurück, das ihr tief in die Stirn gerutscht war, „hörten wir ein fürchterliches Gewinsel."

„Das", schnellte Gabrieles Finger vor, „hörte sich nach meinem Hund an. Das war garantiert meine Püppi. Jemand hat es auf meine Püppi abgesehen."

„Wir liefen hoch." Mit Zeige- und Mittelfinger imitierte Dagmar die Bewegung beim Treppensteigen. „Ich konnte nicht so flott, denn mit kalten Muskeln vollbringe ich ungern sportliche Höchstleistungen. Wissen Sie, ich muss aufpassen mit meinem Körper. Er hat mich berühmt gemacht und so viele Jahre ernährt, da soll er nicht wegen einer unbedachten Bewegung kaputtgehen. Viele machen den Fehler..."

„Wir sind dem Winseln nach", unterbrach Roger sie. „Wir dachten, es käme aus einem der unteren Stockwerke. Die Zieslers meinten, es käme direkt aus ihrer Wohnung. Deshalb haben wir die unteren Geschosse durchsucht und die Zieslers sind in ihre eigene Wohnung gelaufen."

„Ja!", rief Gabriele lauter als nötig. „Die Tür ist zu, sie sitzen fest."

Roger drängte Gabriele mit der Schulter zur Seite. „Ich habe durch die Tür gebrüllt, die Mädchen sollten es mit dem Werkzeug versuchen. Schließlich haben sie mehrere Türen auf diese Weise geöffnet."

„Stattdessen", sagte Korban, „hörten wir fürchterliche Schreie."

Gabriele machte schwerfällig kleine Schritte.

Frau Kessler schniefte. „Grauenhafte Schreie. Sie erinnerten mich an die Horrorfilme, die ich manchmal schaue. Da ist..." Sie wog den Kopf und suchte nach Worten.

„Da ist was passiert", vermutete Korban. „Etwas, das grausam, schrecklich und fürchterlich ist. So schreit man nicht, wenn man sich den Zeh anhaut."

Will schaute von einem zum anderen. „Außerdem?"

„Frau Ziesler macht mir Angst." Beatrice Bottom hing wie ein Plüschtier an Rogers Arm und kuschelte sich eng an ihn. „Sie rief immer wieder, jemand solle das nicht tun. Nicht! Nicht meine Mädchen! Nicht meine Töchter! Das hat sie gerufen, bevor sie sich heiser kreischte." Sie hob die Augen zu Roger. „Nicht wahr, Liebling, das war furchtbar."

Roger legte den Arm um ihre Taille und die Hand auf ihren Po. Er drückte zu. „Es hat mir eine Gänsehaut gemacht."

„Also müssen wir versuchen, Wohnung fünf-vier zu öffnen und nachsehen", meinte Will. „Wo ist mein Vater abgeblieben?"

„Unten." Roger knetete unentwegt den Po seiner Freundin und schob dabei den Zeigefinger zwischen ihre Beine. „Er wollte nicht mit der Kleinen auf dem Arm durchs ganze Haus laufen. War es leichtsinnig ihn allein zu lassen?"

Seine Fingerbewegungen auf der dünnen Leggings fand Thyra mehr als abstoßend. Sie bemühte sich ihm in die Augen zu sehen. „Wie können Sie einen alten Mann mit einem verletzten Kleinkind allein lassen?"

Will hob beschwichtigend die Hände. „Ihre Tochter könnte nicht in besseren Händen sein. Glauben Sie mir, bei meinem Vater ist sie absolut sicher."

„Bei Ihrem fast neunzig Jahre alten Vater." Thyra betonte Wilhelms Alter besonders.

Will lieferte keine weiteren Erklärungen. „Gehen wir nach unten und sehen nach, was den Zieslers zugestoßen ist."

„Muss das sein? Ständig hin und her?", fragte Dagmar. Sie reichte Thyra die Joggingjacke. „Die habe ich in der Tür gefunden. Wenn Sie Ihre Sachen so leichtsinnig rumliegen lassen, ist es kein Wunder, wenn

Sie sich verkühlen. Erst durch Bewegung schwitzen, dann im Kalten stehen, da erkältet man sich leicht."

Thyra nahm die Jacke und machte gleichzeitig Schritte Richtung Tür. Sie war offen. Sie sprintete los und stellte sich mitten auf die Schwelle. Ihr Herz klopfte, als sie hinter sich im dunklen Treppenhaus ein leises Knacken und Schmatzen hörte. Sie fuhr herum und leuchtete.

„Was?", fragte Gabriele, als sie an Thyra vorbei aus der Wohnung trat. „Sind Sie nervös?"

„Da war ein Geräusch", flüsterte Thyra. „Als würde jemand barfuß laufen."

„Barfuß." Gabriele tippte sich an die Stirn. „Zwei Dinge sind typisch für alle Attentäter. Egal wie wenig sie im Kopf haben, sie besitzen alle ein superneues Smartphone und anständige Schuhe. Jeder Krieg wird mit den Schuhen entschieden. Fragen Sie die alten Römer, die Vietnam-Veteranen oder die armen Hunde, die im Irak verreckt sind, weil ihnen in der Hitze die Schuhe an den Füßen geschmolzen sind."

Von dieser Schuh-Legende hatte Thyra nie gehört und sie hatte keine Lust, ausgerechnet jetzt darüber nachzudenken. „Genauso hört es sich an, wenn Elaine barfuß durch die Wohnung schleicht, um entweder in mein Bett oder an das Schokoladenversteck zu kommen."

„Sie sind überreizt", murmelte jemand, während alle nacheinander die Wohnung verließen. „Verfolgungswahn, eindeutig." Eine andere Stimme raunte: „Als nächstes erzählt sie uns, wie sich Gras anhört, wenn es wächst."

Dagmar und Korban waren bereits eine Etage tiefer, als Will Gabriele einholte, dicht gefolgt von Roger und Beatrice. Thyra sah zu Frau Kessler, die als Schlusslicht zuletzt ins Treppenhaus trat. Sie wartete, bis Frau Kessler die Tür in der Hand hatte, bevor sie losmarschierte. Thyra wollte nicht nahe bei einer Frau stehen, die ihr Kind auf grausame Weise verloren hatte und nicht wahnsinnig vor Trauer und Wut war oder panisch vor Angst, weil das Kindermädchen ermordet wurde, während sie selig im Bett lag und schlief.

Will hatte ihr bei einem der vielen Treppaufmärsche berichtet, wie sie die Kinderfrau gefunden hatten. Die sehr junge Frau lag im Bett, als würde sie schlafen. Sie war nicht mehr zu erkennen, nachdem ihr jemand mit einem Schrotgewehr direkt ins Gesicht geschossen hatte. Das Blut war von der Bettwäsche aufgesogen worden und im Raum hing ganz leicht ein bittersüßer Geruch von Tod. „Wahrscheinlich", sagte Will, „hat sie nicht leiden müssen. So friedlich, wie sie im Bett lag, war sie vermutlich nicht mal wach als sie erschossen wurde." Wenig später fügte er hinzu: „Es sieht viel brutaler aus als in den Filmen, wenn ein toter Mensch ein kleines Loch in der Stirn hat. Ihr war das Gesicht in Fetzen gerissen. Von Augen, Nase, Mund ist nichts mehr übrig als Fleisch und blanke Knochen."

Frau Kessler schürzte die Lippen. „Anstatt auf das Kind aufzupassen, lässt das Miststück sich erschießen. Na, wenigstens ist es jetzt vorbei damit, vor dem Hausherrn zu poussieren, die Hüften zu schwingen und die Möpse zu präsentieren."

Am liebsten hätte Will den Zugang zum Penthouse versiegelt. „Da liegt eine tote Frau im Bett und im Wäschekorb mitten im Wohnzimmer liegen die Überreste des kleinen Mädchens. Es ist schaurig, wenn man sich dessen bewusst wird."

Es war unheimlich, wie wenig sich Frau Kessler vom Tod zweier ihr nahe stehender Menschen berührt zeigte. Sie murmelte vor sich hin und wenn Thyra die Worte verstand, konnte sie sie kaum glauben. „Ein Unfall", sprach Frau Kessler leise zu sich selbst. „Er kann mir nicht die Schuld dafür geben. Ich bin nicht für das verantwortlich, was ein anderer tut. Am besten, ich schlage ihm gleich einen Urlaub vor. Wir fliegen nach Mexiko, wie damals, und machen einfach ein neues Kind. Ein schöneres, besseres Kind. Im Sommer kann er es spazieren fahren und diesmal nehmen wir eine bessere Nanny, diesmal eine, die gut aufpasst."

Um Abstand zu gewinnen, beschleunigte Thyra ihre Schritte, obwohl ihr jedes Gelenk an den Beinen wehtat. Gleich hatte sie Roger und Beatrice eingeholt und ging dicht hinter den beiden. Sie nahm einen ganz speziellen Duft wahr, eine Mischung aus dem Körpergeruch der beiden. Wie es schien, hatten die zwei vor nicht allzu langer Zeit Sex gehabt.

Im ersten Gedanken ärgerte sie sich darüber. Das war einfach unverschämt, in dieser Lage! Andererseits waren erst wenige Stunden vergangen, seit sie selbst sich zu Bett begeben hatte. Wenn es mit einem Mann passiert wäre – bei dieser Vorstellung musste sie beinahe lachen – hätte sie natürlich nicht damit gerechnet, bald in einer lebensbedrohlichen Situation zu stecken.

Sie achtete nicht auf die Geräusche hinter sich, sondern grübelte, ob die Lage tatsächlich als lebensbedrohlich eingestuft werden sollte. Worin genau bestand die Bedrohung? Es war leichter, wenn man etwas als Gefahr wahrnehmen und deutlich vor sich sehen konnte, anstatt ein verschlucktes Röcheln zu hören, das vom Denken ablenkte. Plötzlich schlug etwas gegen das Metallgeländer und brachte es zum Schwingen. Ein dumpfer Ton breitete sich im Treppenhaus aus. Ein Krächzen gluckste dazwischen, es gab ein pfeifendes Summen und alle sprangen im Reflex von dem Schacht in der Mitte des Treppenhauses zurück an die Wand.

Auch Thyra fand sich gegen die Wand gepresst wieder. Ihr Herz wummerte gegen den Hals, ihr Magen wollte augenblicklich all seinen Inhalt loswerden und es war ihm egal ob oben oder unten. Sie würgte und kniff gleichzeitig die Muskeln im Unterleib zusammen.

„Was war das!", schrie Beatrice auf. „Mein Gott, mein Gott, mein Gott!"

„Was ist das?" Gabriele hörte sich eher ärgerlich als erschreckt an.

Das breite Band, das in der Mitte des Treppenhauses nach unten sauste, straffte sich. Es schmatzte. Weiter unten knackte es deutlich hörbar und das Echo breitete sich im Haus aus. Das Metallgeländer dröhnte dumpf.

„Aha", stellte Gabriele fest, „da ist ein Genick gebrochen."

Thyra spürte, wie ihr die Beine nachgaben. Sie sank an der Wand nach unten und blieb zitternd sitzen. Ihre Finger gehorchten ihr nicht mehr, ihre Knie waren weich. Mühsam schaffte sie es, ihre Blase zu kontrollieren. Sie musste so bald wie möglich auf Toilette.

Beatrice weinte bitterlich und Roger versuchte sie zu trösten. „Wir werden sterben", glaubte sie felsenfest und Roger widersprach: „Wir fahren weg." Sie beharrte: „Wir alle werden sterben", und Roger setzte dagegen: „Wir buchen uns morgen einen Flug auf die Malediven. Oder die Seychellen. Die nächsten drei Wochen sind wir einfach weg und wir erholen uns von dieser fürchterlichen Nacht." Er streichelte ihre Hüften, bis ihr ständiges Flüstern vom baldigen Tod aufhörte. „Keine Angst, mein Täubchen, wir haben das hier bald überstanden und machen es uns schön."

Beatrice zog einen Schmollmund. „Können wir heiraten?"

Roger streichelte unentwegt weiter. „Wenn es dich glücklich macht, mein Täubchen, heiraten wir eben."

„Heiraten!" Gabriele sammelte geräuschvoll Spucke und rotzte den gesamten Inhalt ihrer Mundhöhle vor seine Füße. „Wie könnt ihr vom Heiraten reden!"

Roger verzog die Lippen zu einem schiefen Lächeln. „Stimmt. So lange meine Scheidung läuft, musst du, mein Täubchen, ein bisschen warten."

„Scheidung?" Ihre Augen wurden kugelrund und groß. „Du bist verheiratet?"

„Auf dem Papier", wiegelte Roger ab. „Das hatte nie etwas zu bedeuten. Das war so ein übereiltes Jasagen aus einer Laune heraus."

Thyra zwang sich die Luft anzuhalten. Ihr war vom hektischen Atmen längst schummrig geworden. Als sie es nicht mehr aushielt, schnaufte sie langsam aus. Sie stand auf und beugte sich über das Geländer. Einige Etagen tiefer baumelte Frau Kessler sacht zwischen den Geländern. Sie hatte einen platten Feuerwehrschlauch um den Hals gewickelt.

„Bei dem Tempo und dieser Höhe", überlegte Gabriele, „ist der Kopf drangeblieben. Erstaunlich."

„Ich bitte Sie!", stieß Dagmar aus. „Keine Details!"

„Den hätte es", fuhr Gabriele ungerührt fort, „pfeilgrad wegfetzen können. Deshalb darf der Galgenstrick nicht zu lang sein, wenn man die Leiche hinterher zur Schau stellen mag. Wer seinen Gegner aus lauter Hass zu tief fallen lässt, dem bleiben hinterher bloß Einzelteile übrig."

Als Thyra über das Geländer nach unten blickte, schaute Will, der zwei Treppen tiefer stand, zu ihnen hoch. „Hat jemand etwas mitgekriegt? Sie war ein paar Schritte hinter uns."

Thyra schob sich die eiskalten Finger in den Haaransatz. „Ich war mit den Gedanken völlig abwesend. Niemals hätte ich damit gerechnet. Niemals."

„Auf jeden Fall", sagte Roger, „ist der Täter über uns. Wenn wir umkehren und eine dichte Linie bilden, können wir ihn schnappen."

„Na los!" Gabriele klatschte in die Hände. „Auf geht es!"

Also tappelten sie im Gänsemarsch die Treppen wieder hinauf. Sie lauschten in jedem Stockwerk auf Geräusche oder etwas, das anders war. Vor allem achteten sie darauf, ob sich irgendwo Fußabdrücke fanden. „Vielleicht", erinnerte Gabriele, „ist der Täter barfuß unterwegs. Thyra glaubt die Schritte von blanken Fußsohlen gehört zu haben und blanke Füße einer unter Stress stehenden Person hinterlassen Spuren auf poliertem Boden."

„Ach herrje", seufzte Beatrice. „Wenn er sich in einer Wohnung versteckt, finden wir ihn nie."

„Wie sollte er?", gab Dagmar zurück. „Er hat keinen Schlüssel und ich habe ganz bestimmt keinen Mörder in meiner Datei hinterlegt. Ich bin nicht lebensmüde oder dämlich."

Bevor Will eine entsprechende Antwort geben konnte, legte Korban den Finger über die Lippen. „Hört ihr das? Der Fahrstuhl bewegt sich."

Tatsächlich leuchtete die Anzeige oberhalb des Aufzugs hell durch das Treppenhaus. Sie verfolgten, wie die Zahl sich änderte und bei zwanzig stehenblieb. Wenig später rutschte die Anzeige auf neunzehn, achtzehn...

Blitzschnell schoss Korbans Hand vor. Er presste die Finger auf den Knopf, mit dem man den Lift rief. „Jetzt muss er hier anhalten, wenn er auf dem Weg nach unten ist."

„Du Honk!" Roger patschte ihm die flache Hand gegen den Hinterkopf. „Wenn die Türen sich öffnen, stehen wir unbewaffnet einem Schwerverbrecher gegenüber. Ich für meinen Teil möchte den morgigen Tag erleben. Ich warte in Gabrieles Wohnung, bis die Luft rein ist."

Schnell verschanzten er und Beatrice sich hinter Gabrieles Tür. Offenbar waren sie lieber in einer Wohnung eingeschlossen als einem Mörder im Treppenhaus zu begegnen. Im Grunde war diese Idee nicht schlecht, leider war Thyra mit der Umsetzung zu spät dran. Der Lift war bereits auf ihrer Etage angekommen. Pling!

Will und Korban gingen leicht in die Knie. Will hatte sich mit dem Inhalt des Werkzeugtuis einen Schlagring gebastelt. Aus seiner geballten Faust ragten der Schraubendreher, eine Zange, ein Inbusschlüssel und ein Teppichmesser. Er holte aus und wartete.

Korban war blitzschnell aus seinem Shirt geschlüpft. Er hielt es an den Ärmeln und war bereit, es dem Feind in einer überraschenden Bewegung um den Hals zu wickeln. Alternativ, dachte Thyra nicht ganz wohlmeinend, konnte er den Täter mit seiner gewaltigen Wampe erdrücken oder mit den wuchernden Haaren seiner Achselhöhlen ersticken.

Sie schalt sich still für diese bösen Gedanken, während die Türen des Fahrstuhls unendlich langsam auseinander glitten. Thyra wollte nicht hinsehen, ebenso wenig konnte sie die Augen abwenden. Sie schluckte hart, starrte und atmete auf. Die Kabine war leer.

Auf die Erleichterung folgte der Schrecken. Es gab eine Klappe in der Decke der Kabine, die leicht im Scharnier zitterte. Alle starrten darauf und erwarteten ein Monster hervorbrechen zu sehen, das sich mit enormem Blutrausch auf sie stürzte und zerfleischte. Oder jemand konnte sich überraschend zu ihnen beugen, mit den Knien am Rand der Luke hängend, und mit einem Maschinengewehr ein Massaker anrichten.

Sekundenlang wagte niemand zu atmen oder sich zu bewegen. Kein Finger krümmte sich, kein Haar segelte zu Boden.

„Was soll das?", stieß Korban die Luft aus, die er bisher angehalten hatte. „Leer?" Gleichzeitig sprang ein Motor summend an.

„Mist!", schimpfte Will. Er machte einen Satz zur Seite und drückte erneut den Aufzugknopf. Es gab ein Pling und das Licht ging wieder aus.

„Wenn eine fahrbereite Kabine hier steht, rauscht der andere Lift einfach durch. Er hat uns reingelegt! Er ist im anderen Fahrstuhl."

Natürlich gab es für ein großes Haus wie dieses zwei Fahrstuhlschächte. Bisher war Thyra froh darüber gewesen, jetzt ließ sie den Kopf gegen die Wand sinken. Der Täter hatte ihren Schachzug vorausgesehen.

„Wo steigt er aus?", fragte Korban und ließ die Anzeige nicht aus den Augen. „Aha! Im Erdgeschoss. Der Mistkerl will nach unten!"

„Elaine!" Sofort war Thyra hellwach. „Meine Tochter ist im Erdgeschoss." Sie lief los, ohne weit zu kommen.

Will packte sie am Arm und hielt sie zurück. „Immer langsam. Wenn Sie gerannt kommen, bieten Sie dem Mörder womöglich eine hervorragende Zielscheibe. Wollen Sie morgen tot aufwachen?"

Das wollte Thyra natürlich nicht.

Will ließ sie los. „Wir sollten bei unserem ursprünglichen Vorhaben bleiben, in Wohnung fünf-vier nach den Zieslers sehen und den Täter, sofern er im Erdgeschoss auftaucht, meinem Vater überlassen. Ist jemand anderer Ansicht?"

„Dieser Kerl", sagte Korban, „hat das Haus völlig unter Kontrolle. Wir können nicht mal einen Furz lassen oder die Türen aufs Dach öffnen, um diese dämlichen Zettel runterzuwerfen. Besser, niemand ist allein unterwegs. Bleiben wir beisammen."

Dagmar konnte es sich nicht verkneifen zu sagen: „Ich wette, die Zieslers sind tot. Andernfalls hätte man längst von ihnen gehört."

Gabriele klopfte an ihre eigene Wohnungstür. „Roger? Beatrice? Wie es aussieht, sind Sie in meiner Wohnung eingeschlossen. Der Sensor ist dunkel. Wenn Sie möchten, versuchen Sie ruhig, sich zu befreien. Wir gehen nach unten und sehen nach den Zieslers. Vielleicht sind Sie so gut und drücken ein paarmal das Quietschespielzeug meiner Püppi." Ihre Stimme wurde brüchig. „Wenn meine Püppi lebt, kommt sie auf jeden Fall gelaufen."

Wenig später schepperte das schiefe Quietschen eines Hundespielzeugs durchs Haus. „Immerhin", seufzte Gabriele, „sind

Roger und Beatrice in meiner Wohnung in Sicherheit. Der Täter treibt sich im übrigen Haus herum und eine Tür zu verteidigen, dürfte Roger nicht allzu schwer fallen."

Sogar als sie alle vor Zieslers Wohnung standen, war Püppis Spielzeug zu hören. Gabriele schaute sich immer wieder nach dem Hund um. „Man gewöhnt sich halt an so ein Tier. Sie ist immer da, wenn ich nach diesen langen Schichten aus dem Krankenhaus heimkomme. In dieser Hinsicht sind Hunde die besseren Lebenspartner."

„Ein schlechtes Zeichen", flüsterte Dagmar zu Korban, „wenn der Hund nicht kommt."

„Vielleicht kann er nicht", zuckte Korban die Schulter, „weil die Tür, durch die er müsste, geschlossen ist." Ein heiseres Lachen entkam ihm. „Hier schließen sich die Türen schneller als man gucken kann und man kommt nicht mehr raus." Das Lachen erstarb. „Man kommt nie mehr irgendwohin."

Will hämmerte derweilen kräftig gegen die Tür der Familie Ziesler. „Erwin! Sind Sie da drin!"

Korban rollte die Augen. „Die Frage ist vielmehr, ob er uns hören und antworten kann."

„Erwin!", rief Will lauter. „Patty! Gianna!" Er schaute sich um. "Wie heißt Frau Ziesler mit Vornamen?"

Gabriele hatte keine Ahnung und Dagmar rieb sich kräftig die Stirn. „Der Name steht am Briefkasten", sinnierte sie murmelnd. „Ich wundere mich jedes Mal, warum alle vier Vornamen am Briefkasten stehen. Erwin, Gianna, Patricia und..."

„Helena", wusste Thyra plötzlich. „Sie heißt Helena."

„Helena!", brüllte Will und rammte die Faust gegen die Tür. Er rieb sich die schmerzende Handkante und trat mit dem Fuß dagegen. „Leider halten diese Türen extrem viel aus."

„Überbrücken oder durchzwicken", sagte Korban lapidar. „So wie Gianna es gemacht hat. Ich dachte, als Hausmeister müssten Sie einigermaßen handwerklich begabt sein?"

„Es funktioniert nicht", gab Will zurück.

„Natürlich tut es das", brauste Korban auf. „Gianna hat ein paar Türen auf diese Weise geknackt und..."

„Das war ein Fake", unterbrach ihn Thyra. „Sie hat weder relevante Drähte durchgeknipst noch liegt es an irgendeinem Magneten, der die Tür hält oder loslässt." Sie zeigte mit ausgebreiteten Armen um sich. „Sonst müssten bei Stromausfall alle Türen aufgehen. Nein, da beobachtet uns jemand und steuert die Türen und die Lichter und wer weiß was noch entsprechend."

„Das bedeutet", schlussfolgerte Gabriele, „derjenige, der hinter dem ganzen Zirkus steckt, kann uns sehen und nicht hören."

Korban seufzte tief. „Wir landen alle im Netz. Na toll. Springt gleich jemand vom Spaßfernsehen hinter der Ecke hervor? Den bringe ich um."

Sofort schüttelten alle den Kopf. „Solch schlechte Scherze werden sofort gelöscht." Eine andere Stimme sagte: „Alles, was illegal ist, kann man gar nicht hochladen." Ein leises Schnauben war zu hören und ein Murmeln: „Bei nackten Titten reagieren die sofort, aber bei etwas, das als selbstgedrehter Horrorfilm durchgehen würde?" Die leiseste Stimme flüsterte: „Funktioniert das akustische Interface ohne Internet?"

„Stellt sich gleich raus." Energisch ging Will in die Hocke. „Ich werde mal so tun, als würde ich das Schloss knacken wollen. Mal sehen, ob wir reingelassen werden."

Er zückte eine kleine Zange und obwohl er nichts weiter tat, als ein paarmal in Kopfhöhe damit zu knipsen, bevor er die Zange ans Schloss hielt, ging die Tür auf.

„Unfassbar", flüsterte Korban. „Ich wüsste zu gerne, wo die Kamera ist."

„Oben im Rauchmelder", sagte Will sofort. „Jeder von Ihnen hat mit dem Kaufvertrag einer Überwachung des Treppenhauses zugestimmt. Ebenso gibt es Kameras in den öffentlich zugänglichen Bereichen wie der Tiefgarage, den Mülltonnen, den Gehwegen ums Haus herum. Garten, Lobby und das Foyer. Was habe ich vergessen? Ach ja, Waschküche und Fahrradkeller. Übrigens fällt mir gerade ein, die Stromzähler neben den Fahrradparkplätzen werden nächsten Monat getauscht. Die alten Zähler lassen sich mit einem Magneten zu leicht manipulieren."

Thyra überlegte, ob deswegen manchmal ein E-Auto neben den Fahrrädern stand und geladen wurde. Sie unterdrückte ein Gähnen.

„Stecken in den Rauchmeldern meiner Wohnung auch Kameras? Ist immerhin die gleiche Bauart."

Gabriele stampfte mit dem Fuß auf. „So eine Unverschämtheit!"

Dagmar stellte sich immer wieder auf Zehenspitzen und sank langsam zurück auf die Fersen. „Das würde erklären, warum ich mich so beobachtet fühle. Die Blicke fremder Leute verursachen auf meiner

Haut immer ein ganz besonderes Kribbeln. Zu meiner Zeit als Ballerina habe ich es genossen, seit ich hier wohne, beunruhigt es mich."

Will stand aus der Hocke auf und schob sich das kleine Werkzeugetui hinten in die Hosentasche. „Also, ich benutze keine Sprachsteuerungen und die Webcams meiner Geräte habe ich abgeklebt. Eine versteckte Kamera gibt es in meiner Wohnung nicht."

„Wie können Sie so sicher sein?", fragte Korban. „Haben Sie in jedem Rauchmelder und jeder Ritze nachgesehen?" Er lachte trocken.

„Mein Vater hat nachgesehen." Will spähte ins Innere der Wohnung. „Ihm ist garantiert nichts entgangen. Können wir gehen?"

Thyra wünschte sich zurück an den goldenen Strand von Phanang. Sie wollte das Wasser spüren, das um ihre Zehen spülte, und mit Elaine die hässlichsten Sandburgen der Welt bauen. Sie wollte einen Babysitter für eine Stunde bestellen und den Kopf unter Wasser stecken, um die Korallen und Fische zu bestaunen. Am allerliebsten wollte sie sich mit Elaine aufs Sofa kuscheln, eine Tüte Chips aufreißen und ein Bilderbuch von Mascha und dem Bären ansehen.

Stattdessen folgte sie Will in die Wohnung, in der es merkwürdig süß roch. Blumig, fruchtig und sehr süß, wobei die Süße nicht zu Blumen und Früchten passte, sie war zu schwer dafür.

„Oha", flüsterte Gabriele, nachdem sie drei Schritte gemacht hatte. „Das riecht nach einer großen Menge frischem Blut."

Dagmar schauderte. „Sie sollen mir keine Angst machen, das gehört sich nicht."

Gabriele zuckte die Schultern. „Das war nichts weiter als eine simple Feststellung. Es riecht nach Blut."

„Mitdenken!", giftete Dagmar zurück. „Wir schleichen durch eine dunkle fremde Wohnung, wir werden von einem Psychopathen drangsaliert, der bereits einige Leute auf dem Gewissen hat, und Sie reden von frischem Blut. Was meinen Sie, was das in einem normalen Menschen auslöst? Bestimmt nicht den Gedanken an Blutwurst mit Kraut. Kann jemand was erkennen?"

Thyra leuchtete durch das Wohnzimmer, das überraschend normal aussah. Kein Blut, keine Leichen, keine Körperteile. Sie atmete auf.

„In der Küche." Korban würgte und presste sich die Hand vor den Mund. „Im Flur, der zum Bad führt." Durch die Finger hindurch war er kaum zu verstehen. „Man hat sie enthauptet."

„Bitte?" Gabriele drängte nach vorn und leuchtete mit ihrem Handy um die Ecke in den Flur. „Tatsächlich." Sie reckte den Hals. „Patty und Frau

Ziesler liegen hier, Erwin an der Schwelle zur Küche und Gianna liegt in der Küche."

Dagmar ging rückwärts, bis sie gegen einen Sessel stieß. „Das will ich nicht sehen. Ich will es nicht hören." Tränen liefen ihr über die Wangen. „Ich will nach Hause und mich hinlegen. Okay? Ich gehe nach oben in meine Wohnung und lege mich ins Bett. Ein bisschen Ruhe wird meinem Teint guttun." Ohne auf eine Antwort zu warten, setzte sie sich in Bewegung und näherte sich dem Ausgang.

„Es ist keine gute Idee, sich allein auf den Weg zu machen", fand Will und ging ihr nach.

Er hatte die Hälfte des Wohnzimmers erreicht, als plötzlich ein Schatten in die Wohnung flitzte. Eine schwarz angezogene Gestalt packte Dagmar, hob sie wie einen Mehlsack über die Schulter und hastete mit ihr davon.

Völlig überrumpelt von der Situation war von Dagmar zuerst nichts zu hören. Erst auf der Treppe begann sie zu schreien wie am Spieß.

Es dauerte eine Weile, bis Will den Schrecken überwunden hatte. „Wir müssen ihr nach! Korban, helfen Sie mir!"

Statt Korban, der mit dem Rücken an der Wand lehnte und sich das Herz hielt, setzte sich Thyra in Bewegung. Sie eilte zur Tür und packte im Vorbeilaufen einen Regenschirm. Sie sah Will dicht vor sich die Stufen nach oben hetzen.

„Stehenbleiben!", brüllte Will. „Bleiben Sie stehen und lassen Sie Dagmar los! Wir sind Ihnen zahlenmäßig überlegen!"

Natürlich blieb der Schatten nicht stehen. Thyra leuchtete die Treppe entlang nach oben und versuchte Details zu erkennen. Sie nahm zwei Stufen auf einmal, um den Anschluss nicht zu verlieren. Trotzdem kam sie deutlich später im sechzehnten Stock an. Will hämmerte bereits mit den Fäusten gegen die verschlossene Tür, er trat gegen das Blatt und warf sich mit der Schulter dagegen. „Öffnen! Sie! Die! Tür!"

Er hörte auf damit, als Thyra neben ihn trat. Sie musste sich vornüber beugen, um gegen das Seitenstechen atmen zu können. „Elf Stockwerke", japste sie. „Ist er da drin?"

„Wir waren zu langsam", schimpfte Will. „Wie ein Wiesel flitzte er die Treppe hoch, durch die offene Tür und als ich ankam, war sie zu. Da ist kein Reinkommen!" Er verpasste der Tür einen weiteren Tritt.

Thyra richtete sich stückweise auf und schwenkte dabei ihr Smartphone. „Ich habe gefilmt."

„Gefilmt? Wie können Sie filmen, wenn Sie keinen Schnaufer zum Rennen haben?" Will nahm das Smartphone und wischte kurz herum. „Das wird uns nicht weiterhelfen. Sie haben ihn ausnahmslos von hinten erwischt und dummerweise trägt er kein Namensschild." Er ließ sich gegen die Wand sinken. „Wenigstens kommt er aus dieser Wohnung nicht mehr raus. Es gibt keinen anderen Weg als diese Tür." „Feuerleiter?", fragte Thyra.

Will hielt die Augen fest auf das Smartphone gerichtet. „Wegen der ganzen Technik mit den Sensoren, den Rauchmeldern und Sprinkleranlagen und der Brandmeldezentrale hat man auf die außen angebrachten Feuerleitern verzichtet. Es sieht total bescheuert aus und verprellt reiche Käufer wie Sie."

„Einen feuerfesten abgeschotteten Bereich im Inneren des Hauses?", fragte Thyra. „Das wird in Amerika manchmal gemacht, wenn die Bauaufsicht unbedingt einen zweiten Fluchtweg will."

Damit konnte Will nicht dienen. „In einer Stadt, wo ein Quadratmeter Wohnfläche in dieser Lage mehrere Zehntausend kostet, wagt kein Architekt ein feuerfestes zweites Treppenhaus einzuplanen. Nein, es gibt keinen Fluchtweg." Er langte neben sich und klopfte leicht gegen die Tür. „Irgendwann muss er hier raus und wenn es soweit ist, erwarte ich ihn."

Thyra fühlte sich besser, seitdem die Sterne ihr nicht mehr vor den Augen tanzten und das Seitenstechen aufgehört hatte. Ihr Herz hämmerte wie verrückt durch ihren gesamten Oberkörper. „Haben Sie gesehen, also richtig gesehen, wie der Schatten zusammen mit Dagmar in die Wohnung ist?"

Will dachte kurz nach. „Wenn Sie mich so fragen..." Er kratzte sich am linken Handgelenk. „Gesehen habe ich es nicht. Ebenso wenig habe ich gesehen, wie er weiter nach oben gelaufen ist."

Plötzlich klopfte es auf der anderen Seite der Tür. „Hallo?", rief eine dünne Stimme. „Ist da wer? Kann mich jemand hören?"

Will presste das Ohr gegen die Tür. „Dagmar! Sind Sie das?"

„Ja", kam die unterdrückte Antwort. „Ich war kurz besinnungslos. Diese unfreundliche Person hat mich auf den Kopf fallen lassen. Ich glaube, ich blute."

Um besser hören zu können, legte Will das Ohr gegen die Tür. „Was ist mit dem Täter? Ist er bei Ihnen in der Wohnung?"

„Ich weiß nicht." Sie klopfte ständig mit den Knöcheln gegen die Tür. „Ich kann überhaupt nichts sehen. Computer, Licht! Computer! Licht!

Ach, es bleibt stockdunkel und ich finde mein Telefon nicht. Ich habe ein Telefon mit einer Lampe dran, das ist praktisch."

Thyra erinnerte sich, wie ihr das Telefon aus der Hand gefallen war. „Das liegt bei den Zieslers in der Wohnung. Erinnern Sie sich?"

„Ach ja?" Es klang nicht überzeugend. „Wo ist mein Telefon? Haben Sie mein Telefon? Computer, eigene Rufnummer wählen." Eine Weile war nichts zu hören. „Mir tut der Kopf ziemlich weh und der Nacken. Ich glaube, ich werde mich hinlegen. Wo ist der Lichtschalter? Hier ist es zappenduster."

Will tauschte einen langen Blick mit Thyra und nahm das Ohr von der Tür. „Anscheinend ist er nicht bei ihr in der Wohnung. Er hätte längst etwas unternommen, meinen Sie nicht?"

„Wie ich ihn einschätze, ja." Thyra leuchtete sofort das Treppenhaus ab. „Das heißt, er ist nach oben geflohen. Er muss nach oben sein, denn von unten kamen wir gelaufen. Womöglich nimmt er wieder den Lift?"

„Das würden wir hören." Will stemmte die Hände in die Hüften. „Was machen wir jetzt? Wache vor der Tür schieben, zurück zu den Zieslers oder weiter nach oben?"

Thyra ließ sich langsam auf den Boden sinken. „Ich werde auf alle Fälle ein paar Minuten Wache schieben. Ich spüre meine Beine nämlich nicht mehr." Sie winkelte die Knie an und beobachtete, wie ihre Waden unkontrolliert zu zucken begannen. Sie knetete die Muskulatur leicht und es tat weh. „Ich fühle mich richtig mies."

Auch Will setzte sich auf den Boden, allerdings fehlte ihm das schmerzverzerrte Gesicht. Er ließ das Filmchen auf dem Smartphone von vorne anfangen.

Thyra streckte sich zur Seite. „Tun Ihnen die Beine nicht weh? Oder der Rücken? Irgendwas?"

Er warf ihr einen kurzen Blick zu, der im Zwielicht des Displays nicht zu deuten war. „Liegt am Sport. Ich gehe jeden Tag Kickboxen."

„Jeden Tag?" Thyra konnte es nicht glauben. „Echt jeden Tag?"

„Yep", machte Will. „Entweder nach der Schule oder nach dem Frühstück." Er hielt ihr das Smartphone hin. „Dieser Typ muss ziemlich kräftig sein, bei dem Tempo, das er vorlegt. Obwohl er Dagmar auf der Schulter hat, ist er flink wie ein Wiesel."

„Er ist nicht besonders groß." Thyra zeigte auf das Geländer. „Wenn man die Relationen berücksichtigt, etwa eins siebzig. Ein kleiner Mann also."

„Oder eine Frau", wandte Will ein.

Thyra stöhnte auf. „Die meisten Täter von Gewaltverbrechen sind Männer. Das da", zeigte sie auf das Standbild, „ist mit einer Wahrscheinlichkeit von fünfundneunzig Prozent einer."

Will gab ihr das Smartphone zurück. „Frauen sind kleiner als Männer. Ich kenne jede Menge Frauen, die unter eins siebzig bleiben."

„Ich", sagte Thyra mit fester Stimme, „kenne keine einzige Frau, die eine andere Frau mal eben hochhebt und davonträgt. Frauen sind keine Ameisen, wir können nicht lässig eine zusätzliche Last tragen, die unserem Körpergewicht entspricht, und obendrein elf Stockwerke hinauf laufen. Elf!" Sie knetete ihre Waden kräftig mit den Händen. „Ich jedenfalls breche fast zusammen."

Will saß locker im Schneidersitz und legte die Hände auf seinen Knöcheln ab. „Ich kenne einige Frauen, die locker vierzig Kilo stemmen, und viel schwerer wird Dagmar nicht sein. Die weiten Klamotten sollen darüber hinwegtäuschen, wie knochig ihre Finger sind und wie hohl ihre Wangen. Die wiegt nicht viel mehr als vierzig Kilo, da verwette ich mein Abendessen." Unvermittelt stand er auf und streckte sich in die Länge. „Bleiben Sie hier sitzen und passen auf die Tür auf? Ich gehe nach oben und sehe mal, ob es von Roger und Beatrice Neues gibt."

„Sie lassen mich allein?"

„Zwei läppische Stockwerke." Will legte eine Hand ans Geländer und nahm die ersten drei Stufen mit einem Schritt. „Wenn Sie sich fürchten, rufen Sie einfach."

Er war gerade um die Ecke verschwunden, als Thyra gegen den heftigen Impuls kämpfte zu schreien. Sie lehnte die Stirn gegen die Knie und lauschte den Geräuschen nach, die Will machte. Er setzte seine Schritte härter auf und summte vor sich hin. Als er an die Tür klopfte, schien das ganze Haus zu dröhnen.

„Roger!", hörte Thyra ihn fragen. „Beatrice?" Kurze Pause. „Alles in Ordnung?"

Gar nichts war in Ordnung, das hatte Thyra im Gespür. Es war das gleiche Gefühl in der Magengegend, das sie hatte, wenn sie ihrem Mandanten gegenübersaß und er sie anlog. Wenn er erzählte, die Idee zu dem neuen Ventil sei ihm beim Golfspielen gekommen, ganz allein und plötzlich, dabei mussten seine Augen auf der Explosionszeichnung erst einmal suchen, wo oben und unten war. Manchmal reichte ein Blick in den Kalender, um ein falsches Datum zu entlarven. „Ich schwöre es hoch und heilig", hatte der Zeuge gesagt. „Am fünfzehnten August habe ich mit dem Patentamt in München telefoniert. Dort hat man mir die Voranmeldung bestätigt und mir das entsprechende Fax geschickt."

In solchen Fällen war Bernie heilfroh um sie. Thyra musste keine Sekunde nachdenken, um die Lüge zu enttarnen. „Fünfzehnter August." Sie fixierte den Zeugen wie eine Schlange die Maus. „Sie haben am fünfzehnten August mit dem Patentamt in München telefoniert und von dort dieses Fax erhalten?" Sie hob das Fax hoch, das bereits mit einer Beweisnummer versehen war und das die Geschworenen in Augenschein genommen hatten. „Da steht der fünfzehnte August als Sendedatum. Neun Uhr dreißig."

Der Zeuge hob wie zum Schwur die Hand. „Weiß ich ganz genau. Es war ein Montag und der Mitarbeiter kam gerade von einem Weißwurstfrühstück. Er schwärmte für dieses Gebäck, das die Leute in Bayern so gerne essen. Der Bäcker um die Ecke hatte es gerade frisch aus dem Ofen geholt. Ein Meister seines Fachs, wie er mir versicherte."

„Brez'n", half ihm Thyra auf die Sprünge und sie sprach es so bayerisch aus, wie sie es von daheim kannte.

Der Zeuge strahlte und entspannte sich. „Yeah, Bavarian Pretzels. Muss ich versuchen, wenn ich dort bin."

„Sie werden vor einem Problem stehen." Thyra legte das Beweismittel zurück auf den Tisch, der mit weiteren Dokumenten übersät war. „Der fünfzehnte August ist in Bayern ein gesetzlicher Feiertag. Keine Behörde arbeitet und Sie werden keinen Handwerksbäcker finden, der sein Geschäft an diesem Tag öffnet oder um neun Uhr dreißig nicht längst fertig mit der Arbeit wäre. Sie lügen."

Als sie die Prozessunterlagen das erste Mal gelesen hatte, war in ihrem Magen die Hölle losgebrochen. Genau wie heute. Er zog und drückte, quetschte, schob und knetete seinen Inhalt gründlich durch.

Thyra stemmte sich vom Boden hoch und schüttelte die Beine aus. Was immer sie auch probierte, es half nicht gegen das Vibrieren ihrer überanstrengten Waden.

„Thyra!", tönte Wills Stimme von oben.

Sie zuckte zusammen und spürte das Adrenalin durch die Adern rauschen. „Soll ich hochkommen?"

„Nicht nötig", antwortete Will. „Ich habe Roger gefunden."

„Er ist tot", wusste Thyra.

„Ja."

Sie wollte gern wissen, wie er ums Leben gekommen war. „In seiner Wohnung?"

„Nein", gab Will zurück. „Ich habe ihn in achtzehn-eins gefunden, in der Wohnung seiner Lebensgefährtin. Dort stand die Tür offen, also bin ich rein. Er..." Will machte einen tiefen Atemzug. „Er hat den Kopf in der Toilette."

„Herrje", entfuhr es Thyra. „Ist er ertrunken?"

„Vielleicht." Will zögerte. „Wahrscheinlich. Jedenfalls ist die Toilette bis unter den Rand gefüllt."

Thyra verzog das Gesicht. „Mit Wasser, hoffe ich."

„Nein, da scheint jemand seine Ausscheidungen einen ganzen Monat lang gesammelt zu haben, um diese Show abliefern zu können. Die Schüssel ist bis unter den Rand mit Fäkalien gefüllt." Will trommelte mit den Fingern gegen das Geländer. „Die Tür zu achtzehn-vier geht nicht auf. Ich fürchte, Beatrice liegt tot in dieser Wohnung."

Thyra ging in Gedanken durch, was sie bisher erlebt hatten. „Die Zieslers und Haley kamen in ihren eigenen Wohnungen ums Leben."

„Ursprünglich", sagte Will, „wohnten Haley und Weng in der oberen Wohnung, damit die Eltern weniger Treppen steigen müssen. Die Großmutter fühlte sich in der unteren Wohnung nicht wohl. Sie hatte Probleme, sich nach den Regeln des Feng Shui einzurichten. Deshalb wurden am Freitag die Wohnungen getauscht. Den ganzen Tag waren ein Dutzend Möbelpacker damit beschäftigt." Er machte eine kurze Pause. „Die Zieslers hatten den Vertrag für die Wohnung siebzehn-vier unterschrieben. Da hat es einen Wasserschaden gegeben, deshalb hat die Hausverwaltung ihnen angeboten, solange in vier-vier zu wohnen. Mit dem Besitzer ist das abgesprochen; er kommt erst Anfang nächsten Jahres aus Neuseeland." Seine Stimme wurde leise: „Von Malika fehlt jede Spur."

Langsam beugte Thyra sich vornüber und massierte ihre Waden. „Anscheinend weiß der Täter von den genauen Eigentumsverhältnissen, konnte allerdings die Änderung vom Freitag nicht umsetzen. Zu kurzfristig für ihn?"

„Oder sie", beharrte Will. „Es ist eine Frau, die uns die Hölle heiß macht."

„Einheizen", gab Thyra zurück, „ist seit jeher eher Männersache. Buben prügeln sich und greifen zu rabiaten Mitteln, um einen Streit auszutragen. Mädchen sind subtil. Sie arbeiten mit psychologischer Kriegsführung."

Sie hörte sein schweres Seufzen von oben. „Sie haben ganz eindeutig ein Antidiskriminierungsproblem."

Thyra biss kurz die Zähne zusammen. „Wollen Sie den Trick mit dem Werkzeug probieren?"

„Das war meine erste Idee, die leider nicht von Erfolg gekrönt ist. Die Tür bleibt als Demonstration unserer Dämlichkeit verschlossen." Er zögerte kurz. „Ich komme zurück nach unten. Was ist mit Dagmar? Alles ruhig bei ihr?"

„Alles ruhig." Thyra schaute die Gänge entlang, von denen Türen zu den anderen Wohnungen führten. In diesem Geschoss waren die Feuerwehrschläuche ordentlich aufgewickelt und verplombt und nichts deutete auf eine Zweckentfremdung hin.

„Ein planender Täter", wiederholte Thyra für sich selbst, „der zu spontanen Reaktionen fähig ist." Sie zückte ihr Smartphone und rief die App auf, mit der sie sich Notizen machte.

Kapitel 6

„Lasst mich voran gehen", hatte Will gesagt, als sie am Fuß der untersten Treppe ankamen. „Das ist sicherer für uns alle." Er gab sich keine Mühe leise zu sein. „Paps!", rief er. „Wir sind es!"

„Du brauchst nicht so zu schreien", kam die Antwort. „Ich habe euch längst gehört und in der Spiegelung der Glasscheibe gesehen."

Wilhelm stand in der offenen Tür und winkte sie heran. „Ihr seid lang über der vermuteten Zeit. Kommt rein, ich habe Tee gekocht. Der Herd funktioniert nämlich tadellos."

„Tee!" Gabriele atmete durch. „Mir wäre ein ordentlicher Scotch lieber."

„Da liegen Sie ganz auf meiner Linie", meinte Wilhelm und guckte in die Runde. „Außerdem jemand, der einen Scotch möchte? Ein Freund von mir brennt ihn selbst, schmeckt ein bisschen Richtung Johnnet."

„Ich wüsste lieber", sagte Thyra, „wie es meiner Tochter geht."

„Ganz gut." Wilhelm zeigte quer über den Flur. „Ich habe sie im Wohnzimmer auf die Couch gelegt und ich wollte Sie fragen, ob Sie ihr vielleicht einen Saft gegen die Schmerzen geben wollen."

„Sie hat Schmerzen?" Schlagartig fühlte Thyra sich selbst schlecht. Als würde sie das Leid ihres Kindes am eigenen Leib spüren.

„Sie schläft unruhig." Wilhelm ging voran. „Einer der Verbände ist durchgeblutet, deshalb habe ich neu verbunden."

Elaine lag auf der Couch, warm eingepackt in eine Wolldecke. Sie schlief. Auf ihrer blassen Stirn perlten kleine Schweißtropfen, trotzdem fühlten sich ihre Wangen kühl an. Auf dem Tisch vor der Couch stand ein Fläschchen mit einem Saft, der hervorragend gegen Schmerzen und Fieber half. Es war dieselbe Marke, die Thyra verabreichte. Sie setzte sich auf die Kante der Couch und strich Elaine über das Haar.

Wenig später reichte ihr Wilhelm ein Glas, das bis über die Hälfte mit Scotch gefüllt war, und Will stellte Teetassen auf den Tisch. Er ließ Löffel in die Tassen gleiten.

Thyra nippte am Whisky. Er lief scharf ihre Kehle hinab und sofort breitete sich ein warmes Gefühl in ihrem Bauch aus. Nach dem zweiten Schluck ließ das Kribbeln in ihren Beinen nach und als das Glas leer war, fühlte sie sich, als würde sie schweben. Sie lehnte sich mit dem Rücken gegen die Couch und rieb sich die Augen.

„Was nun?", fragte schließlich Gabriele. „Was nun?"

Eine Antwort darauf ließ sich nicht herbeizaubern. Thyra streckte die Beine und zappelte mit den Zehen, die ungeheuer wehtaten.

Wilhelm kratzte sich am Kinn. „Ich habe Hilferufe in die Fenster gehängt", zeigte er hinter sich auf das Fenster, das mit Papier beklebt war. „Auf die Zeitungsfrau können wir heute, am Sonntag, nicht bauen. Ich hoffe, Frau Bonnet ist eine Nachtschwärmerin, die im Morgengrauen nach Hause kommt, die Zettel bemerkt und Hilfe holt. Jedenfalls gibt es hier im Gebäude keine Spur von ihr. Sie muss außerhalb sein. Muss einfach."

Korban war bisher gestanden. Nun setzte er sich mit einem Bein auf die Lehne des Sessels, in dem Gabriele mehr lag als saß. „Wenn wir Internet hätten, wäre es ganz einfach."

„Ja, wenn." Gabriele gähnte herzhaft. „So ein mörderischer Aktivist enthält es uns vor." Obwohl sie müde war, tauschte sie den bequemen Sessel gegen einen Platz am Fenster. Wo Korbans Bein sie gestreift hatte, wischte sie mit der Handfläche darüber.

„Denken wir nach", schlug Korban vor, „was die Leute vor hundert Jahren in unserer Situation gemacht hätten. Die hatten kein Internet."

„Außerdem", stellte Will fest, „lebten die nicht in einem hochtechnisierten Haus, das niemanden rauslässt. Keine ausbruchsicheren Fenster, keine..."

„Das sind Fenster", klopfte Gabriele gegen den Rahmen, „die vor Terroristen schützen sollen. Denken Sie an den Schwarzen Mittwoch. Vergessen Sie mir den Schwarzen Mittwoch nicht."

Will rückte die Teetassen, die auf dem Tisch warteten, in eine neue Reihenfolge und die Zuckerdose an eine andere Stelle. „Was kümmert mich der Schwarze Mittwoch, wo das hier für uns langsam zu einem Schwarzen Sonntag wird. Ich wäre froh um einen Tanklaster, der ein Loch in diesen Bunker sprengt. Das wäre zumindest ein Schritt in die richtige Richtung. Nach draußen."

„Es ist zynisch", gab Gabriele zurück, „so einen Anschlag als Rettungsmöglichkeit in Betracht zu ziehen."

Will ließ das Geschirr in Ruhe. „Diese gesamte Situation ist nicht minder zynisch. Wer weiß, wer am anderen Ende hockt und sich über uns amüsiert."

„Ich denke", rutschte Korban von der Lehne auf die Sitzfläche des Sessels, „das hat mit Freude nichts zu tun. Hinter solchen Taten stecken immer Geld oder Macht." Er dachte kurz nach. „Einen Machtgewinn kann ich nicht erkennen, also muss es um Geld gehen. Wahrscheinlich schießen am Montag die Kurse von irgendeiner

Sicherheitsfirma so was von durch die Decke und der, der hinter diesem ganzen Ding steckt, ist ein gemachter Mann."

„Wohl eher", widersprach Thyra, „fallen die Kurse von Sicherheitsfirmen ins Bodenlose. Ich jedenfalls würde nichts von einer dieser Firmen kaufen. Keinen Cent würde ich in diese Branche stecken, wenn es nicht einmal gelingt, eine Handvoll Menschen in einem beinahe leeren Hochhaus zu schützen." Sie tippte auf ihr überschlagenes Bein. „Wenn das rauskommt, rollen Köpfe."

Gabriele knibbelte an ihren sehr kurzen abgekauten Nägeln. „Ich schätze mal, vorher rollen unsere Köpfe."

„Jetzt", sagte Will, „sind Sie zynisch."

„Bevor diese Debatte in die nächste Runde geht", hob Korban einen Finger, „und ich euch erkläre, wie man aus fallenden Kursen saftige Gewinne schlägt, möchte ich einen Vorschlag machen." Er wartete, bis ihn alle anschauten. „In meinem Auto gibt es ein Funkgerät, das ich seit Monaten nicht benutzt habe. Ich würde es gern anwerfen und sehen, ob ich jemanden rankriege, der uns helfen kann." Er tat, als würde er sich ein Funkgerät vor den Mund halten. „Hallo, hallo, hier Adlerhorst, wir sitzen in der Patsche und erbitten dringend Hilfe. Hallo, hallo?" Nun tat er so, als würde er lauschen und er ließ die Stimme krächzen: „Hallo Adlerhorst, hallo Adlerhorst, hier ist Sperber, Sperber, wir können Sie klar und deutlich hören. Geben Sie Ihre Position an, damit wir helfen können. Hallo Adlerhorst, haben Sie verstanden? Kommen?"

„Gute Idee", meinte Wilhelm.

„Gute Idee?", stieß Gabriele aus. „Das ist eine hervorragende Idee, die Ihnen längst hätte kommen können." Sie wedelte mit der Hand. „Los, Adlerhorst, bewegen Sie Ihren Hintern Richtung Tiefgarage."

Thyra erinnerte sich an die Tür zur Tiefgarage, die einmal verschlossen und einmal mit einem Schuh blockiert gewesen war. „Gehen Sie nicht allein", riet sie. „Es ist zu gefährlich."

Korban stand auf und zog sein T-Shirt weit nach unten. „Ganz ehrlich, dieser Mistkerl steht mir bis Oberkante Unterlippe." Er hob sich den Handrücken gegen die Nase. „Bis hierher. Ich habe mal Karate gemacht. Dieser Sack soll mir ruhig quer kommen, dann sehen wir mal, wer wem was beibringt. Da gibt es Vollkontakt, Süße."

Nachdem Thyra nicht seine Süße war und solche Vertraulichkeiten nicht schätzte, erzählte sie nichts von dem Schuh, der in der Tür geklemmt hatte, und der Gefahr, die in der Tiefgarage lauerte. Sie verschränkte die Arme. „Wenn Sie Ihrer Sache sicher sind…"

„Wie wäre es", schlug Will vor, „wenn mein Vater mitgeht?"

„Der alte Mann!", stieß Korban aus. „Nein, danke." Er lächelte Wilhelm breit zu und sagte laut und gedehnt: „Bleiben Sie ruhig hier, Herr Domeyer, ich schaffe das allein. Legen Sie die Füße hoch und versuchen Sie ruhig zu bleiben. Ich bin gleich wieder da und dann wird uns geholfen."

Korban verließ die Wohnung. Man hörte seine Schritte durch die Lobby hallen. Wilhelm beugte sich zum Tisch und stellte sein leeres Scotchglas ab. „Ich bin alt, nicht blöd. Er hingegen ist blöd und vermutlich gleich tot. Wenn ich nicht mein halbes Leben mit derlei Idioten erfolglos debattiert hätte, würde ich glatt mehr Energie aufwenden, um seinen Arsch zu retten."

Thyra wunderte sich, was das für eine Beule war, die der alte Mann unter der Cordjacke hatte. Bevor sie fragen konnte, rührte sich Elaine. Die Augenlider flackerten, sie streckte sich, zuckte zusammen und begann zu weinen. Thyra hob das Mädchen auf ihren Schoß und umschloss es mit den Armen. Sie steckte die Wolldecke rundum fest. „Ist gut", flüsterte sie. „Tut es arg weh?"

Elaines Augen füllten sich mit Tränen, deshalb gab Thyra ihr von dem Saft. Langsam spürte sie, wie die Kleine ruhiger wurde. Bald waren die Atemzüge lang und gleichmäßig. Thyra legte ihren Kopf gegen den ihres schlafenden Kindes. Es hätte schön sein können, wenn sie durch die Decke hindurch nicht die Verbände gespürt hätte.

„Woher", hörte sie Gabriele sagen, „wissen Sie, wie das geht? Wie man Wunden verbindet?"

Neben ihr seufzte Wilhelm. „Ach, mit den Jahren lernt man so etwas."

„Wo?", fragte Gabriele. „Waren Sie Soldat oder Arzt?"

Man hörte kein Geräusch, also öffnete Thyra die Augen und sah, wie Wilhelm den Kopf schüttelte.

„Sie haben Verletzungen zu behandeln gelernt?", bohrte Gabriele weiter nach. „Kein Laie würde eine Schnittwunde so verbinden." Sie zeigte auf Elaine. „Das am Oberschenkel ist ein sehr gut gemachter Druckverband."

Wilhelm schlug ein Bein über das andere. „Ich bin fast neunzig. Glauben Sie mir, da lernt man viele nützliche Dinge." Er trank Tee, ehe er zu Will schaute. „Seit sieben Minuten hört man nichts von ihm. Soll ich nachsehen?"

„Sie?", lachte Gabriele und gleichzeitig sagte Will: „Ja, bitte."

Gabriele starrte ihn an. „Ihr Vater ist fast neunzig. Was soll er machen, wenn es brenzlig wird? Mit einem Gehstock zuschlagen?"

Wilhelm stand mit einer ruhigen fließenden Bewegung aus dem Sessel auf und rückte gleichzeitig eine Teetasse von der Tischkante in die Mitte. Er wirkte längst nicht so verkrampft, wie Thyra es von Bernie kannte. Der wuchtete sich aus seinem Chefsessel, als müsste er die komplette Ausrüstung einer Everest-Expedition allein stemmen. Dabei war er keine neunzig, sondern gerade sechzig und er brüstete sich mit der Zeit, die er im Fitnessstudio oder auf der Tartanbahn verbrachte.

„Ich brauche keinen Gehstock." Wilhelm knöpfte sich die Jacke auf und fasste kurz unter die linke Innenseite. „Meine Beine machen meistens, was ich will. Nur das Knie zickt hin und wieder." Er warf Thyra ein Lächeln zu. „Ich bin gleich wieder da." Im Vorbeigehen klopfte er Will auf die Schulter. „Du weißt, ob ich es bin, der zurückkommt?"

„Klar."

Thyra blickte Wilhelm nach, der mit einer Taschenlampe seinen Weg ausleuchtete. „Woran erkennen Sie ihn?"

„Am Geräusch seiner Schritte." Will schenkte ihr Tee ein. „Trinken Sie, Sie sehen blass aus."

Thyra hielt sich an der heißen Teetasse fest und schloss die Augen. Sie wollte nicht jammern oder sich wehleidig zeigen, wenngleich die Wirkung des Alkohols nicht anhielt. Ihr tat jeder Knochen und jeder Muskel im Körper weh und jede Zelle forderte einen gehörigen Nachschub an Scotch. Am liebsten wäre ihrem Gehirn ein Vollrausch.

„Lehrer, also." Bevor sie die Müdigkeit übermannte, öffnete sie lieber die Augen. „Für Latein und Mathe. Macht Ihnen Ihr Job Spaß?"

Will rührte einen Löffel Zucker in seinen Tee. „Bis zu dem Moment, wo ich meinen Kontostand sehe, bin ich sehr zufrieden. Als Lehrer reicht das Gehalt gerade mal für eine Hausmeisterwohnung." Er lachte leise. „Naja, in dieser Stadt reicht es bloß für eine Hausmeisterwohnung, anderswo wäre mehr drin."

Thyra hörte trotz der harschen Worte kein Bedauern in seiner Stimme. „Sie mögen Ihren Job."

„Das ist kein Job", sagte Will, „das ist mein Beruf. Genau das will ich bis an mein Lebensende machen." Er machte eine kurze Pause. „Was ist mit Ihnen, Frau Anwältin? Job oder Beruf?"

Thyra brauchte nicht lange nachzudenken. „Es kann sich niemand dazu berufen fühlen, alle Details von Patentrechten weltweit einzuklagen, besonders wenn man das Gefühl hat, nicht die richtige Seite zu vertreten. Da bleibt die Freude auf der Strecke."

„Haben Sie", mischte sie Gabriele ein, „in Ihrem Job jemandem ans Bein gepinkelt, der sich mit dieser ganzen Kacke an Ihnen rächen will?"

„Nein", sagte Thyra sofort.

„Denken Sie genau nach", beharrte Gabriele. „Sie sind Anwältin für irgendwelchen Scheiß, der Ihnen gewaltig Kohle bringt, und andere Leute gewaltig Kohle kostet. Bei welchem Betrag fangen die Verurteilen an Sie zu hassen? Um welche Beträge feilschen Sie überhaupt?" Sie holte von der Kommode die Flasche Scotch und schenkte sich großzügig nach. „Ich wette, sehr viele reiche Leute hegen eine gehörige Antipathie gegen Sie."

Thyra hielt ihr die Tasse hin, damit sie den Tee mit Alkohol streckte. „Die Firmen, für die ich arbeite, besitzen sehr viel Geld. Es geht ihnen nicht um einen finanziellen Gewinn, wenn sie die Gegner vor Gericht zerren, sondern darum, den Feind vom Markt zu drängen. Da geht es um Summen, die eine kleine Firma niemals stemmen könnte. Das Gerichtsurteil bedeutet für die gegnerische Partei meistens den geschäftlichen Ruin. Da bleibt kein Cent übrig, um die Gläubiger zu bedienen, geschweige denn sich in irgendeiner Form an jemandem zu rächen."

Gabriele kehrte zurück zum Sessel und ließ sich fallen. „Sie löschen Ihre Feinde aus. Sie sind eine Heuschrecke, die alles auffrisst, was sich ihr in den Weg stellt. Da muss es eine ganze Liste an Leuten geben, die Sie lieber tot als lebendig sehen. Wenn die zusammenlegen, ist vielleicht doch genügend Geld für einen Rachefeldzug vorhanden."

„Das ist absurd." Eine Gänsehaut kroch über Thyras Rücken in ihren Haaransatz. „Selbst wenn es so wäre, es weiß niemand, wo ich wohne", stellte sie fest. „Die Korrespondenz läuft über das Büro in New York."

„Als wäre das heutzutage ein Hindernis." Gabriele schnippte mit den Fingern. „So schnell finde ich Sie im Netz, inklusive Fotos, Bankdaten, Adresse und vielen Dingen mehr. Ihnen haben wir diese Scheiße hier zu verdanken, nicht wahr? Ihnen und Ihrem geldbesessenen Metier."

Thyra schüttelte den Kopf. „Manchmal nehmen sich gescheiterte Firmenchefs das Leben oder sie verklagen mich. Persönliche Rache hat mir nie jemand geschworen."

„Es wurde wohl Zeit dafür."

„Ich bin Profi", sagte Thyra. „Das bisherige Geschehen hat keinen Einfluss auf meine Arbeit." Sie stutzte. Für einen Moment knabberte sie an der Unterlippe. Ihr fiel die Besprechung ein, die für Dienstag angesetzt war. Wenn sie nicht erschien, musste ihr Kollege Kevin Holtzman übernehmen. Bei diesem Gedanken wurde sie innerlich sehr unruhig. Holtzman war jung, ambitioniert und ahnungslos. Bernie hatte ihn eingestellt, weil er beim Golfen gegen Senator White, den Paten des Jungen, verloren hatte.

War der Gegner dreist genug, Elaine etwas anzutun, damit Thyra nicht zum Meeting kam und deswegen Holtzman allein verhandeln und den Fall gegen die Wand bugsieren würde? Es waren bloß ein paar Millionen, auf die die Blade Corporation durchaus verzichten konnte. Andererseits saß Michelle Timsarian im Vorstand und sie verlor aus Prinzip nicht gern. Thyra informierte sich stets gründlich im nichts vergessenden Internet und bei Detekteien über ihre Klienten und Gegner und bei Michelle Timsarian waren ihr verblüffende Dinge aufgefallen.

Sie wurde Ballkönigin, weil die Favoritin auf der Treppe stürzte und ins Krankenhaus musste. Sie bekam ein Stipendium für einen Studienplatz, obwohl ihre Familie die Bedingungen nicht erfüllte. Ihr erster Arbeitgeber nach dem Studium war innerhalb eines Jahres bankrott und trotzdem schaffte sie es, das Erfolgshonorar zu kassieren. Drei Vorstände konkurrierender Unternehmen waren über die Jahre bei Autounfällen ums Leben gekommen und zwei beim Klettern abgestürzt, einer hatte eine Überdosis Heroin genommen. Seine Witwe behauptete steif und fest, ihr Mann habe niemals Drogen genommen, nicht einmal geraucht oder Alkohol getrunken.

Seit beinahe zwei Jahren saß Timsarian im Vorstand der Blade Corporation und sie hatte in den letzten vierzehn Monaten alle oberen und mittleren Führungskräfte ausgetauscht. Zwei Klagen gegen die Firma wegen diversen Verstößen gegen das Arbeitsrecht waren zugunsten der Firma entschieden worden. Der Anwalt der einen gegnerischen Partei wohnte seitdem in Beverly Hills in einer Villa mit Pool und schickte seine drei Kinder auf eine Privatschule, zu der sie im neuen Cabrio gefahren wurde. Das Anwaltsteam des anderen gerichtlichen Gegners war bei einem tragischen Unfall mit einem autonom fahrenden Testfahrzeug verunglückt.

Nun stand eine Klage im Raum, weil die Blade Corporation mit Timsarian an der Spitze eine Firma übernommen und in den Bankrott geführt hatte und gleichzeitig alle Patente der Firma für ein Butterbrot an Tochterfirmen verkaufte und damit Millionen verdiente. Eine knifflige, undurchsichtige und schwer nachvollziehbare Argumentation, was die Nutzung der Patente anbelangte, musste geprüft werden. Nicht, was die Firmen untereinander betraf. Da war ein Mann involviert, der die Rechte an einem Patent für Fingerabdrucksensoren hielt und nach Stückzahlen beteiligt werden wollte. Kleinkram für die Kanzlei, deshalb bearbeitete Holtzman den Fall und Thyra schaute ihm auf die Finger. Für die Blade Corporation war der Fall unwichtig genug, um zu den Meetings ausschließlich die Assistentin zu schicken. Michelle Timsarian mit ihren feuerroten Haaren war nicht ein einziges Mal persönlich erschienen.

„Selbst wenn es ihr wichtiger als angenommen wäre", murmelte Thyra für sich, „woher sollte sie wissen, wo ich wohne? Ich bin nicht in irgendwelchen sozialen Netzwerken aktiv." Sie überlegte, wie viele Informationen zu Timsarian in dem Kuvert waren, das ihr vom Detektiv zugeschickt worden war. Wahrscheinlich gab es Dinge zu wissen, von denen Thyra nicht zu träumen wagte und mit denen sie sich bald beschäftigen musste. Sie erwiderte Gabrieles Blick und kehrte zum Thema zurück: „Ich bin nirgendwo dabei."

Gabriele verschränkte die Arme. „Jeder ist irgendwo dabei."

Will hob plötzlich die Hand. „Mein Vater ist zurück."

Thyra spürte einen leichten Luftzug aus dem kühlen Treppenhaus, bevor Wilhelm das Wohnzimmer betrat. „Korban ist tot. Er liegt tot unterm Auto."

„Unter welchem Auto?", fragte Gabriele sofort. „Seinem?"

„Warum fragen Sie?", konterte Wilhelm.

Gabriele stand aus dem Sessel auf. „Wenn er unter meinem Wagen liegt, werde ich mir einen neuen kaufen. Ich will nicht mit einem Auto fahren, das einen Menschen auf dem Gewissen hat."

„Glück für Sie", meinte Wilhelm. „Er liegt unter dem i8 von Frau Banks."

„Welche Ironie", sagte Gabriele, „wo er immer tönte, die Benzinautos seien der Tod unseres Planeten. Was ich mir wegen meines Benziners alles anhören musste. Jedes Mal, wenn wir uns in der Tiefgarage getroffen haben, fing er wieder an mir ins Gewissen zu reden. Verbrennungsmotoren seien tödlich für die Erde, für die Leute, die die Abgase einatmen und für alle, die billigen Sprit über Nachhaltigkeit stellen. Tja. Jetzt ist das umweltfreundliche E-Auto sein ganz persönlicher Tod."

Thyra schaute hoch. „Wie konnte er unter mein Auto geraten?"

Wilhelm ging zum Tisch und schenkte sich Tee ein. „Ich schätze mal, der Täter hat ihn dorthin geschleift, nachdem er ihm eine Kugel in den Kopf gejagt hatte."

Ihre Hände zitterten und Thyra kniff die Finger zusammen. „Ich dachte im ersten Moment, das Auto hätte ihn überfahren."

„Wie denn?", fragte Wilhelm. „Haben Sie den Schlüssel im Auto gelassen und nicht abgesperrt?"

„Nicht direkt. Ich sperre mit dem Handy auf." Thyra legte ihr Smartphone auf den Tisch. „Genau genommen kann ich mit der App das ganze Auto steuern, Türen öffnen, Motor abstellen oder eine Route im Navi planen. Ich kann sogar mit der Kamera im Innenraum überwachen, ob Elaine im Kindersitz schläft."

„Echt?", fragte Will sofort. „Zeichnet die Kamera auf? Ist da vielleicht der Täter zu sehen?"

Thyra musste ihn enttäuschen. „Die zeichnet nicht auf. Datenschutz."

Will brummte: „Scheiß Datenschutz."

„Hätte uns wahrscheinlich eh nicht viel geholfen", meinte Gabriele gelassen. „Jemand, der das ganze Haus kontrolliert, kann sich in ein Auto hacken und nach Belieben alles bedienen. Es wäre kinderleicht, die Aufzeichnung zu löschen."

Will wirkte müde, als er sich durchs Haar strich und die Augen für eine Weile schloss. „Hast du nach dem Funkgerät gesehen?"

„Futsch." Wilhelm setzte sich langsam. „Korbans Autotür war offen und der Inhalt des Handschuhfachs lag auf und unter dem Sitz verteilt. Vom Funkgerät habe ich im ganzen Auto keine Spur gefunden."

Mit einer Tasse Tee in der Hand begann Will im Zimmer auf und ab zu gehen. „Weil sich in dieser Wohnung keine Kameras befinden, hat der Täter anscheinend draußen gelauert, bis jemand von uns die Wohnung verlässt. Es war ein Kinderspiel Korban zu folgen und ihn zu ermorden."

„Nicht ganz korrekt", wandte Wilhelm ein. „Wir haben die Wohnung im Laufe der Nacht mehrfach allein gelassen. Die Tür stand dabei offen und bot die einfache Gelegenheit, eine Kamera oder eine Wanze oder beides irgendwo abzulegen. Momentan kann ich nicht für eine saubere Wohnung garantieren."

„Korban hätte diese eindeutigen Gesten nicht machen sollen", fand Gabriele und dabei fuchtelte sie überdeutlich mit einem unsichtbaren Funkgerät an ihrem Ohr herum. „Die hat der Täter entschlüsselt. Er ist Korban gefolgt und hat gewartet, bis er sein Auto aufgesperrt hatte. Ein Schuss in den Kopf, Funkgerät weg."

So viel Scharfsinn und Schnelligkeit kamen Thyra merkwürdig vor. „Das muss ein Profi sein, wenn er so viel binnen Minuten bewerkstelligt. Ein körperlich durchtrainierter, von sämtlichem Mitleid befreiter Computerfreak, der sich mit Spionagetechnik auskennt." Sie rieb sich den Kopf, wo die Beule groß angeschwollen war.

„Er war jedenfalls nicht mehr in der Tiefgarage", sagte Wilhelm. „Ich glaube, er ist nach oben gegangen."

„Schlau kombiniert, Sherlock." Gabriele hob die Arme über den Kopf und streckte sich. „Als gäbe es eine andere Möglichkeit außer vom Keller nach oben zu gehen."

„Sollen wir warten?", fragte Will. „Wir sind von der Außenwelt abgeschnitten. Wir wissen nicht einmal, wie spät es ist. Sollen wir warten und auf Hilfe hoffen oder sollen wir wieder einmal durchs Haus und versuchen, den Mistkerl zu schnappen?" Sein Blick streifte Thyra. „Oder die Mistkerlin, wenn es eine Frau ist."

„Heikel." Wilhelm drehte die Teetasse in seinen Händen. „Wir haben es nicht mit einem Dummkopf zu tun. Er oder sie ist gefährlich und wir sind…" Er schaute in die Runde. „Tja."

„Was soll das heißen?" Gabriele nahm sich eine der Taschenlampen vom Tisch und schaltete sie an. „So ganz hilflos sind wir nicht, wenn wir den Arsch zusammenkneifen. Wir sind hier unten, also muss der Mistkerl über uns sein. Wir gehen nach System vor. Wir durchsuchen Stockwerk für Stockwerk und wir markieren jede Wohnung, die wir durchsucht haben oder nicht durchsuchen konnten, mit einem Klebeband. Irgendwann sitzt er in der Falle. Wer kommt mit?"

Elaine bewegte sich im Schlaf und rieb die Nase an der Wolldecke. Sie schnaufte schwer. Vielleicht träumte sie etwas oder sie brauchte nach all dem Schrecken einfach mal einen tiefen Atemzug.

„Ich bin dafür abzuwarten", strich Thyra gedankenverloren über Elaines Rücken. „Ich habe keine Lust auf Verbrecherjagd zu geben und mein Leben zu riskieren. Unser Kontrahent schreckt vor nichts zurück, deshalb halte ich es für sicherer, einfach hier zu warten und die Aufmerksamkeit von Passanten auf uns lenken."

„Dazu brauchen wir Glück", sagte Wilhelm. „Die Leute, die gegenüber wohnen, verlassen ihre Wohnungen selten und am Sonntag überhaupt nicht. Die gehen nicht spazieren oder auf den Spielplatz. Uns könnte allenfalls ein Lieferservice entdecken, der gegen Mittag Pizza oder Sushi bringt."

„Sie würden also auf die Suche nach ihm oder ihr gehen?"

Wilhelm nickte. „Bleiben Sie ruhig hier, wenn Ihnen wohler ist. Passen Sie gut auf die Kleine auf und überlassen sie den Täter mir."

„Mir", wandte Will ein, „wäre es lieber, wenn du auf die Kleine aufpassen würdest." Er schickte ein knappes Lächeln zu Thyra. „Nichts für ungut. Ihre Tochter ist in der Obhut meines Vaters sicherer als bei Ihnen."

„Bei allen Heiligen im Himmel!" Gabriele rollte die Augen. „Wie wäre es, wenn wir alle hier bleiben, und Ihr neunzig Jahre alter Vater geht allein auf Mörderjagd? Wäre das in Ihrem Sinne?"

Tatsächlich begann Will darüber nachzudenken, als Gabriele plötzlich stutzte und schnupperte. „Was ist das?"

„Was?", fragte Thyra sofort nach.

Wilhelm reckte die Nase in die Höhe. „Das riecht nach Essen."

„Braten", bestimmte Gabriele. „Eindeutig Braten."

Will verzog das Gesicht. „Ich mag keinen Braten."

„Wer macht hier Braten?" Gabriele ging mit forschen Schritten Richtung Tür. „Mitten in der Nacht und bei allem, was passiert ist?"

Thyra stützte den Kopf auf eine Hand, nachdem Gabriele losgeeilt war. Wilhelm seufzte. „Mein Sohn, würdest du ihr bitte nachlaufen? Sie sollte nicht allein durchs Haus streifen, egal wie groß ihr Hunger ist."

Gern wollte Thyra hier im Raum bleiben, auf dem bequemen Sofa sitzen, über Elaines zerschnittene Beinchen streicheln, Scotch trinken und auf Hilfe warten. Sie stand auf. „Niemand sollte allein durch das Haus streifen."

Als sie sich Wilhelm zuwandte, hatte er bereits eine Antwort parat: „Keine Bange. Ich werde gut auf Ihre kleine Tochter aufpassen."

Will nahm sich eine Taschenlampe und ging voraus. Thyras Taschenlampe schwächelte und sie kurbelte immer wieder an dem Hebel, der den Akku lud. Trotzdem wurde das Licht nicht besser.

„Gabriele!", rief Will, sobald sie das Treppenhaus betreten hatten. „Gabriele?"

Im ganzen Haus duftete es nach Braten. Thyra spürte ihre Beinmuskeln ziehen und ihr Magen krampfte sich hungrig zusammen, obwohl die Käsespätzle vom Abend längst nicht verdaut sein konnten. Ihr lief das Wasser im Mund zusammen. „Schmorbraten mit Zwiebeln und grünen Bohnen. Hat meine Mutter immer gemacht."

„Jetzt nicht mehr?", fragte Will, der eine halbe Treppe Vorsprung hatte.

„Sie ist vor drei Jahren an Lungenkrebs gestorben." Thyra fand die Erinnerung daran nicht schmerzhaft. „Sie hat ihr Leben lang wie ein

Schlot geraucht und selbst während der Chemotherapie nicht damit aufgehört. Auf dem Röntgenbild, mit dem der Arzt die Diagnose stellte, ist ihre Lunge komplett schwarz. Ein Vierteljahr später war der rechte Lungenflügel weg, der linke arbeitete kaum mehr und als der Krebs Metastasen im Gehirn, im Rückenmark und den Nieren bildete, war es der Anfang vom Ende." Thyra musste kurz stehenbleiben und durchatmen. „Als ich sie das letzte Mal besucht habe, saß sie bei klirrender Kälte auf dem Balkon, eingewickelt in eine Daunendecke. Sie hatte in der linken Hand die Infusionsnadel der Morphiumpumpe und hielt mit der rechten Hand eine Zigarette."

„Ich finde", wedelte Will mit einer Hand vor seiner Nase, „dieser Braten riecht nicht wie ein typischer Sonntagsbraten, eher wie angekokelte Haare. Ein leicht säuerliches Aroma ist dahinter."

„Sauerbraten? Wenn überhaupt, dann sehr dezent." Thyra legte den Kopf schief und lauschte. „Hören Sie etwas von Gabriele?"

„Ich glaube, sie ist wenige Treppen über uns. Kommen Sie." Lauter fügte er hinzu: „Gabriele? Hören Sie mich?"

Ein Schrei kam als Antwort. Thyra wartete zwangsläufig auf das Geräusch eines dumpfen Schlags oder Hiebs, auf brechende Knochen, splitternde Gelenke oder sonst etwas, das auf einen gewaltsamen Tod schließen ließ. Der Schrei ebbte ab, ehe ein lautes Brüllen folgte: „Was zur Hölle haben Sie getan!"

„Schnell!" Will sprintete los und nahm drei Stufen auf einmal.

Thyra hatte mit jeder einzelnen Stufe zu kämpfen. Als sie endlich in Dagmars Wohnung ankam, war sie völlig außer Puste und durchgeschwitzt wie nie zuvor.

In der Küche ratterte der Ofen auf Hochtouren und wärmte den ganzen Raum. Eine Dampfwolke, die sich im mageren Schein des Herdlichts wabernd bewegte, schwebte unter der Decke. Im Rohr stand eine Reine, in der der Braten schmorte.

Gabriele und Dagmar kugelten ineinander verkeilt und keifend auf dem Boden. Gabriele riss Dagmar an den Haaren, während die ehemalige Ballerina mit den Beinen strampelte und quietschte. Sie knuffte Gabriele gegen den Oberarm und versuchte sie wegzuschubsen.

„Sie verdammte dumme Kuh!", giftete Gabriele. „Was fällt Ihnen ein! Das wird Sie ein Vermögen kosten! Das wird Sie alles kosten! Sie haben einen reinrassigen Dackel mit Stammbaum auf dem Gewissen."

„Ich war es nicht", röchelte Dagmar zurück und versuchte Gabrieles Finger von ihrem Hals zu lösen. Unerbittlich drückten sie zu. Dagmars Gesicht lief rot an. „Ich war es nicht. Ich war es..."

„Hey!" Will packte Gabriele am Arm und zog sie zurück. Es sah aus, als würde er eine Tüte Mehl von Dagmar pflücken und zur Seite stellen. „Reißen Sie sich zusammen!"

„Ich mich?" Gabriele wischte das Haar nach hinten, das sich aus dem Dutt gelöst hatte. „Sagen Sie das dieser verrückten Ballerina. Sie hat meinen Hund im Rohr! Meine Püppi!"

Das konnte man nicht leugnen. Samt Fell und Halsband war der Hund im Ofen gelandet. Ein Beinchen stand über die Form hinaus und das Fell daran war schwarz verbrannt. Die Rotweinsoße kochte blubbernd und das Gemüse duftete. Viel Leidenschaft hatte der Koch nicht in seine Arbeit gelegt. Karotten, Kartoffeln, Zwiebeln und ein Sellerie waren nicht geschält oder in kleine Stücke geschnitten. Alles lag komplett wie der Hund im Bräter. Ein klaffender Schnitt im Hals war wohl die Todesursache.

„Dagmar!" Will half ihr sich aufzusetzen. „Waren Sie nicht die ganze Zeit in der Wohnung?"

Dagmar hustete und hielt sich den Hals. „Ich habe ein Kind weinen hören. Das Weinen kam von oben, also bin ich ihm nachgegangen." Plötzlich schossen ihr die Tränen in die Augen. „Es war furchtbar!"

„Was?" Will fasste sie an den Oberarmen und rüttelte sie leicht. „Was haben Sie gesehen?"

Dagmar guckte zu Thyra. „Bis zu Ihrer Wohnung bin ich dem Weinen nachgegangen, weil es mich so gerührt hat. Es kann niemandem egal sein, wenn ein Kind derartig weint, selbst wenn man keine eigenen Kinder hat. Ich bin ständig zwischen Training und Aufführung hin und her, wie hätte ich da einen Mann finden sollen, um Kinder zu bekommen? Wissen Sie, es ist nicht leicht, ein solches Berufsleben mit einer Beziehung zu kombinieren und ein Kind ohne Vater zu bekommen..."

Thyra ahnte, woraufhin es hinauslief. Sie kniete sich neben Dagmar und nahm ihre Hand. „Vergessen Sie die Männer. Was ist in meiner Wohnung passiert?"

„Das Mädchen", schluchzte Dagmar. „Die Kleine steht mitten im Wohnzimmer auf diesem wunderschönen flauschigen Teppich. Sie müssen mir sagen, wo Sie den gekauft haben? Einen Tick dunkler hätte ich ihn nämlich auch gerne. Im nächsten Moment ist alles voller Blut und das Kind ist tot. Mein Gott, ist es Ihre Tochter? Ich will Ihnen nicht erzählen, wie Ihre Tochter gestorben ist."

Thyra streichelte die Hand sanft. „Hat das Mädchen einen schwarzen Faltenrock und eine weiße Bluse mit Pullunder getragen? War ihr kinnlanges Haar schwarz und hinter die Ohren gesteckt?"

Dagmar schlug sich die Hände vor den Mund und fragte zwischen den Fingern hindurch: „War das ihre Tochter? Mein Gott, wie schrecklich! Das tut mir so leid, so sehr leid."

„Meine Tochter", sagte Thyra, „ist unten bei Wilhelm in Sicherheit. Es war Malika, die Nichte des asiatischen Ehepaars."

Dagmar machte einen tiefen Atemzug nach dem anderen. „Er hat ihr einfach den Kopf abgeschlagen, können Sie sich das vorstellen? Mit einer gewaltigen Keule und sehr viel Schwung drischt er auf den kleinen Kopf ein. Der Schädel platzt auf, Blut spritzt und ich sehe – ich sehe es wirklich – wie der Kopf vom Hals gerissen wird und davonfliegt. Meine Liebe", sie zwinkerte mehrmals hintereinander, „Sie sollten den Maler bestellen, damit er die Wände neu streicht. So können Sie auf keinen Fall wohnen."

Das hatte Thyra nicht vor. Sie liebäugelte bereits mit einem Haus auf dem Land oder einem neuen Leben in einer anderen Stadt, womöglich sogar in New York. Bevor es an die Details ging, fragte sie nach: „Was geschah anschließend?"

Dagmar rieb sich den Hals. Dort, wo Gabrieles Hände zugedrückt hatten, waren knallrote Abdrücke zu sehen. „Ich habe geschrien", erinnerte sie sich. „Ich habe wie am Spieß geschrien. Der Kerl drehte sich herum – er war völlig schwarz angezogen und trug eine Sturmhaube, nur die dunklen Augen waren zu sehen – rannte an mir vorbei und stieß mich grob zur Seite. Ich schlug mit dem Kopf gegen die Wand und war eine Weile bewusstlos." Sie tastete mit ihren Fingern nach dem Hinterkopf. „Ich habe eine dicke Beule, aber das halte ich aus. Wissen Sie, ich musste in meinem Leben viel aushalten. Einmal habe ich mit einer Wunde am Fuß getanzt. Das Blut besudelte meinen Schuh. Die Trainerin hat Puder über die Wunde gestreut, damit die Zuschauer es nicht merken, und mir neue Schuhe gegeben. Ich habe es ausgehalten." Sie wurde still. Plötzlich streckte sie die Wirbelsäule lang und drückte das Kreuz durch. „Ich habe das natürlich ausgehalten."

„Wie lange waren Sie ohne Bewusstsein?", wollte Will wissen.

Dagmar sackte langsam wieder in sich zusammen. „Höchstens Sekundenbruchteile. Zufällig habe ich die Uhr an der Wand neben dem wunderschönen Bild bemerkt. Es war halb sechs, als der Kerl das Kind tötete, es war halb sechs, als ich die Augen wieder aufbekam. Bruchteile von Sekunden. Von einem leichten Schlag auf den Kopf wird ein gestählter Körper nicht stundenlang ausgeknockt."

„Sekunden oder Bruchteile davon", wiederholte Gabriele und machte dabei mit dem Zeigefinger eine kreisende Bewegung neben ihrer Schläfe. „Anschließend haben Sie sich meinen Hund blitzschnell geschnappt und in den Topf gesteckt. Das macht man nicht."

„Die Kleine", erinnerte sich Dagmar, „hatte den Hund im Arm. Sie stand mit dem Hund im Arm auf dem Teppich, als der Schlag sie traf. Sie muss sofort tot gewesen sein. Ihre Hände ließen den Hund nicht los. Das machte dieser Typ, der die Kleine umgebracht hat. Er schnappt sich den Hund, stößt mich zur Seite und weg ist er." Sie blinzelte mehrmals mit den Augen. „Zumindest glaube ich, er ist weg. Ich war es jedenfalls."

„Was geschah dann?", drängte Will. „Wie ging es weiter?"

„Als ich wieder aufwachte", fuhr Dagmar fort, „um halb sechs, tat mir der Schädel weh. Ich rappelte mich hoch, ohne auf das tote Mädchen zu gucken. Ich wollte mir eine Tablette holen." Sie begann um sich zu tasten. „Ich habe mir sogar zwei Tabletten geholt, die ich hier mit Wasser nehmen wollte. Da war der Ofen bereits an und es duftete und Sie alle sind gekommen und diese Wahnsinnige wollte mich erwürgen."

Sie zeigte zuerst auf Thyra, besann sich anders und ihr Finger rutschte zu Gabriele. „Ich war das nicht mit Ihrem Hund. Ich wollte mir Tabletten besorgen und keinen Hund im Ofen schmurgeln lassen."

„Sogar der Hund." Gabriele stemmte die Hände in die Hüften und schmatzte mit den Lippen. „Der Missetäter verschont nicht einmal den Hund. Manche Leute haben auf die halbe Welt immens großen Hass und mögen selbst Tiere nicht leiden. Was kann ein Hund anstellen, um im Ofen zu landen?"

Darauf hatte Dagmar sofort eine Antwort: „Er stromert durchs Haus und kackt unter die Treppe."

„Das stimmt." Will schaute sich in der Wohnung um, nachdem er erfolglos versucht hatte, den Ofen per Knopfdruck auszuschalten. „Mein Vater hat bereits dreimal den Haufen wegräumen müssen. Einmal hat Herr Weng den Haufen bemerkt und wollte ihn selbst wegräumen. Ausgerechnet Herr Weng." Er blieb im Hausgang vor dem Sicherungskasten stehen, öffnete ihn und leuchtete hinein. Wenig später ging der Ofen aus. „Wenn es andersrum mit dem Strom genauso einfach wäre." Er kam zurück zu den übrigen. „Gibt es Neuigkeiten von Beatrice Bottom?"

Sie tauschten Blicke, bis Gabriele sagte: „Ich wette, die liegt tot in meiner Wohnung. Sollen wir nachsehen?"

„Ist sie von oben nach unten gebracht worden?", fragte Dagmar nach.

„Wann hätte das passieren sollen, wo ich die ganze Zeit hier war."

„Sie waren die meiste Zeit ausgeklinkt", verbesserte Thyra und berührte sie am Hinterkopf. „Haben Sie das vergessen?"

„Die paar Sekunden." Dagmar nahm die Taschenlampe und begann den Boden abzusuchen. „Hier müssen irgendwo zwei Kopfwehtabletten rumliegen. Wollen Sie mir suchen helfen? Das wäre überaus reizend von Ihnen."

„Warum holen Sie sich nicht zwei neue Tabletten, anstatt vom schmutzigen Boden zu essen?", schlug Gabriele vor. „Oder Sie kommen mit mir nach unten. Ich habe Schmerztabletten im Haus, die Sie fliegen lassen. Da spüren Sie garantiert keinen Schmerz mehr."

Dagmar rappelte sich hoch und dehnte sich die Schultern. „Mein Fußboden, das will ich Ihnen versichern, ist nicht schmutzig. Da können Sie selbstverständlich von essen."

„Was ich niemals würde", lächelte Gabriele. „Also? Gehen wir runter?"

Sie marschierten alle gemeinsam die Treppe hinab. Thyra ließ eine Hand am Geländer mitlaufen und fragte: „Sie denken also, Frau Bottom liege bei Ihnen in der Wohnung? Wie kommen Sie darauf?"

„Gefühl." Gabriele schaute kurz hinter sich, wobei sie auf der Treppe stehenblieb und Dagmar vorausgehen ließ. „Es würde zu dem Schema passen, das er vorlegt. Niemand stirbt in seiner eigenen Wohnung."

Thyra verschränkte die Arme. „Demnach wären Elaine und ich am sichersten in unserer eigenen Wohnung, obwohl dort eine geköpfte Mädchenleiche auf dem Teppich liegt."

„Korrekt", nickte Gabriele.

Will blieb bei ihnen stehen. Er hatte einen Fuß auf der Stufe, auf der Gabriele stand, den anderen Fuß auf Thyras Stufe. „Solche Weitsicht traue ich dem Täter nicht zu. Es werden eher die Gelegenheiten sein, die ihn zum jeweiligen Handeln veranlassen. Wenn wir alle zu einem Geschehen rennen, hat er am anderen Ende des Hauses natürlich Raum und Möglichkeiten. Vermutlich wäre es am sichersten für uns alle, wenn wir uns im Haus verteilt aufhielten."

Plötzlich tat es einen Knall und Dagmar wurde nach hinten geschleudert. Sie prallte mit dem Rücken gegen die Wand. Alle Luft wurde mit einem Knacken aus ihren Lungen gepresst, der Kopf schlug gegen die Mauer. Leblos fiel sie zu Boden, die weit aufgerissenen Augen starrten.

„Was...?", begann Thyra.

Gabriele packte sie und zerrte sie zur Seite. „Hände weg vom Geländer!"

„Warum?"

Gabriele hielt sie fest. „Der Knall, das Zurückwerfen, der Tod mit den weit aufgerissenen Augen. Sie hat einen gewaltigen Stromschlag abbekommen und das einzige, was sie berührt hat und wir nicht, ist der Handlauf."

Thyra entspannte sich langsam. „Sie meinen, das Geländer steht unter Strom?"

Will stand auf dem Treppenabsatz und begutachtete das Geländer. Ohne es anzufassen, zeigte er auf einen Draht. „Da hat jemand ganze Arbeit geleistet." Er verfolgte den Draht eine Etage nach unten und lachte trocken auf. „Ganz banal in die Steckdose gestöpselt. Das darf nicht wahr sein! Der Mistkerl steckt eine Treppe unter uns den Stecker in die Dose und wir kriegen es nicht mit."

„Gehen wir runter." Gabriele legte eine Hand an die Wand. „Ohne die Hände ans Geländer zu bringen."

„Das ist keine Gefahr mehr", meldete Will von unten. „Ich habe ausgestöpselt und den Stecker abgerissen. Da passiert nichts mehr."

Man hörte etwas zu Boden fallen, was vermutlich der Stecker war.

„Eine Sekunde früher", überlegte Thyra, „und es hätte mich erwischt. Ich hatte die Hand am Geländer."

„Genau wie ich." Gabriele befühlte die Wand in ihrem Rücken ausgiebig. „Sonst verabscheue ich diese Angewohnheit. Treppengeländer sind immer sehr schmutzig und wimmeln vor Bakterien und Viren und man kann sich einen Pilz holen, aber ich bin müde. Total kaputt. Erledigt. Ich kann ein bisschen Halt ganz gut vertragen."

Sie blieben bei Will stehen. Das Kabel baumelte neben dem Geländer hin und her, der Stecker lag abgerissen am Boden. Gabriele schürzte die Lippen. „Sie haben es einfach so zerrissen!"

„Das Kabel nicht." Will begutachtete seine Handflächen, die rote Striemen aufwiesen. „Man kann mit genügend Schmackes den Stecker abreißen. Freilich könnte er oder sie nun versuchen, die Kupferenden in die Steckdose zu klemmen und damit das Geländer erneut unter Strom zu setzen."

„Zweimal dieselbe Methode?" Thyra mochte es nicht glauben. „Er lässt sich immer etwas Neues einfallen."

„Oder sie", sagte Will.

Die Tür zu Gabrieles Wohnung stand offen und wurde vom Schirmständer gehalten. „Haben Sie das gemacht?", fragte Will.

Gabriele stupste mit der Fußspitze gegen den Ständer. „Der gehört mir nicht. So ein Kitsch aus alter Milchkanne mit Rosenmuster würde mir niemals ins Haus kommen."

Ihre Wohnung war tatsächlich eher modern eingerichtet. Klare Linien und Formen, keine Dekorationen, kein Tand, nichts war einfach kurz abgelegt worden. Abgesehen von der toten Frau, die im Wohnzimmer lag.

„Shit!", stieß Will aus und blieb in der Tür wie angewurzelt stehen. Er hob den Fuß an und balancierte das Gleichgewicht mit den Händen aus. „Ich bin an einem Draht hängen geblieben."

Thyra ging neben ihm in die Hocke und entdeckte den Draht, der wenige Zentimeter über dem Fußboden in der Tür gespannt war. Sie verfolgte die glitzernde Linie, die zur Leiche führte, mit dem Lichtkegel der Lampe.

Gabriele stand dicht hinter ihr. „Ist sie nackt? Sie ist nackt."

„Und verkabelt." Thyra unterdrückte den Drang sich zu schüttelt. Sie leuchtete über die Tote und den Sprengstoff, der in ihr steckte. Es war unfassbar und erinnerte Thyra an die Bilder und Filme, die sie über den Wilden Westen oder das Dynamitfischen gesehen hatte. Dunkelrote fingerdicke Stangen, etwa so lang wie Bratwürste. Drei davon steckten Beatrice Bottom im Mund. Mit Klebeband war eine Stange zwischen ihren nackten Brüsten festgeklebt. Die langen schlanken Beine schienen in einem Korsett aus Sprengstoff zu stecken. In der Vagina und dem Po – Thyra verspürte das Unbehagen am eigenen Leib – steckte jeweils eine weitere Stange Dynamit.

„Klebeband und Sprengstoff", flüsterte Will. „Mädels, wir müssen hier weg."

„Warum?", flüsterte Gabriele zurück.

„Weil der Draht", antwortete Will, „garantiert zu einem Zünder gehört. Ich wette, gleich..."

Er brauchte den Satz nicht zu beenden. Die Zündschnur, die verwinkelt, zusammengeknotet und in verworrenen Schlaufen zu jeder einzelnen Stange Dynamit führte, glomm auf und fing zu pritzeln an. In Windeseile breitete sich der Funkenregen aus und tauchte das Wohnzimmer in flackerndes Unheil. Schnell fraßen die Glitzersterne an der Lunte und verkürzten sie rapide.

„Weg hier!", brüllte Will. Er drehte sich um und stieß Gabriele und Thyra an.

Thyra spürte, wie die Angst ihr Beine machte. Sie hastete aus der Wohnung, vorbei am kitschigen Schirmständer. Mit einer Hand hielt sie sich am Geländer fest, um den Schwung zu nutzen und nach unten zu rasen.

Hinter sich hörte sie laute Schritte einer Person. „Schneller!", brüllte Will. „So weit nach unten wie möglich! Gabriele, wo bleiben Sie?"

„Ich bin gestürzt!", rief diese zurück und klang dabei weinerlich. „Ich habe mir den Fuß ganz fürchterlich verdreht!"

„Sie müssen weg!", brüllte Will. „Gleich geht alles hoch!"

Thyra machte kehrt. Sie hasste den Gedanken an die funkelnde spritzende Zündschnur nicht weniger als den Anblick der mit Dynamit gestopften Leiche. Mit Sprüngen, die sie ihren Beinen gar nicht zugetraut hatte, erreichte sie die obere Treppe und rannte direkt in Will. Er hielt sie fest. „Stopp! Sie können da nicht rein. Das ist lebensgefährlich."

„Für Gabriele auf jeden Fall." Thyra zappelte in seinem festen Griff. „Das dauert nur ein paar Sekunden."

„So viel Zeit haben Sie nicht!"

Sie schaute ihn so böse an wie sie konnte. „Lassen Sie mich los."

Will ließ sie los. Er hob die Hände, als hätte sie ihn mit einer Waffe bedroht. „Wenn Sie reingehen, fliegen Sie in die Luft."

Thyra joggte los. Sie sah Gabriele im Flur liegen und sich den Knöchel halten. Als sie neben ihr war, bückte sie sich und zerrte sie in die Höhe.

„Halten Sie sich an mir fest. Keine falsche Scheu, legen Sie alles Gewicht auf mich. Ich halte das aus."

„Ausgerechnet Sie!" Es war Will, der Gabrieles Arm um seinen Hals legte und sie auf die Beine hievte. „Raus jetzt!"

Die Explosion half ihnen dabei. Sie hatten die Wohnungstür gerade erreicht, als gleichzeitig mit dem ohrenbetäubenden Knall die Druckwelle kam und sie nach vorn schleuderte. Thyra wusste nicht, ob sie sich die Ohren zuhalten oder die Arme benutzen sollte, um nicht mit voller Wucht gegen die Wand geschmettert zu werden. Ihr Gehirn arbeitete an einer Lösung, die nicht zwangsläufig gebrochene Hände zur Folge hatte, als sie sich auf dem Boden liegend wiederfand und die Decke verschwommen über sich tanzen sah. Ihre Brust schmerzte und ihre Stirn brannte.

Neben ihr ächzte Gabriele. „Meine Ohren, verdammt, meine Ohren."

Wills Gesicht erschien über ihr. Er sah aus wie das blühende Leben. „Alles klar?"

Thyra hatte aus dem Augenwinkel gesehen, wie er die Flugphase, nachdem ihn die Druckwelle von den Füßen gefegt hatte, in eine elegante Rolle umwandelte, sich mit rundem Rücken gekonnt abfing und sofort wieder auf den Beinen stand. Anscheinend wurde er beim Kickboxen öfter durch die Luft katapultiert.

Unter größtem Schmerz atmete Thyra ein. Sie rappelte sich hoch und setzte sich auf. Ihr Kopf fühlte sich an, als hätte ein Elefant darauf getanzt. „Höre ich Feuer knistern oder sind meine Ohren kaputtgegangen?"

„Natürlich brennt es." Mit den Händen hinter dem Kopf stand Will da und schaute auf die Flammen, die aus der Wohnung züngelten. Er drückte das Kreuz durch, bis es knackte. „Ich dachte, die Explosion würde größer werden und uns durch die Hausmauer nach draußen schleudern. So viele Stangen Dynamit und wir landen hier auf dem Treppenabsatz. War wohl Marke Eigenbau und nicht sonderlich gut."

Ihrem Gefühl nach war jeder Knochen im Leib gebrochen, verschoben oder geprellt. Seit sie in dieser Nacht aufgewacht war, hatte sie sich nicht gut gefühlt, jetzt war es tausendmal schlimmer. Das knirschende Geräusch kam von Gabriele, die wie ein Mahlwerk die Zähne aufeinander reiben ließ. Thyra verdrängte ihr eigenes Unwohlsein und fragte: „Was ist mit Ihrem Fuß?"

Gabriele hob das Bein an. Die Schwellung war deutlich zu sehen und sie wurde größer. Die Socke spannte und der Sneakerschuh blähte sich.

Thyra hörte auf damit ihren Kopf zu reiben, als könnte sie den Schmerz damit vertreiben. „Ist der gebrochen?"

Gabriele hob den Fuß höher. „Zum Spaß gucken meine Zehen nicht neunzig Grad nach links. Da braucht es kein Röntgenbild, um die Diagnose zu stellen, da muss man röntgen, um alles wieder an die richtige Stelle zu bringen."

„Im Film packt immer jemand das gebrochene Bein", sagte Thyra, „zupft kräftig und es geht besser."

„Aha." Gabriele kniff die Augen leicht zusammen. „Wenn Sie meinen Fuß anfassen, schubse ich Sie die Treppe runter."

„War nur ein Vorschlag."

„Ein verdammt beknackter." Gabriele versuchte sich anders hinzusetzen und wetzte dabei auf dem Hosenboden herum. „Mir tut alles weh und Sie denken an Filme. Wie krank sind Sie?"

„Ich wollte nicht unhöflich sein, sondern helfen. Ich habe es gut gemeint."

„Gut gemeint ist das Gegenteil von gut gemacht", murrte Gabriele. Sie streckte den Arm. „Helfen Sie mir bitte hoch. Nachdem hier keine Wunder passieren, muss ich mir selbst helfen und das heißt, ich muss ins Erdgeschoss. All diese Stufen mit einem gebrochenen Fuß. Da kann ich jede Stufe einzeln nach unten hopsen."

„Was ist mit dem Feuer?" Trotzdem griff Thyra Gabriele unter die Arme. Sie packte fest zu und wuchtete die Ärztin in die Höhe.

In der Wohnung brannte es. Die Explosion hatte die Möbel und den Teppich entzündet und die Flammen fraßen sich gerade an den Kleidungsstücken der Garderobe entlang.

„Ich mache die Tür zu", entschied Will. „Dem Feuer geht der Sauerstoff aus."

Gabriele schnaubte abfällig. „Eine ganze Wohnung voller Luft ist mehr als genug für ein Feuer."

„Der Plan geht auf, wenn die Fenster hell geblieben sind", meinte Will. „Ohne neuen Sauerstoff ist bald Schluss mit dem Brand."

„Natürlich sind die Scheiben heil geblieben." Gabriele hielt sich am Geländer fest, stützte sich darauf und machte einen Hüpfer auf die untere Stufe. Ihrem Blick nach tat es höllisch weh. „Wegen der Terrorverordnung müssen die Fenster das aushalten. Sie könnten mit einer Panzerfaust darauf schießen und würden eher das ganze Fenster aus der Wand schmettern als in das Glas einen Sprung zu kratzen."

Will kam und hob sie hoch. Er fasste sie am Rücken und in den Kniekehlen und nahm sie im Vorbeigehen einfach mit nach unten. „Ich habe die Tür geschlossen. Auch die Tür, die in den Gang zu den anderen Zimmern führt. In unserer Lage sollten wir mit Gegenmaßnahmen nicht zu wählerisch sein. Ich bekomme den Kasten, in dem der Feuerwehrschlauch hängt, nämlich nicht auf."

„Lassen Sie mich raten", legte Gabriele ihren linken Arm um seinen Hals, „der Kasten ist elektronisch gesichert und springt automatisch auf, wenn irgendein Sensor Hitze oder Rauch registriert. Leider reagiert er nicht auf Idiotie." Sie ließ ihren Kopf an seine Schulter sinken. „Wenn ich zu schwer werde, fühlen Sie sich bitte frei genug, mich einfach abzusetzen."

„Okay", meinte Will.

Diese Ansage hätte Thyra gern von ihren eigenen Beinen oder ihrem Hintern gehört. Die waren ihr zu schwer, ließen sich aber munter weiter die Stufen hinab schleppen. Sie war langsamer als Will und deshalb bald eine ganze Treppe hinter ihm.

„Danke", hörte sie Gabriele sagen und es dauerte, bis sie hochschaute und den Blick der Ärztin erwiderte. „Wofür?"

„Sie sind zurückgekommen", stellte Gabriele fest. „Es war wirklich leichtsinnig von Ihnen und ich halte Sie deswegen für total bescheuert. Trotzdem bin ich Ihnen sehr dankbar. Was macht Ihr Kopf? Tut er arg weh?"

Thyra tastete nach ihrem Gesicht und fühlte mächtige Schwellungen. „Sehe ich arg schlimm aus?"

„Naja..." Gabriele wog den Kopf hin und her.

Will schnaufte tief durch. „Als wären Sie voll Karacho gegen eine Wand geschleudert worden. Wenigstens schießt Ihnen nicht literweise Blut aus der Nase oder der Stirnwunde."

Von dem Tasten nach dieser Wunde waren ihre Finger voll Blut. Sie hätte gern etwas auf die Wunde gedrückt und suchte an sich selbst herum. Ein altes Papiertaschentuch fand sich, das den Waschgang zusammengeknüllt überstanden hatte, oder der verschwitzte schmutzige Ärmel einer Joggingjacke, die die fürchterlichste Nacht der Welt durchlebte. Beides wollte sie nicht in einer offenen Wunde haben.

„Ist Ihnen schwindelig?", fragte Gabriele weiter.

Erneut schnaufte Will tief durch. „Setzen Sie ihr keinen Floh ins Ohr; mir langt ein Passagier."

„Sie hat vielleicht eine Gehirnerschütterung, damit ist nicht zu spaßen."

„Okay", seufzte Will. „Erheben Sie die Krankengeschichte und wenn Sie wissen, ob Thyra es am Kopf hat, können Sie gern mit ihr den Platz tauschen. Zwei Leute kann ich nicht schleppen."

„Ich habe es nicht am Kopf", war Thyra sicher.

„Eher im Kopf?" Will lachte. „Das war ein Scherz."

Thyras Augen fanden das Schild neben dem Eingang zum Treppenhaus. Sie waren unten angekommen. Nach der letzten Stufe schickte sie eine stumme Entschuldigung an ihre Beine, weil die beiden derart viel zu leisten hatten und sie ihnen keine Pause gönnte. Gleichzeitig forderte sie eine Entschuldigung für die unerträglichen Schmerzen, die im ganzen Körper die Routine durcheinander brachten. Solche Schmerzen waren unmenschlich!

In Wills Wohnung brannten Kerzen und Lampen. Wilhelm hatte alles angezündet, was als Lichtquelle taugte. Auf dem Sofa lag Elaine und schlief mit leicht offenem Mund. Als er sie kommen sah, stand Wilhelm aus dem Sessel auf. „Tot?"

„Ich?" Gabriele hob den Kopf. „Das hätte dieses Arschloch gern."

„Was war das für ein Rumpeln und Knallen?", fragte Wilhelm weiter. Er rückte den Sessel zurecht, in den Will Gabriele setzte, und zog den Tisch heran, ehe er ihren Fuß über die Ecke legte. Die Wade lag auf dem Tisch, das gebrochene Gelenk ragte darüber hinaus. „Wollen Sie ein Kissen haben?"

„Braucht es nicht." Gabriele schloss die Augen und ließ den Kopf gegen die Lehne sinken. „Haben Sie Ibuprofen im Haus? Oder Paracetamol? Irgendein hoch dosiertes Schmerzmittel wäre super."

„Ich sehe nach." Will verließ das Wohnzimmer.

Wilhelm dirigierte Thyra zu einem Stuhl. Als sie sich setzte, hatte er bereits einen Verbandskasten geöffnet und tupfte ihr an die Stirn. „Sind Sie unter einen Panzer gekommen?"

Thyra konnte nicht darüber lachen. „Es hat eine Explosion gegeben. Beatrice Bottom ist tot und ihre Leiche wurde mit Dynamit zerfetzt."

„Ist Feuer ausgebrochen?", fragte Wilhelm nach. „Wo?"

„In acht-zwei." Thyra machte die Augen zu. Die Wunde an ihrer Stirn brannte fürchterlich, wenn Wilhelm darin herumtupfte. „Gabrieles Wohnung."

Wilhelm nahm ein neues Wattepad, das er mit Wodka tränkte und auf ihre Wunde presste. „Hoffentlich konnten Sie die Türen schließen?"

Thyra nickte, wodurch Wilhelms Hand verrutschte und er ihr das Pad mit dem Alkohol ins Auge drückte. Sie zuckte zurück und blinzelte. „Bringt das irgendwas, wenn man bei einem Zimmerbrand die Türen schließt?"

Wilhelm warf das Pad weg und pappte ihr ein Pflaster auf die Stirn. „Sie haben wohl bei den Feueralarmübungen in der ersten Klasse gefehlt. Was soll man tun, wenn es brennt?"

Thyra erinnerte sich nicht gerne an die Zeit in der Grundschule. Vor ihr war Kevin Joyner gesessen, ein missratener Lümmel, der mit sehr viel Freude üble Streiche ausheckte. Ständig legte er Heftzwecken auf Stühle oder füllte Tinte in den Seifenspender. Er war frech, vorlaut und hielt sich selbst für das größte Genie aller Zeiten. Damit hätte sie sich bestimmt arrangieren können, aber Kevin Joyner stank fürchterlich, wenn er einen fahren ließ, und er hatte die zweifelhafte Begabung, auf Kommando furzen zu können. Die Lehrerin fragte das Einmaleins ab und statt zu antworten furzte er. Er furzte, wenn er die Wortarten nicht benennen konnte. Er furzte, wenn er nicht sagen konnte, ob man bei einer Multiplikation mal rechnete oder minus. Er furzte, wenn er die Hauptstädte der Bundesländer nicht wusste und er furzte, wenn er sein Referat nicht vorbereitet hatte. Er furzte immer und ständig und wenn Thyra an ihre Grundschulzeit erinnert wurde, kehrte dieses eine Bild immer wieder, wie Kevin Joyner den Hintern vom Holzstuhl hob, die Nackenwirbel knacken ließ und laut und dröhnend furzte.

Wilhelm ging aus dem Zimmer und als er wieder kam, hatte er einen Beutel Tiefkühlerbsen dabei, den er in ein Geschirrtuch wickelte. „Damit können Sie Ihre Nase kühlen." Er fasste die benutzten Pads, Mullbinden und Verbandstücke mit beiden Händen zusammen und ging in die Küche zum Abfalleimer.

„Danke", murmelte Thyra. „Jetzt schulde ich Ihnen Spinat und Erbsen." Wilhelm lachte. „Gerade habe ich mich gewundert, wohin der Spinat verschwunden ist. Na, jetzt weiß ich es. Genießen Sie die Erbsen."

Will kam aus dem Badezimmer zurück. „Als ich den Schrank geöffnet habe, sind mir sämtliche Medikamente entgegen gefallen. Das meiste liegt jetzt hinter der Waschmaschine, immerhin konnte ich diese Ibuprofen retten." Er reichte Gabriele eine Pappschachtel. „Nicht alle auf einmal."

Gabriele schnitt ihm eine Grimasse. „Sechshunderter. Besser als nichts." Sie zog die Lasche aus der Schachtel. „Immer erwischt man die Seite, wo man oben den Beipackzettel liegen hat. Dabei liest den kein Mensch." Sie wendete die Schachtel und machte die andere Seite auf. Sie holte einen Plastikstreifen heraus und drückte sich zwei Tabletten direkt in den Mund. In Windeseile spülte sie mit einem Schluck Scotch nach.

Thyra wechselte die Seite der Erbsenpackung, damit es an ihrer Nase wieder schön kalt wurde. Mit der Kälte kam ein dumpfer Schmerz, der wie ein Ball zwischen ihren Augen hin und her tanzte. Sie lehnte sich zurück gegen den Sessel, streckte die Beine und hörte neben sich den sehr tiefen Atemzug, den Gabriele machte.

„Himmel, hat es Föhn?", stöhnte sie. „Mein Kopf fühlt sich an, als würde er sofort zerspringen wollen."

Thyra öffnete die Augen und drückte die Falten des Geschirrtuchs zur Seite weg. „Es soll Schnee kommen, da hat es keinen Föhn. Sie sollten viel trinken, davon geht der Kopfschmerz vielleicht weg."

Gabriele presste sich einen Handballen gegen die Schläfe und trank den Scotch gleich aus der Flasche. Nach einem gewaltigen Zug räusperte sie sich. „Verdammt, tut das weh."

„Das müsste gleich nachlassen", meinte Will. „Ibuprofen hilft gegen Kopfschmerzen."

„Wem sagen Sie das?" Gabriele räusperte sich erneut und drückte sich eine dritte Tablette in den Mund, gefolgt von sehr viel Alkohol. „Meine Kehle ist ganz trocken."

„Ich bringe Ihnen Wasser", nahm Wilhelm ihr die Flasche weg und ging in die Küche. Man sah den Schein der Taschenlampe im Raum tanzen und hörte Gläser klirren. „Frau Banks, möchten Sie etwas trinken?"

„Nein, danke." Thyra verkniff sich ein aufsteigendes Niesen, das von den Fransen des Geschirrtuchs kam, die ihr in der Nase kitzelten. „Wenn es gestattet ist, ich muss auf Toilette."

Will streckte den Arm. „Links den Flur entlang, letzte Türe auf der rechten Seite."

Thyra legte die Frbsen auf den Tisch, nahm sich eine der Taschenlampen und ging. Sie hörte Gabriele kräftig husten. Als Wilhelm fragte: „Stilles Wasser oder Sprudel?", schloss Thyra die Tür hinter sich. Gabriele hustete und räusperte sich immer wieder. Dazwischen tönten rasselnde Atemzüge. Sie war durch die geschlossene Badezimmertür zu hören. In Thyra stieg ein Hustenreiz auf, den sie unterdrückte. Meistens musste sie mithusten, wenn sie jemand anderen husten hörte, und Gabriele war laut und deutlich, sogar als Thyra sich die Hände wusch.

„Da stimmt etwas nicht", röchelte Gabriele, als Thyra wieder ins Wohnzimmer trat. „Da stimmt etwas ganz und gar nicht." Ihre Stimmbänder klangen wie mit einer dicken Schicht Honig überzogen und trotzdem löste sich nichts, wenn sie hustete. Sie drehte sich auf die Seite, presste den Kopf gegen den Sessel, würgte. „Mir ist schlecht."

Der Hustenreiz klang nach einigen Atemzügen ab, die flacher wurden. Gabriele beugte sich nach vorn. Sie atmete lange aus. Wilhelm leuchtete über sie. „Blass sind Sie nicht, Frau Doktor."

Gabriele verzerrte das Gesicht. „Ich kann nicht atmen."

„Legen Sie sich hin." Thyra stellte ihre Taschenlampe auf den Tisch. „Los, legen Sie sich hin."

„Ich mag mich..." Sie schnaufte mühsam. „...nicht hinlegen."

Thyra packte sie am Arm und schob den Sessel unter ihr weg. Sie ließ Gabriele auf den Boden sinken und achtete dabei nicht auf den gebrochenen Fuß. Als er auf dem Boden aufschlug, wäre von Gabriele ein lauter Schmerzensschrei zu erwarten gewesen. Stattdessen japste und röchelte sie. Ihre Hände zuckten.

Thyra nahm eine der zuckenden Hände und hielt sie fest. Die Haut fühlte sich warm und weich an. „Bleiben Sie ruhig", flüsterte sie. „Ganz ruhig."

Gabriele starrte mit offenem Mund an die Decke. „Kann nicht...", wisperte sie. „Kann nicht."

„Sie müssen atmen", sagte Will. „Los. Holen Sie Luft."

Gabrieles Augen bewegten sich zu ihm. Ihre Arme und Beine zuckten, ihre Lippen zitterten. Sie hatte ausgeatmet, das hatte Thyra mitbekommen.

„Einatmen", wiederholte Will und machte selbst einen tiefen Atemzug. „Von ganz unten rauf. Holen Sie tief Luft."

Thyra spürte, wie Gabrieles Griff fester wurde. Die Finger hatten sich um ihre Hand gekrampft und ließen nicht locker. Ihre Füße zappelten. Wenn Thyra an den gebrochenen Fuß dachte, tat es ihr beinahe selbst körperlich weh und sie wollte schreien.

Gabriele schrie nicht. Wenige Sekunden später würgte sie. Sie erbrach sich, ohne Substanz aus dem Magen zu befördern. Ein schauriger Anblick.

Thyra schnupperte und wich zurück. Ohne Gabriele loszulassen griff sie zu der Tablettenschachtel, die am Tisch lag.

„Darf ich?" Wilhelm nahm ihr die Schachtel weg und öffnete sie. Er zog den Plastikstreifen heraus, in dem drei Tabletten fehlten. Mit der Taschenlampe leuchtete er das Plastik ab. „Da steht kein Wort von Ibuprofen. Kein Ablaufdatum. Nichts."

Will kam neben ihn und ging in die Hocke, um besser sehen zu können. „Meinst du, es ist etwas faul?"

„Ganz bestimmt." Kurzentschlossen drückte Wilhelm zwei Tabletten heraus und legte sie auf den Tisch. Er tippte sich an die Stirn. „Einen Moment mal." Er ging aus dem Zimmer.

Währenddessen japste Gabriele. Die Krämpfe waren schlimmer geworden und brachten ihren ganzen Körper zum Zucken. Wenn man nicht aufpasste, bekam man einen Arm oder ein Bein entgegen geschlagen. Sie kauerte auf der Seite, eingerollt wie ein Kleinkind. Mit weit aufgerissenen Augen starrte sie ins Nichts. Manchmal fand ein Atemzug den Weg in ihre Lunge, meistens nicht. Ihre rosige Gesichtsfarbe passte nicht zu ihrem fürchterlichen Zustand.

„Die hier", wedelte Wilhelm mit einem Plastikstreifen und der dazu gehörenden weißen Pappschachtel, „sind aus meiner Jackentasche. Ich habe immer ein paar Tabletten dabei, falls mein Knie wieder Rabatz macht." Er drückte eine Tablette aus einem Blister, der vom Innenfutter der Jacke schwarz gefärbt war. „Seht ihr, das ist nicht die gleiche Tablette, obwohl die Pappschachtel gleich ist."

Will streckte die Hand und wollte nach den Tabletten greifen, aber Thyra erwischte ihn vorher. Sie zog seine Hand zurück. „Die sollten Sie besser nicht anfassen", warnte sie. „Ich glaube, das ist Cyanid."

„Quatsch." Trotzdem zog Will seine Hand zurück. „Wie sollte so etwas in unser Badezimmer kommen? In eine harmlose Medikamentenschachtel hinein?" Er warf einen skeptischen Blick zu Gabriele, die leblos am Boden lag. „Müsste sie nicht augenblicklich tot umgefallen sein?"

Wilhelm faltete ein Papiertaschentuch auseinander und bugsierte die Tabletten mithilfe der Schachtel darauf. „Cyanid ist ein weißes Pulver, das sich erst unter Zugabe einer Säure, zum Beispiel Magensäure, zu Blausäure wandelt und tötet. Das dauert." Er schaute zu Gabriele und danach zu Thyra. „Wissen Sie, welche Symptome eine Vergiftung mit Cyanid hat?"

„Kopfschmerzen", zählte Thyra auf. „Atemnot. Übelkeit. Krämpfe. Die Atemnot führt zu Krämpfen."

„Haben wir alles gesehen."

Will seufzte schwer. „Was nicht erklärt, wie dieses Teufelszeug in unser Bad kommt. So ein Fehler darf dem Hersteller nicht passieren." Er ließ sich auf den Boden sinken und winkelte die Beine an. „Wofür braucht man dieses Cyanid überhaupt?" Er schaute Thyra an. „Woher wissen Sie, wie Cyanid wirkt? Sie sind Anwältin."

Thyra löste ihre Hand aus der von Gabriele. Sie war tot und hatte keinen Beistand mehr nötig. Es knackte in ihren Knien, als sie sich aufrichtete und auf die Couch setzte. „Wilhelm", fragte sie, „woher wissen Sie, wie Cyanid funktioniert?"

Wilhelm blickte ihr fest in die Augen. „Ich lese viel."

Will setzte ein Seufzen mitten in den Raum. Er stand auf und stemmte die Hände in die Hüften. „Ich habe früher viel gelesen. Jetzt komme ich nicht mehr dazu, weil mir neureiche Leute ständig einen Strich durch alle meine Rechnungen machen. Entweder kackt ein Hund unter die Treppe oder ein Fahrstuhl geht nicht oder man stirbt. Einer nach dem anderen, alle in einer Nacht." Er schaute Thyra eine ganze Weile lang an. „Woher wissen Sie es?"

„Möchte ich nicht sagen", flüsterte Thyra.

„Okay." Will stieg über die tote Gabriele hinweg und setzte sich in den Sessel, in dem sie die tödlichen Tabletten genommen hatte. Er legte das Gesicht in die Hände und schwieg.

„Es muss jemand in der Wohnung gewesen sein", vermutete Thyra. „Er hat die Tabletten vertauscht."

„Ach ja?" Will schaute hoch. „Wir drei sind übrig. Wer von uns ist der Übeltäter?"

„Mein Sohn", sagte Wilhelm, „ich habe dich nach den Grundsätzen unserer Zivilisation erzogen. Du hast nicht das Recht, Frau Banks anzuklagen."

Will machte einen langen Atemzug und verschränkte die Arme vor seiner Brust.

Wilhelm wandte sich Thyra zu. „Ich wäre nie auf diese Dreistigkeit mit den Medikamenten gekommen. Obendrein habe ich keinen guten Plan, wie der Gegner zur Strecke gebracht werden könnte. Mir scheint, er wird von Hass getrieben. Dagegen ist in einem Haus, das so verwinkelt und verschachtelt und riesengroß ist, kaum anzukommen."

Kapitel 7

Zuerst war es die Erinnerung an das Barbecue am Strand, die ihr in den Sinn kam. Der warme Wind strich über ihre Haut, die Wellen plätscherten vor sich hin und manchmal sprangen im Mondlicht Fische aus dem Wasser, um den nachstellenden Räubern ein Schnippchen zu schlagen. Die Temperatur lag bei angenehmen fünfundzwanzig Grad, das Getränk im Glas war dank der Eiswürfel deutlich kühler. Sie hatte zwei Pina Colada intus, die dritte war zur Hälfte leer und deswegen war sie seinen Avancen gegenüber aufgeschlossen. Im nüchternen Zustand hätte nach dem ersten Hallo ihr Verstand ein deutliches Stopp gesetzt. Der Verstand lag betrunken in einer Gehirnwindung und säuselte alte deutsche Schlager vor sich hin. Bauch und Herz übernahmen in einem Anflug von Größenwahn das Regiment. Sie tanzte mit ihm. Eine Hand um das Glas, die andere an seinem Hintern. Kein Haar passte zwischen ihre Körper, der mahnende Blick ihrer Freundin perlte an ihr ab, als wäre sie aus Teflon. Als er sie küsste, entglitt ihr das Glas und landete im Sand. Er schmeckte nach der Knoblauchbutter, mit der die Riesengarnelen glasiert waren, und dem Rum, der die Vorbehalte niederriss. In einer Nische zwischen den von den Gezeiten glattgeschmirgelten Steinen hatten sie Sex. Guten Sex. Vielleicht lag es am Alkohol oder an irgendeiner fremdartigen Technik, die zu verdammt gutem Sex führte, der, wenn sie sich daran erinnerte, ein wehmütiges Gefühl in ihr wachrief.

Im Morgengrauen war der junge Mann weg. Er stammte aus dem nahe gelegenen Dorf und arbeitete in Neuseeland in einem Hotel. Er war fünf Wochen hier, um seine Eltern zu besuchen, ihnen Respekt zu zollen und Geld dazulassen.

Im nüchternen Zustand schimpfte ihr Verstand pausenlos, was ihr eingefallen war, sich mit so einem Kerl einzulassen. Ein Hotelangestellter, mehr war er nicht, ein Kofferträger, jemand, der sich um niedrigste Dienstleistungen bemühte. Er hatte keine Schulbildung, von der zu sprechen sich lohnte, seine Familie war bettelarm und hauste in einer Hütte mit angrenzendem Acker oder Viehweide, das war nicht ganz klar auszumachen, und seine beruflichen Aufstiegschancen waren irgendwo zwischen Null und Nichts angesiedelt.

Schwanger war sie trotzdem und im Grund genommen war es großes Glück. „Weißt du", schmunzelte ihre Freundin Annegret, „auf traditionellem Weg würden wir beide eh nicht an ein Kind kommen.

Heiraten, Haus, Hund, Kind – das ist nicht unser Ding. Erstens bin ich total allergisch auf Hunde." Sie lachte glockenhell und ließ die Eiswürfel im Glas klimpern. „Zweitens muss man erst mal einen Kerl finden, der bei uns nicht Reißaus nimmt. Wir sind supergut ausgebildet und verdammt schlau und wir verdienen irre gut. Wenn ich ein Haus will, kaufe ich mir eins. Wenn ich Urlaub will", zeigte sie auf das Strandpanorama ringsum, „mache ich welchen. Ich habe meine eigene Kreditkarte, mein eigenes Auto und ich entscheide selbst, auf welche Wohltätigkeitsbälle ich gehe. Damit fallen alle Männer, die ein braves Heimchen zur Gattin wollen, automatisch raus." Sie nahm einen tiefen Schluck Cuba Libre. „Damit fallen so ziemlich alle Männer raus." Ein weiterer Schluck. Das Glas war fast leer. „Wenn ich ein Kind will, muss ich zu einer Samenbank gehen. Da ist deine Methode deutlich angenehmer gewesen."

Während der Schwangerschaft war ihr beim Geruch von Grillfleisch immer übel geworden, deshalb konnte sie Grillpartys nicht ausstehen. Wenn Bernie sie zum Barbecue einlud – und seine Einladungen hatten einen sehr verpflichtenden Charakter – stand sie immer abseits vom Grill und vor allem nie im Wind. Obwohl Elaine fast zwei Jahre alt war, rebellierte ihr Magen beim Geruch von Rauch oder Grillfleisch. Jetzt ging er richtig auf die Barrikaden. Thyra spürte das stechende Ziehen und wie sich ihre Innereien umstülpten. „Es riecht verbrannt."

Sofort stand Will auf und ging zur Tür. Er öffnete sie und Rauch schwallte herein. „Garantiert hat der Mistkerl die Tür wieder aufgemacht und Luft an den Brand gelassen. Ich gehe nachsehen, wie weit sich das Feuer ausgebreitet hat und wie viel Zeit uns bleibt."

„Halt!" Wilhelm hielt ihn an der Schulter zurück. „Du gehst nicht allein." Will drückte die Hand seines Vaters. „Es ist gleichgültig, ob ich allein gehe oder nicht." Sein Blick streifte die am Boden liegende Leiche Gabrieles. „Wahrscheinlich wäre es leichter, wenn ich mir ein paar von diesen Cyanid-Dingern reinpfeife." Er umarmte seinen Vater kurz. „Bleib bei Thyra und der Kleinen und pass auf sie auf. Ich passe auf mich auf."

Thyra knurrte unterdrückt. „Warum zum Teufel wirft sich niemand schützend vor mich, wenn der Berg Bügelwäsche mich zu verschütten droht und die Haushälterin Urlaub hat? Oder wenn zwei Termine am selben Tag mit absoluter Priorität bewerkstelligt werden müssen, der eine in New York, der andere in Frankfurt? Wo sind die starken Männer dann?"

„Okay", sagte Will schärfer als angenehm war. „Kommen Sie mit und wir sehen, wer sich besser schlägt."

Durch die geöffnete Tür waberte Rauch entlang der Decke herein. Thyra unterdrückte den Brechreiz und hielt sich den Ärmel vor die Nase. Sie schickte ihn mit einer Handbewegung voran. „Ich folge Ihnen auf dem Fuße."

Will verließ die Wohnung. Er ging knapp zwei Schritte vor ihr, deshalb erschrak Thyra bis ins Mark, als sie einen lauten Knall hörte und die Vibrationen in ihren Eingeweiden spürte. Sie sah, wie Will nach vorn geschleudert wurde, eine Pirouette drehte, fiel und flach auf dem Rücken liegenblieb. Die Arme hatte er zur Seite gestreckt und die Beine leicht gegrätscht.

Einem Impuls folgend, rannte sie zu ihm. Bevor sie ihn erreichte, spürte sie kaltes Metall im Nacken. „Keine Bewegung, sonst drücke ich ab."

Sofort hob Thyra die Hände in Kopfhöhe und blieb wie angewurzelt stehen. Sie rührte sich nicht mehr, sie wagte nicht zu atmen. Sie kniff die Augen zusammen und biss sich auf die Lippen. Das war nötig, um ihren verwirrten Gedanken eine Richtung zu geben und ihren holpernden Herzschlag zu beruhigen. Alles in ihr zog sich zusammen. Will hatte recht gehabt. Es war eine Frau. Wenn er nicht leblos am Boden gelegen hätte, wären ihm ein triumphierendes Lachen und ein sarkastischer Spruch ausgekommen.

Sie überlegte, ob es die Stimme von Michelle Timsarian war, die sie hinter sich hörte. Oder ob sie die ausladenden roten Locken in ihrem Nacken spürte. Nein. Sie sprach eine Vermutung aus, die von Will kam: „Sind Sie Susan Bonnet, die Frau aus zehn-drei?"

Abfälliges Lachen war die Antwort. „Bonnet liegt tot im Fahrstuhl. Kaum war der Strom weg, hat sie panisch um sich geschlagen und geschrien, ein paar Minuten später brach sie zusammen. Anfangs dachte ich, das wäre der erste Mensch, der sich durch Schnappatmung selbst ins Jenseits befördert, aber da war der Boden des Fahrstuhls bereits voller Blut. Sie ist immer wieder mit dem Kopf gegen die Wand. Wahrscheinlich sind bei ihr Bilder vom Amoklauf in Heilbronn hochgekommen. Da war sie in einem Fahrstuhl ohne Strom eingesperrt und musste zuhören, wie der Täter ihre Kollegen erschoss. Fast fünfzig Tote gab es, sie überlebte. Tja, hätte ihr Therapeut bessere Arbeit geleistet, würde sie jetzt lebendig bei uns stehen. Das Geld für diesen Scharlatan hätte sie sich sparen können." Der Druck in ihrem Nacken verstärkte sich. Gleichzeitig wurde ihr ein Tablet vor die Nase gehalten. „Gucken Sie mal."

Thyras Mund war trocken und kratzte. Sie sah auf dem Bildschirm das Wohnzimmer der Domeyers in einer schwarz-weißen Darstellung. Auf der Couch lag Elaine, Wilhelm stand neben dem Tisch und lauschte. Die Kamera, die alles überwachte, lag anscheinend auf einem Bücherregal und sie beobachtete, wie Wilhelm unter seine Cordjacke griff und eine Waffe herausholte. Er prüfte etwas, richtete die Waffe auf einen Punkt an der Wand und brachte Thyra damit zum Frösteln.

„Was ist mit der Kleinen?", fragte die Frau. „Ist sie mittlerweile verblutet? Es ist mir nicht leicht gefallen, jeden Schnitt tief genug zu setzen, um sie in absehbarer Zeit zu töten."

Mit gehöriger Wut im Bauch fuhr Thyra herum. Anstatt der Frau die Waffe aus der Hand zu schlagen und ihr Paroli zu bieten, hatte sie den Lauf der Waffe direkt unter der Nase. Etwas Schweres prallte gegen ihren Bauch und Thyra erkannte ein Funkgerät, das an einem Schultergurt baumelte. Es musste das Gerät aus Korbans Auto sein und zerbeult und zerschlagen wie es aussah, würde es wenig Nutzen haben. Ihr Gegenüber war kleiner als sie selbst, ungefähr eins siebzig. Kräftig gebaut. Nicht vom vielen Essen, das merkte Thyra daran, wie die Frau sich aufrecht hielt. Sie hatte richtig Kraft in den Armen und Beinen. Der schwarze Jogginganzug war unauffällig und sie war barfuß. Ihre Augen waren glasig unterlaufen, was vom Rauch kommen konnte, der in dicken Schwaden von der Decke wallte, das Haus füllte und in den Augen brannte.

„Wer sind Sie?", wollte Thyra wissen.

„Ts", machte die Frau. „Ich dachte, Sie wollten wissen, warum ich das tue?" Sie zeigte mit der freien Hand auf ihre Füße mit den rot lackierten Zehennägeln, wo an manchen Stellen der Lack bereits abgeplatzt war. „Ich habe in dem Haus gewohnt, das hier mal stand. Bis zum Frühling. Man hat mich rausgeschmissen und meinen Krempel in eine Sozialwohnung gebracht, die am anderen Ende der Stadt liegt. Kennen Sie Hundsbuckel? Die Gegend klingt so beschissen wie sie ist."

Thyra lehnte sich zurück, um die Waffe nicht länger im Nasenloch zu spüren. Die Frau rückte nach und zwängte den Lauf tiefer. Es tat weh.

„Leute wie Sie", fauchte sie, „kaufen Leuten wie mir die Wohnung weg. Die Leute, die ich gern um mich hatte, verschlägt und zerstreut es in sämtliche Richtungen. Jahrzehntealte Freundschaften sind nichts mehr wert. Ich bin hier geboren und aufgewachsen und trotzdem völlig allein." Sie lachte trocken. „Bei der Stadt meinten sie, ich könnte mir in dem neuen Haus eine Wohnung kaufen. Das würden tolle Wohnungen werden, mit Hausmeisterservice, Tiefgarage, Luxusausstattung." Sie presste die Waffe fester in das Nasenloch. „Jede verdammte Scheiß-Wohnung hat eine Badewanne mit Whirlpool-Funktion und zum Freisitz aufklappbare automatische Glasbalkone. Wissen Sie, wie oft ich die Stadt gefragt habe, ob man in unsere Wohnungen solche Balkone einbauen könnte? Wissen Sie, was die Antwort jedes Mal war, Sie beschissenes Stück Reichtum?"

Antwortschreiben dieser Art hatte Thyra während eines Praktikums in einer Kanzlei in Berlin zur Genüge gelesen. Sie hätte die Hintergründe erläutern und einen Plan aufstellen können, welches weitere Vorgehen entgegen aller Erwartungen zu einem Balkon führte. Stattdessen warf sie einen kurzen Blick zu Will. „Sie hätten ihn nicht erschießen brauchen. Er hat seinen alten Vater bei sich wohnen und er war Lehrer. Sein Reichtum an sozialem Engagement und Geduld war unbestritten. Materiell gesehen hat Ihr Rachefeldzug den falschen Mann erwischt."

Sie gönnte ihm einen kurzen Seitenblick. „Als es den Jeansladen gegenüber gab und ich vor der Tür zum Rauchen stand, hat der Arsch mich vom Eingang dieser Nobelbude weggejagt, obwohl wir uns vom Sport kannten. Ich würde sagen, ich habe genau den Richtigen erwischt." Sie hob den Daumen und lud die Waffe mit einer fließenden Bewegung. Sie hustete. „Es dauert nicht mehr lange, bis alles hier zusammenbricht. Ich hoffe, es gibt eine richtig coole Staubwolke bis in den Himmel."

„In ein paar Minuten vielleicht", stimmte Thyra ihr zu. „Wollen Sie nicht raus, ehe es zu spät ist?"

Sie schüttelte den Kopf. „Diesmal trägt man mich nicht von diesem Grund und Boden weg, diesmal sterbe ich hier. Wie es immer hätte sein sollen."

Thyra schnitt ihr eine Grimasse, was nicht sehr wirkungsvoll war mit der Waffe im Gesicht. „Sie sind keine fünfzig, oder? Seit wann verspüren Sie diese Todessehnsucht?"

„Ungefähr ein Jahr", sagte sie lapidar. „Seit die Freunde und Nachbarn einer nach dem anderen weggezogen sind. Seit man mir im Jeansladen gekündigt hat. Wollen Sie wissen, wie man mir gekündigt hat?" Einen Atemzug lang streckte sie den Arm mit der Waffe und zeigte zur Straße. „Diese neuen Geldgeber haben sich die Gegend angeschaut und mit einem Architekten die Pläne besprochen. Sie standen vor dem

Jeansladen und weil ich gerade eine rauchen wollte, habe ich gegrüßt und gefragt, was das werden soll. Da dreht sich diese Tussi mit den wilden roten Locken um und rümpft die Nase. *Das wird hier alles neu gebaut. Sie brauchen gar nicht mehr zur Arbeit in diesen beschissenen Laden kommen. Betrachten Sie sich als entlassen.* Mit einer Handbewegung hat sie mich weggewischt, als wäre ich eine lästige Fliege. Selbst meiner Chefin, der die Kinnlade bis zum Boden fiel, hat sie keine Erklärung abgeliefert, sondern was von ihren Anwälten gefaselt." Sie bohrte die Waffe tief in Thyras Nase. „Haben Sie dort je eine Jeans gekauft?"

Thyra sah vor ihrem inneren Auge eine böse Hexe mit ungezügelten feuerroten Locken, die sich durch ihren Kleiderschrank wühlte und die Hosen und Blusen begutachtete. „Ich besitze keine einzige Jeans."

„Pech", sagte die Frau. „Ich hätte Sie vielleicht laufen..." Sie musste wegen des dichten Rauchs husten. „Laufen lassen." Nun lachte sie. „Was Ihnen nichts nutzen würde. Dieses Haus ist eine Festung, aus der man nicht entkommt, wenn man den Schlüssel nicht hat." Unvermittelt ließ sie den Arm mit der Waffe sinken und drehte die Schulter, als wäre sie verspannt, in immer wechselnde Richtungen. „Ich würde mich gern gemütlich mit Ihnen hinsetzen und einen Schnaps trinken, und wir könnten ein bisschen Bla-Bla austauschen, aber wie es aussieht", wedelte sie mit dem Tablet, „hat der alte Mann andere Pläne. Er schleicht mit einer Waffe auf uns zu. Momentan huscht er über den Flur, gleicht stößt er zu uns. Zu Doris und..." Sie hob die Augen. „Wie heißen Sie?"

War das eine Aufforderung zu einer persönlicheren Beziehung? Wenn Leute mit einer Waffe diesen Schritt gingen, waren sie bereit einzulenken oder gar aufzugeben. „Thyra." Sie ließ langsam die Hände sinken. „Meine Tochter heißt Elaine. Nach dem Frühstück wollte ich mit ihr in den Zoo und später eine Runde malen. Nach dem Abendessen wäre die Nanny gekommen und ich hätte mir die Unterlagen fürs Meeting am Dienstag angesehen."

Doris verzog die Lippen zu einem breiten falschen Lächeln. „Meeting gestrichen. Ab Morgen ist in der Kita wieder ein Platz frei." Sie musste erneut husten und rieb sich über das Gesicht. Rußschlieren verteilten sich auf ihren Wangen. „Ich habe Sie oft mit der Kleinen im Garten gesehen. Immer allein. Wo ist der Papa?"

„Haben Sie Kinder?", konterte Thyra.

„Ja." Für einen kurzen Moment glänzten die Augen der Frau auf. „Wollen Sie Fotos sehen?" Sie zog aus ihrer Hosentasche ein Smartphone und wischte darauf herum. Wenige Sekunden später zeigte sie das Display und begann zu wischen. Bilder von Jungs waren zu sehen, vom Babyalter bis hin zu einem hübschen jungen Mann. Sie lächelte auf die Fotos. „Ich hatte zwei Söhne. Dieser hier, Hagen, hat sich das Leben genommen, als er fünfzehn war. Sprang von einer Brücke in die Stromschnellen eines Flusses und ich weiß bis heute nicht, warum. Der andere, Simon, ist vor drei Monaten bei einem Autounfall ums Leben gekommen. Vier Wochen vor seiner Hochzeit kam er um halb sechs am Morgen auf der geraden Strecke ins Schleudern und prallte gegen den einzigen Baum weit und breit. Er war sofort tot."

„Das tut mir leid", sagte Thyra. „Ehrlich, das tut mir sehr leid für Sie. Da haben Sie mehr durchgemacht als eine Mutter ertragen kann."

„Um halb sechs." Sie stand da, eine kleine Frau mit Buckel, die Mühe hatte, die Waffe, das Tablet und das Smartphone gleichzeitig zu halten. „Zum Andenken an ihn habe ich als erstes alle Uhren im Haus auf halb sechs gestellt. Das war das erste, was er mir gezeigt hat, als er sein Studium begonnen hatte. Wie man die Uhren stellt." Sie schob das Smartphone ein und blinzelte die Tränen weg. „Mein Simon hat Informatik studiert. Er ist raus aus dem sozialen Loch und hat ordentlich Geld verdient und er war wirklich gut. Bestimmt wäre er stolz auf mich, wenn er sehen könnte, wie ich mit einem Tablet ein ganzes Haus in Schach halte." Sie trat neben Thyra und zeigte ihr das Display. „Sehen Sie? Die ganzen Kameras kann man unverschlüsselt im Netz finden." Sie tippte herum und zeigte Bilder von hochschlagenden Flammen. Drei Kameras zeigten schwarze Bildschirme. „Ach, die sind wegen des Feuers ausgefallen." Sie wischte weiter. „Die Generalsteuerung der Fenster ist mit nur einem Passwort geschützt und niemand hat sich die Mühe gemacht ein gutes zu finden. Raten Sie mal, mit welchem fünfstelligen Passwort die Glastür dort am Eingang abgesichert ist?"

Thyra hasste die Glastür, die nicht aufging und sie mit dem Blick auf die Außenwelt verspottete. „Eins, zwei, drei, vier, fünf?"

„Korrekt", lachte Doris und sie tippte sich mit der Waffe an den Kopf. „Irrsinnig, oder? Haupteingang und sämtliche Fenster und ein einziges Passwort für alles." Ein Hustenanfall packte sie und brachte ihre gesamte Gestalt zum Beben. Mit tränenden Augen musste sie sich vornüber beugen, um Luft zu bekommen.

Auch Thyra verspürte einen starken Hustenreiz und eine gewaltige Übelkeit. Es stank wie bei einer Grillfeier, die außer Kontrolle geraten war. „Was tun Sie, wenn die Feuerwehr kommt?", fragte Thyra. „Wer sollte sie rufen, wo die Melder abgestellt sind?", entgegnete Doris heiser. „Im Haus gegenüber warten ein paar Leute auf die Zwangsräumung. Von denen wird niemand einen Finger krumm machen und den Notruf wählen." Sie wuschelte sich durch das kurze Haar. „Wenn Sie Glück haben, ersticken Sie, bevor Sie verbrennen oder das Haus einstürzt." Langsam drehte sie sich um. „Wo bleibt der Alte?" Sie tippte und wischte auf dem Tablet herum. „Irgendwo muss er stecken."

Thyra wollte sehen, was auf dem Display war. Mit ihrer hastigen Bewegung hatte sie Doris erschreckt. Wieder hatte sie den Lauf in der Nase.

„Kommen Sie mir nicht dumm", zischte Doris, „sonst schieße ich Ihnen in den Bauch und Sie können langsam verbluten." Sie erhöhte den Druck auf die Nase und schob Thyra langsam vor sich her. „Ich habe es so satt, Leuten wie Ihnen in den Arsch zu kriechen. Ich bin es leid, den Luxus zu bestaunen und Applaus zu spenden, wenn die goldenen Kreditkarten gezückt werden. Ich hasse den Anblick der teuren Autos und die Geschichten der teuren Urlaubsreisen und wie beiläufig für eine Uhr ein paar Tausender hingeblättert werden, während ich mit Kupfermünzen als Trinkgeld abgespeist werde und ein ganzes Jahr brauche, um ein altes Gurkenglas damit zu füllen. Ich habe die Schnauze voll von Leuten wie Ihnen, die Geld scheißen und Reichtum kotzen und die armen Leute unter den Absätzen zerreiben. Sie widern mich an, hören Sie, Sie widern mich an. Sie sind ein arrogantes, widerliches Dreckstück. Es ist Ihre Schuld. Weil Sie so leben wollen", glitt ihr Blick durch das mit Rauch geschwängerte Haus, „müssen die kleinen Leute ganz weit weg ausweichen." Plötzlich lachte sie. „Wenn Sie weg sind, kommt ein anderer, der größer ist als Sie und mehr Geld hat. Er wird in dem neuen Haus leben, das man hier bauen wird. Ihnen geht es wie mir. Wir werden beide zerrieben. Wo wir sterben, wir ein anderer in Champagner baden."

In dem Moment, in dem Doris gedankenverloren keinen Druck auf die Waffe ausübte, trat Thyra zu. Sie erwischte mit ihrem Plastikschuh Doris' Knie an der Seite. Die Idee war gut, leider blieb die erhoffte Wirkung aus. Anstatt zusammenzubrechen und sich zu winden, fluchte Doris und schoss.

Thyra fühlte sich nach hinten geschleudert und prallte gegen die Wand. Es war fast wie vorhin nach der Explosion. Diesmal hatte zuerst ihr Rücken Wandkontakt, bevor die Fliehkraft ihre Arme dagegen schmetterte. Ihr Hinterkopf bekam einen kräftigen Schlag ab, der ihr verdammt wehtat. Sie biss sich auf die Zunge und schmeckte Blut. Am meisten tat ihr Bauch weh. Als sie an die Wand gelehnt dasaß, krümmte sie sich vor Schmerzen und wunderte sich, warum Doris am Boden lag und Will neben ihr kniete. Will? Von den Toten auferstanden? Thyra schaute auf ihre Hände und sah in der Dunkelheit nichts. An ihren Fingerspitzen klebte eine warme zähe Flüssigkeit. Blut? Das würde zu ihren Schmerzen passen. Sie sank langsam auf die Seite und blieb liegen. Sie blinzelte müde. Die dumme Pute hatte ihr tatsächlich in den Bauch geschossen.

Will hielt die Frau mit einer Hand auf dem Boden. „Paps!", rief er, „ich brauche etwas zum Festbinden!"

„Paketschnur", antwortete Wilhelm und kam aus der Wohnung gelaufen. Er warf seinem Sohn das Knäuel zu und ging neben Thyra auf die Knie. „Hat sie Sie erwischt? Wo tut's weh?"

„Sie ist in den Bauch getroffen worden", sagte Will.

Thyra hatte keine Kraft zu sprechen. Sie wollte so viele Fragen stellen. Ob es Elaine gut ging, ob die Kleine sicher war, ob Wilhelm eine Idee hatte, wie sie dem Brand entkommen konnten. Sie wollte wissen, ob Sterben weh tat und ob er gesehen hatte, wie ein Mensch starb. Vor dieser Nacht natürlich. Sie wollte wissen, warum Will plötzlich von den Toten auferstanden war. Sie röchelte.

Trotzdem deutete Wilhelm den Ausdruck in ihren Augen richtig. „Ich habe jahrzehntelang als Leibwächter gearbeitet und mehr als einmal einen Bösewicht in irgendeinem Haus dingfest gemacht. Mir kam diese Sache gleich spanisch vor, deshalb tragen Will und ich kugelsichere Westen." Er lächelte entschuldigend. „Leider habe ich keine in Ihrer Größe, und eine Weste, die nicht passt, nützt nichts." Er öffnete den Reißverschluss ihrer Jacke. Er schob ihr das T-Shirt hoch, in dem sie sich vor Stunden schlafen gelegt hatte. Seine Taschenlampe lag am Boden und warf diffuses Licht auf sein Gesicht. Thyra konnte ihm seine Besorgnis ansehen. Sie wollte ihn fragen, ob einer seiner Klienten einmal gestorben war.

„Das wird wieder." Er zog sein Hemd aus, unter dem er die schwarze Weste trug, die kugelsicher und lebensrettend war. Er knüllte das Hemd zusammen und pfriemelte es unter ihren Rücken. „Ein Durchschuss.

Sie bluten und haben im Rücken ein Loch." Er zwang sich zu einem Lächeln. „Selbst ein minderbegabter Chirurg kann das in der Kaffeepause flicken."

Thyra wollte ihm sagen, wie kalt ihr war. Ihre Fingerspitzen waren eisig, ihre Zehen taub. Sie fror erbärmlich und klapperte mit den Zähnen. Eine Gänsehaut kroch über ihre Arme. Ihre Augenlider begannen zu flattern, deshalb kniff sie die Augen zu, bis sie Wills Stimme hörte: „Und? Was sagst du?"

„Ich würde mir keine Sorgen machen", sagte Wilhelm, „wenn wir einen Notarzt rufen könnten. Was ist mit Doris? Ist es die Doris, die bis zum Sommer im Jeansladen gearbeitet hat? Sie hat ihre Kippen immer zwischen unsere Rosen geschnippt."

„Liegt gut verschnürt am Boden und heult." Will hielt sich den Bauch. „Mir tut alles weh. Das gibt einen dicken blauen Fleck." Er ging in die Hocke. „Sofern wir hier rauskommen. Hast du eine Idee? Sie hat ihr verdammtes Tablet mit einem Passwort geschützt, das nicht aus eins-zwei-drei-vier besteht."

Wilhelm erwiderte seinen Blick still.

Thyra wusste nicht, ob sie atmete oder längst damit aufgehört hatte. Ihr war entsetzlich schummrig. Wenn sie die Augen öffnete, drehte sich alles. Trotzdem versuchte sie Wills Hand zu fassen. Er bemerkte den Versuch und nahm sie. „Alles wird gut." Er strich ihr das Haar aus dem Gesicht. „Bleiben Sie ganz ruhig, alles wird gut. Sie müssen Ihre Kräfte sparen."

Zwischen dem, was sie wollte, und dem, was sie konnte, war ein gigantischer Unterschied. Die Kräfte zu sparen, war überhaupt kein Problem. Sie lag einfach da und wartete, während zwei Männer ihr beim Sterben zuschauten. Da machte sie sich nichts vor. Sie hatte gesehen, wie zum Tode Verurteilte durch Cyanid in der Gaskammer gestorben waren, und sich gefragt, ob sie wussten, wann es zu Ende ging. Sie jedenfalls wusste es. Mit einem Loch im Bauch, das heftig blutete, konnte man nicht beliebig lange leben. Außerdem lag sie in einem Erdgeschoss, das beinahe vollständig mit giftigem Rauch gefüllt war.

Sie drückte Wills Hand mit aller Kraft und zwang die Lippen und Zähne auseinander. „Fotos", hauchte sie. Ihre Stimme war wirklich nicht mehr als ein Hauch. „Fotos."

Will starrte sie völlig verständnislos an. „Soll ich Fotos von Ihnen machen?"

Hübsche, sinnlose Idee. Thyra schloss die Augen. Sie rupfte an seiner Hand und streckte den Zeigefinger zu der Frau, die am Boden lag. „Ihre Fotos."

Sie musste dreimal wiederholen, ehe Will sie verstanden hatte. „Die Fotos der wahnsinnigen Frau", fasste er zusammen. „Ich würde Ihren Gedanken so gern folgen, wenn ich kapieren würde, was Sie mir mitteilen wollen. Was hat es mit Doris' Fotos auf sich? Mit den Fotos, die sie Ihnen gezeigt hat?"

Thyra kämpfte für ein einziges Wort: „Cloud."

Wilhelm runzelte die Stirn. „Die sind geklaut?"

„Die sind in der Cloud!", rief Will. „Wer Fotos in der Cloud angucken kann, ist online! Das verdammte Scheiß-Handy funktioniert und ich wette, es geht mit Fingerabdruck. Wir können Hilfe rufen!"

Thyra bekam mit, wie ihre Hand plötzlich nicht mehr warm war. Stattdessen knallte sie auf den kalten Fliesenboden. Sofort zog die Kälte durch ihren Körper, durch das Innere, durch alles, was sie ausmachte. Sie fühlte sich wie in dem Moment beim Einschlafen, wenn man kurz aufschreckt, ehe man endgültig weg ist. Alle Geräusche klangen wie durch Watte, der Rauchgestank verflüchtigte sich und der harte Boden fühlte sich wie eine Luftmatratze auf dem Meer an. Es schaukelte sacht und machte ihr das Einschlafen kinderleicht.